淵尾紀事

林世奇 著

推薦序

林世奇是個多方面的人。他天生敏慧，大學從法律系畢業後，轉考中文所，又跟很少中文系的「菁英」一樣，把碩士、博士讀完。但他跟別的「菁英」很不同，人家兢兢業業、循規蹈矩的在規定修業期間讀完了，林世奇卻用了比別人多很多的時間還沒讀完。我想他修博士學位的最後幾年，花的最大工夫不是收資料、寫論文，而是設計一條迂迴的路線，想盡辦法在學校避開熟悉的老師，以免場面尷尬。

要說這個人人窮志短、力有未逮，卻也是鬼話，他富裕得很，他的問題在他一直心多旁騖，定不下來。他對傳統武術有興趣，不斷練習各派功夫；他聽說耆宿毓老在開課，忙著趕到他門下去聽《易經》，而且一聽幾年不中斷；他又喜歡筆墨藝術，看到碑帖就流連忘返，有時在亂糟糟的紙片中找到幾筆有龍蛇之姿的線條，便以為是法書奇作，為之讚嘆不已……，像這樣的人，要他在期限內修完學位，當然困難重重了。

但也有個好處，他對各項知識都有興趣，所以能兼容並蓄，他又心中坦蕩，對礙他眼的事，也往往能一笑視之，不加深究，這是博通人的好處，因為這種人一向尊重多元。

一天他來信，說累積了一些稿件，要出本書，想先給我看看。我一看是本散文集，字數有十八九萬之多，忙跟他說可能要刪節些，現代人不耐閱讀，對過長過厚的書比較沒興趣，他從善如流，馬上刪掉了三分之一。我又對他的書名有意見，不是太老氣橫秋了，又黏乎乎的太過「文藝」腔，最後商定用現在這個書名《洲尾紀事》，比較「中性」些。書一開頭就寫他們林家在基隆河轉角處一個叫洲尾的地方落腳生根的事，他起初對這書名還有點懷疑，說我們一家人後來都搬走了呀，我說你們在各地開枝散葉，但心在根就在的，他說也對。

這本書前面談洲尾的事，後面寫他的孺慕之情，娓娓道來，很有味道，世奇一向文筆好，明白清暢，是我喜歡的類型。

這本書整體在回憶往事，但不算是「回憶錄」，第一是世奇還年少，沒資格寫這題目，回憶錄總有點將人生收尾的意思，世奇的燦爛人生正要陸續展開，一切還在未定之數，總結還不能下得太早。他也曾說這本書只寫他個人，充其量也只寫他身邊四周的事，擔心有人說這樣關懷面很小，算不上是「文學」，我不以為然，王國維說文學有「有我」、「無我」之境，「有我」我信，「無我」我不信，沒有文學是可以「無我」的。我以為文學都該從自我出發，就是要寫自己的「小事，在我看來，大事都是從小事擴充出去的，沒有小事，大事無法成立，因此「宣言」、「文告」之類的文體總算不上文學的。

其實我們的一生都在兜圈子，走得再多再遠，在另一角度看，也是一個地方罷了。義大利導演費里尼一次跟朋友說：「長久以來，我總想拍一部關於我老家的電影，也就是我出生的地方。」但他朋友說：「依我看來，您從來沒拍過別的地方呀！」好的藝術自來就是從自己出發，不忌表明自己的觀點，文學也是。

生物最基本的組織是細胞，單細胞是人眼看不見的，有比細胞更小的東西嗎？有一次我問在「細胞與個體生物研究所」工作的小女兒有關這類的事，我女兒正色的跟我說，細胞很小，但在電子顯微鏡裡看，可以看成像宇宙星體一樣大的，她的話對我產生了震撼的作用，我突然悟出《莊子．齊物論》大小之辨的道理了。文學也是一樣，文學只有好壞之分，沒有大小之分的。能這樣看文學，就不必囿於世俗的成見了。曹丕論文學，說它是「經國之大業，不朽之盛事」，有點把文學說大了。我不反對好的文學比俗世的權柄更為偉大，影響更為久遠，但我還相信一點，是好的文學必產生於文學家的心靈，而文學家的心靈總藏在世界極幽暗的角落，那點光亮值得我們守候，更值得我們珍惜。

就寫這幾句給世奇與自己共勉吧。

周志文

民國百七年九月四日，序於臺北永昌里舊居

自序

大學時，多次重讀《紅樓夢》。書裡說，天地間有兩種氣，一是清明仁正之氣，一是殘忍乖僻之氣，兩者交錯，搏擊掀發，賦之於人，於是產生了那些奇特的人物，若在寒門則為逸士高人，若生在富貴之家，則為情癡情種，總之斷不至為走卒健僕，甘遭庸夫驅制云云。

書裡的那些逸士高人、情癡情種，雖然是清濁二氣的交錯賦形，亦邪亦正，畢竟顯現著一種清氣襲人的美感，和我們這些庶民小人物仍有著相當懸絕的距離。我們還是很難想像，那怎麼會是現實生活中可感可知的人物？

但無論如何，這「清濁二氣，賦之於人」的說法，對那時的我來說，有了很大的啟發，我開始用一些類似的角度，重新理解人們性情的形成。

後來我看王禎和的《玫瑰玫瑰我愛你》，他說：「我寫人物，並沒有刻意去褒貶他們，每個人都有對的地方，但也有不對的地方。我覺得我們現代人，大部分都是中間人，我就想寫這樣有對也有錯，對對錯錯，錯錯對對的中間人。」

他筆下的小人物，呈現了滑稽突梯的美感，處處洋溢著鬧劇的歡笑與悲憫，令我深受觸動，也讓我對清濁二氣在人世的運化賦形，有了新的視野和體悟。漸漸地，我的目光從那些懸絕於常人的精緻角色，轉移到了身邊這些或清或濁，乃至濁多清少的「中間人」，還有我腳下踩踏的這塊土地上。我意識到自己和他們之間的微妙共振，開始重新觀看、理解、感覺他們。

等我再看到鄭義的《遠村》和《老井》，莫言的《紅高粱》、《老槍寶刀》和《傳奇莫言》，我驚訝無比地發現，竟然有人敢冒大不韙地「自爆家醜」，竟然有人敢用「又愛又恨」來形容他自己生長的黑土地，甚至用「最英雄好漢最王八蛋」「最能喝酒最能愛」來形容自己生長的土地！讀著讀著，我覺得自己龜縮在「文明」和「倫理」價值裡的靈魂，都被震出來了。從那個「非禮義不敢言」的倫理殼裡，我的魂魄被轟然而作的春雷震出了竅，此後，便如驚蟄甫過的小蟲，驚惶又興奮地，四處張望。

我是在這樣的自覺裡，重新認識「尋根文學」的，同時也因為這樣，重新理解了「鄉土文學」。

大陸的「尋根文學」，時常被定位在文革過後，緊接著「傷痕文學」，是一九八〇年代興起的文學浪潮。臺灣的「鄉土文學」，則時常被定性在臺灣社會從農業向工商社會的轉變中，小人物進退失據的窘境，或者對於小人物的悲憫和同情。這些理解，都是在時空座標裡進行的，我們想辦法為它找到一個固定的位置，標記清楚，進行一場「文學史式」的理解，好像就是因為他們處在那個時空條件裡，所以才尋根、才寫鄉土。

我後來漸漸明白，「尋根」其實不專屬於韓少功、阿城、鄭義，「鄉土」也不專屬於洪醒夫、黃春明、王禎和，它其實是屬於每一個族群，甚至每一個生命個體，乃至根本就是每一個生命的基本嚮往和追求。

尋根或尋鄉土，或許本來就是一個自我觀照、自我省視的過程，在「追返來處」的過程裡，在穿透了各種文明理性的認知定位之後，逐漸窺見那片非理性的土壤，看見那些隱藏在生命裡深層處的密碼，而和它們直面會晤。當那一片難以言說又不可理解的混沌「靈光再現」的時候，我們也許也正以一種新的形式，重新歸返了自我。

於是，我漸漸開始想要打破那個文學史上的座標，讓它不只是知性的理解和記錄，也不只是感性的懷念和謝恩，我想中止判斷，重臨現場，重新看見和感覺。那裡面不是同情和悲憫，也不是什麼激情的控訴，因為「我」在追返根源的過程裡，本來沒有主客對待的關係，只是一場內在自我的深沉對話，沒有那些動輒飄來的悲情，也沒有那些憐憫過度的施捨。

念研究所的時間，對我來說可能太長了，碩士六年，博士八年，各種語言文字的使用，總環繞在詮釋、分析和判斷裡，弄到後來，覺得整個人都有點「割裂」了。厭倦理性分析以後，對於被各種文明符碼詮釋的世界背後變得更加好奇，越來越想探入那一片不可言說的混沌世界。

不知從何時起，這種重回失落家園或重建歷史現場的渴望，在我的生命裡開始灼熱起來，越來越強烈。那是一片正在消失或已經消失的時空，我的生命卻從那一片混沌裡面誕生，回頭看去，彷彿它在我的靈魂深處到處流竄，能夠隱隱感覺，卻怎麼也抓不住。

那一片混沌是什麼？或許是正在變貌的土地、河流、天空，也或許是正在老去或已經離去的親人，也或許是那一樁樁逐漸被淡忘的故事和記憶，但也或許是一些說不清的什麼。

這幾年，父親中風後，有一段時間神智不清，時常說著胡話，直嚷嚷著說要回家。大家問他要回去哪裡，他毫不猶疑地說：「洲仔尾」。

大家且驚且笑，幾乎懷疑他是否「老人癡呆」了，我們已經從洲尾搬出來四十幾年了，那裡怎麼還有「家」？可不知為什麼，我心裡竟然湧起一股辛酸：無論過了多久，那個讓他受盡苦難的家園，仍然是他潛意識裡真正的家。

他當然弄錯了，我們家在臺北市的東區，在光復南路。可那個已被判定為「錯亂」的記憶，對父親而言，卻才是真金足兩的家鄉。那一片我們幾乎是亟欲擺脫遠離的土地，在他心裡竟有那樣的分量。

我不知不覺起了一個奢望，想試著找回父親心底那片消失的時空。我有沒有可能重建歷史現場，還原一些什麼？

不只是他，還有我的母親，以及其他一個個被慢慢遺忘的老人們，他們心裡不知有多少屬於生命源頭的古老的記憶，正在逐一被丟進遺忘的深淵。只有在他們老化或病重時，才從他們的潛意識裡漸次浮起，而被我們理解為記憶的混亂、意識不清的夢囈。那些被丟棄的記憶，會不會就是我們生命的來處，會不會就是我們各種意識和情性的根源？

我像是害怕失去或遺忘什麼似的，漸漸開始想留住一鱗半爪，找回一點吉光片羽。似乎是為父母留住些什麼，而其實也是為我自己的來處，探尋那片神祕的荒原。

當然，那些關於土地、空間和庶民的各種記憶，在這個年代裡，已經找不著現實的用處。它們總被迫不及待的新事物推擠著，躲藏到看不見的記憶角落裡，安份地沉沒、消失，生怕耽擱了時代巨輪的滾動，耽誤了新世界的到來。

像是尋訪著失落的家園，我一邊用文字重建家譜，一邊如飢似渴地蒐集父母、族人和土地的照片，勉力留住每一幀古老的記憶。經過二十多年的資料蒐集，加上連續兩年的埋頭撰寫，我完成了十九萬字的家譜。父系的紀錄大致完成，緊接著又做了一本《阿母的相片書》，依照年代順序，圖文搭配，把母親所有的成長記憶、家族故事，盡可能完整的還原出來。

這個過程，幾乎將我的靈魂洗了一遍，對生命的觀照、對自我的看待，都得到了微妙的重整。在反覆聆聽和記錄中，我烙下許多祖先和族人的步履和身影，看見了彼此之間的微妙相似，也看見各房子孫兄弟叔姪的巨大差異。我在血脈奔流的痕跡裡，和雄奇又荒唐的造物者隱隱相遇。

我清楚地意識到，關於來處，不論是土地、先人或親族，他們的種種氣息，正或隱或顯地藏在心底深處的角落，神祕又古老，豐美又蒼涼。儘管我的肉身早已離開故里，但每一提起，就會有許多奇妙的連結，隱隱勾出底下那一座影影綽綽的冰山。

撰寫家譜時，我多次回到洲尾，卻發現這裡已經恍如隔世。這裡的舊厝多已翻新，住過洲尾的毓老師仙去之後，他住過的「南塘」柯厝，屋主也已決意拆除，能夠留下來的往日痕跡，屈指可數。泥土、竹筍和蕃薯種的氣味，已經從許多人的記憶中緩緩淡去。

基隆河上的搖櫓擺渡早已禁止，長壽吊橋也不見影蹤，族人的身影容貌，慢慢變得稀淡不清。在幾戶平房的屋角，偶而還會瞥見一兩壺土法自釀的葡萄酒。在祖先牌位旁邊，只剩下一兩幀泛黃的舊照片，讓人依稀想起什麼。

我的曾祖父、七伯祖、阿公、阿嬷，還有許多叔叔、姑姑……其實都早已遠去，遠得像只是個傳說。那位曾經多次將我治好的「進仔」，已成了法力全失的老人，前些年也已謝世。

踩在洲尾的土地上，我的步伐有點躊躇，有點遲疑，幾乎不知道該憑弔什麼，或不該憑弔什麼。我像是近鄉情怯的旅人，又像是丟失記憶的過客，那些土地裡飄出來的傳奇身影、悲歡歲月，像沉入心湖深處的聲音，既真切，又朦朧。

家譜完成後，我心願雖酬，卻不無遺憾。家譜的體例，歷來有其傳統，它有很強的社會性，除了尋根問祖，也在敦親睦族，有它社會教化的功能，撰寫者必需要考慮各房族人的閱讀感受，最後無可避免地，會走向「書美不書惡」的傳統，遇到敏感處，只能美化和迴避。遇到大關節處，即使想用點什麼春秋筆法，也都只能處處閃躲，而終究有褒無貶，困在它既有的體制框架裡。

從史傳和譜學裡走出來，我遊目四顧，「小說」的無邊自由正在奼紫嫣紅地誘惑著我。莫言的《紅高粱》像燒酒一樣，讓我血熱神醺，妻說：「你寫個『紅蕃薯』吧！讓阿嬤他們重新活起來。」

我思索良久，既不願停在歌功頌德的框架裡，卻也不甘向小說的虛構靠攏，最後決定做一個折衷：告別「史傳」之後，我的筆尖和「小說」保持距離，選擇了「散文」的寫實。於是，開始有了一系列關於「洲尾」的文字。

在那些尋根文學裡，我受到了莫大的衝撞和鼓舞，已使我充滿了勇氣。我時常想起，在《傳奇莫言》裡，莫言形容山東的高密東北鄉，是「深深愛著又深深恨著的黑土地」，他筆下那種人和土地之間的複雜感情，既魔幻又真實，讓我從倫理和文明的「蒙昧」之中甦醒，向那片肆無忌憚的荒原奔去。

僻處鄉間的洲尾，當然不同於鄭義的山西，韓少功的湖南，更不同於莫言的高密，我得找到我自己的符號，自己的言說。對我而言，那情感和莫言的「又愛又恨」也有區別，說愛說恨，感覺似乎都浮起來了，走樣了。那似乎是一種既眷戀又拒斥，既親切又害怕，既熟悉又陌生的情感，充滿了衝突和矛盾。但，那才是真實的、完整的來處。

朱熹的詩裡，描寫了一片像鏡子般的池塘，說它「天光雲影共徘徊」，形容讀書有得時，鑑照萬物，纖毫畢現。但關於生命的原鄉，那些肉眼已不可見的一切，能夠這麼清楚地鑑照麼？基隆河畔的記憶，在腦海裡浮現時，瀰漫的都是若有似無的土腥味和血腥氣，讓人又熟悉，又害怕，彷彿藏在自己的骨髓裡，揮之不去，也說不清那是什麼。

這麼多年來，在我們竭力奔向文明的腳步裡，其實正在不斷揚棄這些混沌不明、漫漶不清的光影。讓它沉入記憶的湖底，越陷越深，深到我看不見的地方，只在潛意識的邊緣，偶爾浮起。

莫言他形容自己的創作，像是「唱著一支憂傷的歌曲，到處尋找失落的家園」。或許我也是。或許大家都是。

我和身邊的朋友談起這些，有人想起母親說過的許多故事，記起老人家閹豬的畫面。有人想起南投家鄉的古老諺語，還有許多閩南語的記憶。有人想起宜蘭老家的許多故事，據說比紅樓夢還精采。有學生看到故事，想起了自己的阿嬤，卻流淚了。

妻聽著洲尾的故事，時常瞪大了眼睛，且驚且詫，又笑又歎。緊接著，記起她父親年輕時的故事，那是在遙遠的河北省三河縣，還有古老的北京。老丈人仙去多年，他的生命故事，只有妻還在腦中或斷或續保存著一點光影，正在時光之流裡緩緩地消褪。

每一個人都有關於土地、親族、庶民和成長的記憶，不想法子留住它，它們便在風中緩緩遠遁，有許多生命的潛在紐帶，便戈崩戈崩地漸次斷裂，直到我們終於說不清也看不見。

目次

輯一・故里夢迴

▲ 宗族繁衍十房，比鄰而居（攝於九房林秀玲訂婚日）

原鄉

我出生的地方，叫作「洲尾」，位在內湖南端，一向少為人知，不是什麼了不得的地方。但對我來說，意義卻大非尋常，總有一種悠悠的想念，時常在心頭隱隱浮起，牽之繫之，忽隱忽現。

真正講起來，我在那裡只住了四年半，而且還是混沌未鑿的童稚時期，照理說記憶並不深。後來偶而回去看老家、探族人，頻率不高，時間也不長。可不知為什麼，每次來到這個地方，都有一種很微妙的熟悉感，像是極古老的，已經封存的陳釀，被放在古老的罈子裡，不小心一揭開，就有一種微酸的古舊的味道飄出來，覺得又是歡喜，又是悲傷。

我長大以後在書院念書，認識了毓老師。

毓老師姓愛新覺羅，是清朝皇室的後裔。當年努爾哈赤的兒子代善把皇位讓給了弟弟皇太極，被封為禮親王，世襲罔替，俗稱鐵帽子王。毓老師就是代善的後代，他的父親正是清朝最後一位襲爵的禮親王誠厚。毓老師身世顯赫，還在其次，他師承多位近代大儒，繼往聖絕學，開世紀新局，是臺灣學界重量級的人物，對我的生命歷程更產生了極重大的影響。

我進書院時，是民國七十四年（一九八五），老師教課的地方叫做「天德黌舍」（解嚴以後，才改名「奉元書院」）。當時早已遷居臺大附近，我完全不知道他和我的老家「洲尾」有什麼關聯。父親知道我去書院上課，又得知老師是前清禮親王之後，曾對我說：「欸，咱洲仔尾以前也有住過一個王爺，住在柯厝那邊，離我們家很近，不知道是不是同一個人？」

我那時太年輕了，心高氣傲，卻十分無知，對於洲尾的落後鄙俗不屑已極，對爸爸的疑問簡直嗤之以鼻：「爸，你們不要聽人家亂講，哪有那麼多王爺？老師是何等人物，怎麼會住在洲仔尾那種地方？不可能。」

多年之後我才知道，毓老師年輕時剛到臺灣，曾有很長一段時間住在「洲尾」的南塘柯厝，與我的族人們共同生活，俯仰游息，共飲基隆河的水，也一起用河水洗滌衣物。

毓老師與族人接觸不多，卻喜歡栽培年輕的後進。當時堂叔欽讓年紀還小，卻很能念書，是九房裡第一個考上建中的孩子。老師曾經幾次找欽讓叔到他屋裡去談話，讓他看看「一人之下，萬人之上」的「紫袍」長什麼樣子，還講述了許多古老的故事。當時叔叔們還都是小男孩，只知道「王爺」一個人獨居，會自己一個人在屋裡煮麵，屋裡有許多大箱子，裝著很多神祕的物事。此外，他們並不知道什麼是「代善」「禮親王」，也不知道什麼是「世襲罔替」，更不會料到後來家族裡有個晚輩會跟著毓老師念書，改變了一生的命運。

那裡真是一個奇妙的地方，我和毓老師的生命在這裡有了並不相遇的交錯，和親族有了無數千絲萬縷的聯繫，裡面有酒瓶有鮮血，有聖賢有詩書，有愛恨有生死，有黏糊糊斬不斷的各種悠悠夢境，在那裡飄蕩。年輕時拚命掙脫這種牽繫，有如斬斷臍帶，果決無比；年長以後卻回來反覆踏訪、到處蒐求各種老家的吉光片羽，寫成《同安林氏家乘洲尾支譜》，內容長達十九萬字，兀自不足，心裡頭還老是想著，能不能再為它再寫點什麼。

我讀到莫言所寫的《紅高粱家族》，他形容他的故鄉「高密東北鄉」，是「地球上最美麗最醜陋、最超脫最世俗、最聖潔最齷齪、最英雄好漢最王八蛋、最能喝酒最能愛的地方」，幾乎要擲卷長嘆，低迴難已。

因為，「洲尾」對我來說，竟然也是這樣的地方。

成長的步履匆匆，我總是不自覺把這片印象丟在腦後，然後它又在不經意之間浮起。如或偶然想起，幾乎都能感覺到土地的原始脈搏，還在那裡地老天荒地咚咚鼓動。

這裡是母親受盡折磨的苦難地獄，卻也是一代大儒的棲身之所；這裡兄弟鬩牆時酒瓶菜刀在廳堂裡翻飛，而四書和詩詞的琅琅書聲也在這裡的私塾（當時在臺灣稱為「書房」）裡迴盪；這裡有許多年近百歲的耆老，也有許多太早夭折的孩童；收驚和療病的佛堂，和兄弟爭產對簿的公堂，時常疊在一起，令人分不清哪個是虛幻，哪個是真實。

多數的時候，它似乎更像個原始力量的爭逐戰場。它同時有著許多荒唐謬悠，不可思議的記憶，在我們的血液裡流竄，在我們的腦海深處浮沉，總有一片文明未鑿的荒原，偶然在心頭影影綽綽地映現，那是我肉身的來處，童年記憶的原鄉。

▲ 洲尾土地肥沃，農產豐饒，村內孩童於菜園溪戲（林欽讓攝）

恩養

我出生的地方，位在內湖的南端，臨基隆河，與南岸的錫口（今名松山）隔河相望。在古老的年代，它比較被熟知的名字，是「洲尾」。

這名字來自它的地形。在基隆河「截彎取直」的工程以前，原來的河道在這裡像猛龍擺尾似地轉了兩百七十度的大彎，在三面環河之下形成了沙洲地形，所以稱為「洲尾」。

不過，這裡的本地人喊的都是土名「洲仔尾」。對當地人來說，要是沒有

「仔」這個音，這地名簡直唸不出來。日本人當年製作的「臺灣堡圖」，上面標記的也都是「チュアボェ」，用「ア」保留了「仔」的發音。在洲尾人的記憶裡，「洲仔尾」是最熟悉的名字。

這裡的主要道路，原是先民沿著基隆河踏出來的一條路，自古即是南港、松山與內湖間來往的要道。日據時期初建，屬內湖——松山道的一部分，俗稱「洲仔尾路」。民國五十七年，這裡被劃入臺北市，才取了個名字叫「新明路」。

雖有了新名字，族人說起老家，總還是「洲仔尾」、「洲尾」地喊，彷彿那才是自己的家。

洲尾南邊的基隆河，就是養活洲尾人的母親河。

簡媜在〈河川證據〉裡說：「他（基隆河）對吃的東西不感興趣，十分詭異地出產沙金與煤礦。」我因此發現，她對基隆河畢竟陌生。當年的基隆河水質清澈，未受污染，河中資源一向豐富，盛產蛤蜊、魚蝦，河上常有扒蜆仔船在作業。平常農閒，到河裡摸蜆的人也很多，「一兼二顧，摸拉仔（lâ-á）兼洗褲」的俗諺，正是在這樣的背景中產生。那些豐富的漁獲，當然都是「吃的東西」。

簡媜提到基隆河的「一百八十度大轉彎」，只知道它時常帶來水患，卻不知福禍相倚，那河水的沖積，正是造成肥沃土壤的良好條件。在基隆河「截彎取直」的工程以前，原來的河道在這裡轉的不只是一百八十度，而是兩百七十度的大彎，在三面環河之下形成了沙洲地形，所以「洲尾」的土地，一向肥美豐饒。照老一輩人的說法，這是「地氣好」，所以這裡生產的農作物一向遠近馳名。

那麼，基隆河怎麼會是「對吃的東西不感興趣」呢？

在水清魚游，路與河之間沒有堤防阻隔的年代，這裡舉目所見，都是金黃的稻田、深綠的竹林。陳、林、楊、黃等古厝散布其間，家家都是以生產稻米、竹筍和蔬菜營生。這裡的沙土，尤其適合種植蕃薯，「蕃薯種」（即蕃薯藤）因此成為本地名產。本地耆老莊頌德（洲尾名儒莊根茹之子）曾說：「這裡曾是臺灣蕃薯藤的故鄉，以前七星區那些山頂人家都來這裡剪蕃薯藤回去種，這裡的蕃薯種名叫『七十二早』，因為長七十二天就會生蕃薯，也就可以吃了，每一藤都會生三斤以上，很會生。」

這裡的蕃薯其實長不大，但「蕃薯種」卻很會繁殖。在松山車站常有蕃薯種客，帶著空布袋、扛著扁擔前來採購。連南部高雄地區的人也到這裡來取種，原來這裡的蕃薯種早已遠近馳名，是洲尾的特產。臺北市新聞處出版的《新世紀．臺北．思想起》，就把洲尾稱為「蕃薯藤的故鄉」。

當時賣蕃薯種以「藤」為單位，將兩百藤綁成一把，以「千藤」計價。為使顧客買到最新鮮的蕃薯種，村農往往依客人購買數量，當場下田割取蕃薯種，遇上數量較多時，還須聘請鄰人幫忙收割，以免讓客人久等。

我的阿嬤與幾位鄰居時常應邀幫忙，他們的動作熟練，速度極快，而且所割的蕃薯種長度一致（每條蕃薯種藤的長度，太短插入土裡不易生長，太長則浪費，約廿五公分最適中），是鄉人眾口稱道的好手。

除蕃薯種外，麻竹筍和麻竹葉也是此地特產。洲尾所產的筍子鮮嫩程度有如水梨，煮成竹筍湯，湯汁都是白稠稠的，非常好喝。

林氏宗族所居的地方，因四周遍植竹林，稱為「竹圍仔內」。麻竹在此漫山遍野，盛況可以想見。這裡的竹葉與南部頗不相同，葉片短而寬，用以裹粽，顆粒最大。將竹葉採摘、曬乾後，便可成綑販售。我幼年時曾經跟隨阿嬤到麻竹園裡摘竹葉，回思往昔，依稀如夢，竟有一種難以形容的眷戀。

可惜的是，家中的竹園很快就被變賣一空，如今只殘留了一點竹林的光影，在腦海的深處，埋藏著惆悵的記憶。

「洲尾」其他較特別的農作物，還有小白菜、高麗菜、芝麻及早田稻等。因為土質好，聽說這裡種出來的蔬菜都特別可口。不過，我得承認，這些美好的農作物，我們家其實很少吃到。

我們的祖先約在乾隆三十五年（一七七〇年）渡海來臺，第三代的高祖父百福公（諱全祿）闢出十多甲地，人稱「五甲田、六甲山」，又生了十個兒子，財丁兩旺，是家族發展最興盛的時期。族裡在習慣上把第四代的十兄弟稱為十房（兄弟分家，各自繁衍，各稱一「房」。這個詞彙，臺灣有些地方稱為「柱」）。各房子孫都聚在一起，比鄰而居。

我們這一房，是其中的第九房，家道早已中落。曾祖父通流公（諱灌溉）只活了五十四歲，六年後二伯公（諱四川）便即謝世，九年後，大伯公（諱宗顯）也被日本人徵為軍伕，送上戰場，在江蘇寶山犧牲。

我的祖父在十七歲上就沒了父親，只靠務農和零工過活。他全無經濟頭腦，卻要養活十一個孩子，家裡很快就陷入極度的貧困。他所種的竹筍和蔬菜，略好一點的都得拿去市場換錢，家裡真正吃到的東西，多半是殘蔬敗菜，勉以餬口而已。

但無論如何，在那個苦難遠多於歡樂的年代裡，基隆河的蜿蜒，和洲尾的土地，終究養活了我們，是我們的生命之源。儘管，我們幾乎是下意識地把它從記憶裡丟棄，漸漸遺忘。

水患來去

「洲尾」南邊的基隆河，彎彎曲曲地流過，雖然孳養著這裡的居民，但也帶來嚴重的水患。

由於基隆河的河道曲折，上游的平溪山區又是臺灣雨量最多的地區，每當颱風或豪雨來襲時，很容易造成下游地區的水患。

水患的嚴重和頻繁程度，對外人來說很難想像。淹起的水，時常超過床面，所有紙類文件全毀。當年毓老師之所以遷出洲尾，就是因為無法忍受嚴重的水患。

▲ 民國五十七年，內湖併入臺北市，洲尾人燃炮歡慶

當時的床，幸好均為木製，事後若加清洗，還能使用。如果是現在的彈簧床，淹一次就得丟一次，損失將更慘重。

民國七十六年八月，大房的三伯父華煬去世了。入斂後，他的棺木就停在客廳。四天後琳恩颱風來襲，洲尾嚴重淹水，他的棺木居然整個漂起來。眼看著棺材悠悠向大門漂去，家人急出一身冷汗，在大水中惶急不堪地撥水而過，擠向大門，勉力將大門闔上，架好木閂，才把漂出的棺材給擋住了。

水患之於洲尾，一直是揮之不去的惡夢。

由於水患頻繁，民國五十五年起，內湖就被列為特定開發區，不准濫建。為了解決水患，政府進行了兩次基隆河截彎取直工程，以利洪水宣洩。

第二次的截彎取直，是民國八十年到八十二年，處理了大直、松山、內湖與南港河段，在內湖創造了大片新生地，產生高科技園區和河濱公園，內湖因此成了臺北市的新興城鎮，面貌因此劇變。嶄新的內湖，從此擺脫了水患的惡夢，迎來了城鎮的新貌，但也與我記憶中的原鄉漸行漸遠。我不知道是該歡喜，還是悲傷。

水患解決了，洲尾的土地上，看起來似乎都是光明的前景，而在土地身上流淌的基隆河，卻早已被不斷地污染，逐漸失去生命，昔年水清魚游的河景，從此一去不返。

民國五十年，原先生產腳踏車磨電燈的「三陽電機廠」在內湖的石潭改組，名為「三陽工業」，與日本的本田技研株式會社技術合作，開始生產摩托車。當時的臺灣，每四個機車族就有一個騎的是三陽，盛況驚人。「三陽工業」的發展，吸引了大量中下游的衛星工廠聚集，帶進一波勞動人口就近定居，洲尾的居住人口迅速膨脹起來。

媽媽年輕時的老照片裡，有許多氣質很好的姐妹淘，其中有一位叫作王張香。我後來才知道，她原來就是三陽老闆張國安的妹妹。媽媽向來不善與人交際，但不知何故，王張香和她非常投緣，媽媽和好友的合照裡，幾乎每一張都有她。我總是打趣她，原來她跟「豪門」之間只有一步之遙。其實，這些「豪門」離我們真的不遠，確實帶動了整個洲尾的發展，改變了我們的生活樣貌。

民國五十三年，「麥帥公路」竣工通車，交通日趨便利，各式車輛南來北往，這裡的農業社會型態，很快被時代的巨輪碾過，迎來了輕工業的潮流。工廠與住宅合一的集合式公寓大量出現，許多家庭式工廠聯手打造加工業，包括毛刷、電鍍、沖床、電子零件、翻砂、烤漆和服飾加工。二叔的屋裡，成衣堆積如山，一條龍的裁紙、熨燙、摺衣、包裝，忙碌不休，連游手好閒的五叔，居然也成了此道高手。

民國五十七年，內湖併入臺北市，這是洲尾歷史的新頁。

我在姑丈家裡看過兩張老照片。姑丈家門口的牆上掛著一幅紅紙，上面大書：「慶祝編入臺北市」，一長串的鞭炮從高處懸垂至地，火花四濺，人們的心情都寫在歡容裡。我在那泛黃的老照片裡，幾乎能聽見那震耳欲聾的鞭炮聲。

我把照片給朋友看時，朋友驚愕地問我：「併入臺北市，為什麼要慶祝？」不在那個地方、沒有經歷過那個時代的人，很難想像當時內湖人的興奮。內湖居民變成了「臺北人」，就像破舊的老家一翻身成了「京畿」，無不歡欣鼓舞，興奮若狂，到處都有人家放炮慶祝。林立的工廠正式掛上

「新明路」門牌，這裡被劃定為臺北市第一個輕工業區。里長說，「新明路上每天有二、三萬人出入，上下班時每次紅燈一亮，都同時有三、四百人等著過馬路」。

但在內湖「現代化」，併入「帝都」以後，滾滾車塵之間，基隆河日夜污染，終於慘然變色。最後魚蜆紛紛消失，河裡所長的，只剩下紅蟲了。水源的缺乏讓產業維持日益艱難，工廠陸續沒落、外移。八十年代初三陽總公司移往湖口，這裡的輕工業時代突然結束，只留下了一條變色的基隆河。

人們解決了自然的水患，卻讓自己成了河水的禍患。洲尾的繁榮，像泡沫一樣的消失了。

老家的居民終於掙脫了貧窮的處境，但又措手不及地失去了什麼，活得心慌意亂，老不踏實。舉目四望，老鄉們依然掙扎著外移，想要闖出更新更好的去處。要等到有了新的模樣，新的落腳處，然後才如夢初醒地一一回頭，重新尋求那許多荒失的記憶。

我幾次回到老家，在曲折的巷弄裡尋覓徘徊，只見房屋低矮、道路逼仄，那片舊厝如真似幻地存在著，已經賣掉的老家門口，居然還貼著爸爸用他的名字鑲嵌的對聯：「振家當守六經訓，盛世欣逢四季春。」但裡面空無一人，感覺有些陰森。

據叔叔說，這屋子已經成為地下賭場，前陣子被警察嚴格取締，賭客絕跡，也沒有人住，現在成了空屋。

這裡的人口逐漸變得稀少和老化，走在街頭，我幾乎一個人也不認識了。我的腳步遲疑蹣跚，既想快步逃去，卻又依依不捨。這裡藏著洲尾人擺脫不去，也捨不得丟棄的記憶，成為一個像夢境一樣的地方。我站在老家的巷子口，心裡滿滿的酸澀和歡喜，清醒和迷茫，卻終究分說不清。

▲ 民國53年，麥帥公路開通，橫跨基隆河（林欽祺提供）

溺

基隆河哺育著我們成長，無疑是「洲尾」人的母親河。但它也無情地帶走了許多族人，我從橋上經過，看河水悠悠，裡面總有數不盡的憂傷。

洲尾的族人南臨基隆河，那時還沒有自來水，河岸自然是族人摸蜆、捉魚、洗衣服最好的地方。但許多令人無法接受的意外，也都在這條河裡發生。

我的曾祖父通流公排行第九，所以我們屬於「九房」。九房裡有個堂兄，叫作俊雄，平常就是「孩子王」。小學畢業那年的暑假，他與一個大房的孩子燦型時常相約，一起去基隆河裡戲水摸蜆。不料，有一次遇到河水漲潮，兩人都不會游泳，這一出去，再也沒有回來。

翌日，兩個孩子浮出水面，他們的身體已被河水泡過，浮腫不忍卒睹。一個是小學畢業，一個才小學五年級，家人悲痛欲絕，幾欲瘋狂。

有一次，我在晚餐桌上提及此事。平日向來笑嘻嘻的大哥，竟然臉上變色，頓時失去了笑容。他說，這件事他知道原委，也曉得是誰帶的，儘管那已經不重要了。

那一年是民國五十七年，他才九歲，當天他也在受邀之列。俊雄是堂哥，比他大了三歲，在孩子圈裡威重令行，所有的事情一向他說了算，若有不從，就不免嚐點苦頭。那天他開口找大哥去摸蜆，大哥本來很難拒絕，但那天他有約在先，要接受朋友「翁仔鏢」的挑戰，那是他最拿手的遊戲，實在捨不得放棄，於是鼓勇拒絕。拒絕後，倒也沒有挨打。萬萬料不到，他竟因此和死神擦身而過。

〔案〕翁仔標：舊時供兒童玩樂用的紙牌，各地形狀不一，在臺灣以帶有花邊的圓形居多，直徑約四到五公分，因遊戲型態豐富，對抗性強，上面印有色彩豐富的圖案，也具蒐集趣味，極受男童喜愛，往往被視為「寶物」，是同輩間顯現地位的象徵。「翁仔標」，是依閩南語的稱呼直譯而來，或音譯為「尪仔標」。在閩南語中，「翁仔」意為人物圖像，「標」

則指標籤。因為翁仔標上的圖案多為著名或受兒童喜愛的人物造型，這些圖案在閩南語中慣稱為「翁仔」，由是得名。

俊雄那一年小學剛畢業，從河邊抬回來以後，暫時讓他躺在岸邊，他的母親「葉仔」嬸已經哭到暈厥過去。他的父親來看他時，卻發生了一件驚人的異事：俊雄遺體的鼻孔裡，竟然瞬間冒出大量鮮血。目睹此景，周邊的人全起了雞皮疙瘩。

俗諺說：「見到親人流鼻血。」傳說中，剛走的屍體，如果見到親人來看，都會鼻血直流。那天，他們全得到了驗證。血親召喚的力量，遠遠超過我們的想像。這千真萬確的故事在洲尾輾轉傳誦，卻變得像一個傳說，我們心底湧起的，除了悲傷驚奇，還有更多的震撼和迷茫。

對洲尾人來說，土地給予的恩養當然是真的，把基隆河稱為洲尾的母親河，也毫無疑問。但是土地在我們面前展開的樣貌，從來就不只一種，除了歌頌和詠嘆，更多的是依賴和敬畏，還有悲傷和恐懼。

母親是長媳，嫁到洲尾以後，在阿嬤嚴厲的要求下，擔起了全部的家務。她每晚的最後一項工作，就是到基隆河畔洗衣服。總是在夜已深沉的時刻，她拖著疲憊又飢餓的身軀，扛著十幾個人的骯髒衣物，步行到基隆河畔，在黑夜中流著眼淚洗滌。

當時基隆河時常有深夜的蜆船，在黑夜中緩緩航行。有一次她洗到累極了，猛一抬頭，發現黑魆魆一艘蜆船無聲無息地靠近，她嚇得腳一滑，差點摔入基隆河。

她常說，她如果那一下摔進去，接下來就什麼事也沒有了。那是深夜，渺無人蹤的深夜，差一點就吞噬掉她生命的深夜。那樣黑沉沉的基隆河，正是她婚姻裡黑沉沉的記憶，是揮之不去的夢魘。

洲尾人對於基隆河，一直有生的依戀，也有死的悚懼。有時我們幸而和溺水擦身而過，有時終究在河裡失足，或甚至是悲憤投河，讓悠悠流淌的河水猝然吞噬。

我有好幾位姑姑，其中最小的姑姑，性格非常好勝要強，但很不幸地，她擇人不慎，遇人不淑，結婚當晚金飾就被全部剝光，接下來拳打腳踢不斷，她無法承受婚姻的痛苦，又找不到出路，在三十五歲那一年，從橋上縱身躍入了基隆河。

還有一位年邁的長輩，極度寵愛幼子，供應他一切所需，以致到高齡八十六歲都還無法停止工作。這個幼子一生不肯就業，一直不斷跟父親要錢。在某一個清晨裡，幼子開口要錢，老父親拿不出來，兩人吵了一架，老人便失蹤了。幾天後，他的身體在基隆河下游浮起。

基隆河的水，在洲尾南端蜿蜒而過，又轉彎北上，把整個洲尾包裹起來，就像一個溫暖的襁褓，哺育滋潤著這裡的土地和人群。但在這塊豐饒的土地上，人們的猛悍與愚癡在血液裡交錯奔流，走起路來竟然步履蹣跚，跌跌撞撞。

大地無言，但河水裡飄出來的氣味，慢慢卻成了幽幽的悲傷。

我行經麥帥公路，每次看著底下的基隆河，總覺得心裡麻麻暈暈，酸酸澀澀，又苦又腥，不知道那是什麼滋味。

▲ 成美橋上家人合照（林振盛攝）

船難

基隆河是洲尾的生命之源，也是內湖地區發展的命脈，但北岸的「洲尾」與南岸的錫口（松山）、南港之間，南來北往，渡河卻是一大難題。

早期還沒有吊橋，南北居民的往來，主要是靠一艘渡船。當時的渡船本來是木製的，由四十九位村民集資購買，船東叫作「李光火」，真有點「水火既濟」的意思。叔公宗添因每天要搭渡船將竹筍挑運到錫口街（今饒河街）販賣，所以也是出資人之一。當出資人的好處，是全家人可以免費乘坐渡船（搭一趟是一塊錢）。不過，船身若有損壞，船東會再向出資人收費，以便進行整修。

民國三十五年，內湖人游彌堅當上了第二任官派的臺北市長。翌年，他以慶祝總統六秩華誕為名，倡議樂捐成立「興橋基金」，共同促成「長壽橋」新建工程，造福地方。市轄之後，更名為「成美吊橋」。

這座吊橋橫跨基隆河，使南北疏運得以一時緩解。不過，到了民國五十八年，因吊橋已使用二十多年，加上平時疏於維護，吊橋的木頭及橋墩上的纜繩已經嚴重腐蝕，成了危橋，不得不封閉。於是，基隆河兩岸的居民，又只剩下渡船可以搭乘。

當時的木造渡船，已由李光火的兒子「狗仔」接手，對於吊橋封閉而激增的乘客量，光靠他的一艘木船，已經無法負荷，地方人士於是商請位於淡水的救生隊，調來兩三艘鐵製的救生艇應急。

一艘救生艇可以承載十多人，但在尖峰時段，一趟往往擠上二三十人。暇時聊天，救生員曾對叔叔欽祺說：「這樣超載，實在太容易翻船了。如果真的翻船，我只能一手拉一個，最多救兩個人。」

說是這麼說，每遇尖峰時段，為了消化不斷增加的乘客數量，每一趟都仍然大量超載。明知每趟渡河都是在危險邊緣閃身而過，大家卻別無他法，只能睜著半隻眼，得過且過。

那一年我才兩歲，不知何故患上中耳炎，耳中時常流膿。媽媽為了帶我到南港的「蘇耳鼻喉科」看病，必須先渡河到南岸的錫口（松山）搭車。於是，在尖峰時間，我們搭上了嚴重超載的渡船。

船身大量超載，搖搖晃晃，本已令人驚心，不料，船行到基隆河中央，突然又下起了大雨。乘客們為了避雨，紛紛撐起雨傘，於是船身搖擺更為劇烈。

此時，船夫在船頭厲聲暴喝：「欲翻船嗎？都不准動！」眾人因此停止動作，傘未撐開的人，只能咬著牙默默淋雨。但船艙持續進水，危險仍不斷增加。

近岸之時，船夫鬆了一口氣，向乘客喊話：「已經欲靠岸了，大家不要著驚……」他沒有料到，正是這句話，使全船的人早已失去的耐心瞬間潰堤。聽到「靠岸」兩個字，大家不等他把話說完，已經一窩蜂地向岸邊迅速靠攏，爭先下船。

船身剎時失去了平衡，大量的河水淹沒船舷，湧入船艙，船身也迅速傾斜。母親抱著我在懷裡，目睹此景，驚慌地看了岸上一眼，那兒與船身仍有一段距離，絕不可能跳上去，她心知無倖，只有緊緊抱著兩歲大的孩子，閉上眼睛，隨著船身緩緩下沉，等待滅頂。

就在這個時候，站在母親身邊的一位身材高大的乘客，竟如迅雷不及掩耳，劈手將我從母親懷中奪過，往遠處的草皮扔去。

在遇險的時刻，他這一手十分驚人。我們事後判斷，這可能是出於「能救一個是一個」的考慮。但一般人在當場，很難反應過來，母親見狀大驚，只見我已飛落在草皮上，朝天仰臥，張大了嘴巴要哭，卻全無聲息，生死不明。在那一瞬間，她所有的害怕和理智都一起消失，瘋了似地向岸邊飛身撲去。

她竟然跳上了岸。不過，當然不是安全著陸。她膝蓋以下的小腿骨，全撞在岸邊粗砌的水泥和石塊上，一片血肉模糊。她心焦如焚，渾然忘了疼痛，直爬到草皮上將我抱起，聽到我「哇」地一聲，喉嚨迸出激烈的大哭，才放下了心。

她回過頭來一望，整艘船已經翻覆。船上的人都已經落在水裡，黑壓壓地，水裡都是人頭。媽媽說，她看到許多人的頭髮在水面上披散漂浮，一沉一浮，她驚懼到了極處，無法形容。

當時吊橋正在施工整修，岸邊因此有一批年輕的工人，正好現場目睹船難。於是，所有的工人都飛奔過來，全力搶救，大部分的乘客因而得以倖免於難。

但有兩個松山國小的學生，在船身翻覆時，被力道巨大的水流甩入岸邊底下的水坑，未被救難的工人發現，最後不幸溺斃。其中一位被撈起時，手裡還緊緊握著硯臺，沒有放手。聽說，那孩子本已出門上學，忘了帶硯臺，回家去取，沒想到會碰上這場死劫。我長大後聽母親轉述此事，心裡糾成一團，又酸又苦，久久無法平復。

事後，船夫因此判刑，渡船也被全面禁止。母親驚懼過甚，鬢邊青筋時時浮起，時常被身邊小小的聲響嚇得渾身一震，數月無法安眠。

我從大難中生還，不過兩歲，這些細節都是聽母親、叔叔等長輩口述得來，我自己其實無法記憶。但奇怪的是，我卻記得母親當天穿著的綠色外套。我甚至記得，那件綠色外套的領口有著黑色的、毛茸茸的滾邊。

我念小學時，有一次剛好母親打開衣櫃，那件外套赫然出現，我驚呼出聲，記憶深處的影像一下子打開了。我問母親：「阿母，我們掉進基隆河那天，妳是穿這件衣服嗎？」

母親大吃一驚：「咦？你怎麼知道？」

我搖搖頭：「我也不曉得，就是記得。」

人在生死之際，對至親的牽繫竟然深刻至此。

翻船當天早晨，事件轟傳了整個洲尾，居民大為恐慌，每個人都擔心家人也搭上了那艘船，紛紛急著找人。四叔公宗添火速趕到松山國小，去找當時就讀二年級的女兒碧雲，以確認安全。直到他親眼看見女兒無恙，才如釋重負地返家。

父親卻不知我生病就醫的事，聽見了這則新聞，下班回家時，非常激動地跟母親說：「今天基隆河的橋邊翻船，驚死人了！死了兩個囡仔，你知影嗎？」

他完全沒有料到，他的妻子和幼子就在現場，親歷了生死大險，剛剛歷劫歸來。

事後母親四處尋找那位把我扔到岸上的乘客，準備了豬腳麵線，想要好好答謝孩子的救命恩人。但她問遍了洲尾人，沒有人知道那是誰，他的身分一直是個謎。

這份未曾酬答的恩情，四十多年過去了，母親卻一直記掛在心。於是，我也一直記掛在心。

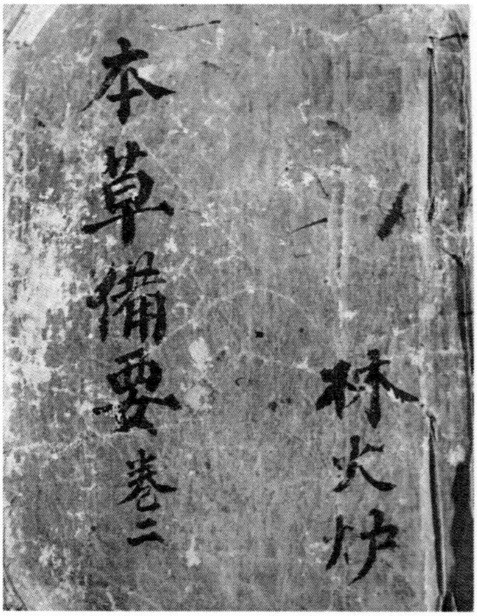

▲林火爐家藏藥書，封皮上的題字是顏體功底

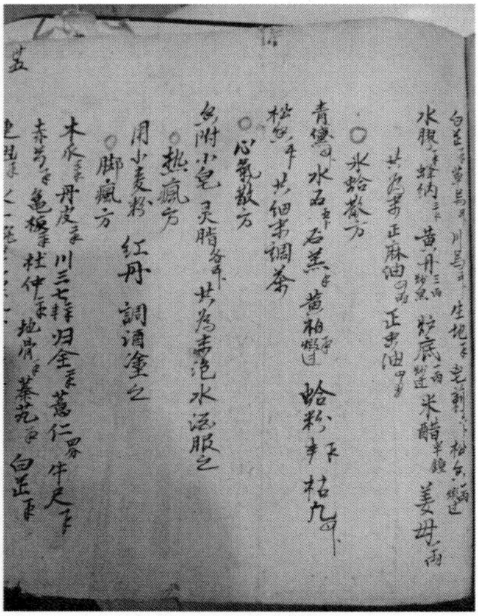

▲林火爐親筆抄寫的秘傳藥方，字體龍飛鳳舞

異人

船難過後，我因嚴重驚嚇，感冒高燒，夜間無法入眠，啼哭非常嚴重。母親帶我去找洲尾的「進仔」收驚。

「進仔」是一個中年人，本姓黃，名德進，住在洲尾渡船頭附近。他平常在電力公司上班，下班後卻時常幫人收驚、畫符。

他其貌不揚，施術時也看似平常，並沒有什麼特別，只是拿條紅線，將一片符籙綁上我的手腕，口中唸唸有詞，最後在我的脈搏上輕輕一按，如此而已。但說也奇怪，毫無道理的，他的「療程」一結束，我就睡著了。母親帶我回去以後，那段時間夜間驚嚇啼哭的問題，也自動消失了。

「收驚」這種看起來很迷信的行為，在洲尾這個地方，卻實行多年，甚至一再被驗證，在經驗法則裡真實有效。

多年後，二哥的孩子夜裡無法安睡，二哥問母親該怎麼辦。母親第一個想到的，還是「進仔」。

洲尾異人甚多，會收驚的其實不只他一個，家族的「二房」裡，就有一位姑母精於此道。她的名字叫作林貴，在本地開設了一間「週美佛堂」（內湖改隸臺北市之後，政府嫌「洲尾」不雅，將此地改稱「週美」），佛堂香火鼎盛，請求「收驚」者絡繹不絕，甚至要分發號碼牌，依次排隊。

她後來活到九十一歲高齡辭世，「法力」聞名一時，無疑是洲尾的異人之一。

不過，「進仔」在我生死大劫後出手，一戰功成，而且每試必靈，家裡的人對他特別信賴。二哥長大以後，他的孩子遇到許多醫藥無法處理的狀況，第一個想到的還是他。

二哥拉著媽媽一起回到洲尾，要請這位異人「進仔」出手。一見面，才發現他年紀已老，舉動遲緩，說話甚不靈便，似乎有些老人癡呆現象，遠非當年可比。他那些高明的「法力」，不知何處去了。那天，二哥求治無功，廢然而返。

在洲尾，還有許多各式各樣的異人。我的曾祖父通流公（諱灌溉）就是其中之一。

他很喜歡讀書，卻極厭煩農事。迫於生計，不得不勉強做點農活。若遇到挑肥澆灌這種工作，必須逐畦分澆時，他不勝其煩，往往將所有的水肥全部傾倒一處，轉身便走。他所種菜蔬承受不住，往往因此「鹹」死，成了鄉里間的趣聞。

他也不會抱豬，並不知道豬的後腿有多可怕，熟悉農牧活計的人都知道，絕不能站在豬的身後伸手去抱，那有致命的危險。有一次，他到豬圈抱豬時，無意間犯了大忌，從豬的身後伸手，被憤怒的豬仔兩腳踹在胸口，受到重傷，竟因此而早逝。

農家子弟不諳農事，幾乎是不可想像的，他在農活裡的鈍拙、輕率或渾不經心，實在堪稱一奇。但在學問和道術的領域裡，卻充分展示了他天賦的良材美質、絕佳根骨。當時曾祖父的五哥林作人（人稱通樸仙）、莊益（人稱莊仔仙，即名儒莊根茹之父）、陳進並稱為「洲尾三先生」。但叔公宗添說，其實曾祖父通流公學識之富，尤勝三人，名儒莊根茹也曾跟他讀過書。

我不知道宗添叔公對自己的父親是否有溢美之處，但曾祖父傾心學道，頗有成就，則是鄉里之所共知。他曾南下笨港（臺南）跟隨「吳魯爺」求師，學的是「天師法」，後精於符咒法術，能畫符驅妖。

洲尾附近的葫蘆洲，有一戶人家曾犯鬼魅，家中的雞箠（箠，打馬用的鞭子，這裡指的是趕雞鴨用的竹箕，抖動時會嘩啦嘩啦發出聲響，雞鴨自然聞聲趨避）居然站立起來行走，全家驚恐非常。

曾祖父到了現場，只是唸誦咒語，戟指一喝，雞箠即應聲倒地，不復為祟。

此事看似難以置信，但確曾轟傳一時，使曾祖父的身影益增神祕。

曾祖父的法力，我們不及親見，但卻偶爾會在他的兒子身上，看到一點耳濡目染的痕跡。阿嬤晚年罹病，有時神識昏亂，連自己的家人都不認得。有一個晚上，我聽到隔壁阿嬤房裡有奇怪的聲響，似乎有人在喃喃自語什麼。我躡足過去一瞧，發現阿公繞著阿嬤的床鋪，不斷行走，唸唸有詞。我仔細一聽，是：「太上李老君！敕！」「太上李老君！敕！」反覆不休。

我後來尋找家譜材料時，將此事告知叔公宗添的兒子欽祺。他說：「這個我爸爸也會，我親眼見過。他當時喊的也是『太上李老君！敕！』，和你阿公一模一樣。」

他們兩兄弟遇到難題，用的是一模一樣的「咒術」，或許是因為親見父親施法，留下了深刻印象。他們依樣畫葫蘆的「施法」有無效驗，不得而知，但僅此一端，足以想見父親留在他們心裡的欽慕。

曾祖父有十個兄弟，他排行第九。父老相傳，那十房兄弟，各具過人之能，還有一位極傳奇的人物，就是精於武術的七伯祖。

七伯祖有個臺灣味很濃的名字，叫作「火爐」，但家譜上又有另一個非常文雅的別號，叫作「文焰」。人如其名，他的武術成就光彩飛騰，讓大家一提起來就肅然起敬。

小時候聽阿公說，七伯祖身材瘦小，但輕功非常驚人。他一縱身，能躍過七張桌子，這樣的本事，堪稱驚世駭俗。我後來寫家譜的時候，叔叔幫忙找到洲尾的耆老莊頌德，向他求證此事。這位莊叔是洲尾名儒莊根茹之子，熟諳洲尾掌故，今年（二〇一六）高齡八十歲，仍居洲尾，身體非常健康，記憶也很清晰。他把七張更正為三張，並說：「確有此事，他跳過的桌子是八仙桌。」

本領高強的七伯祖，同時還精於接骨。阿公說，曾經有個「日本婆仔」遇到車禍，骨頭被撞成十幾截，經他妙手接續，不久便即復原如初。每次說到這個故事，阿公便說：「學功夫要學有起，才有路用！」「有起」就是學到了家，七伯祖的功夫，無疑學到了家。

七伯祖因武藝高強，理所當然地成了地方上「宋江陣」的「陣頭」。所謂「宋江陣」，早期屬於農閒時期農村子弟學習武藝的活動。日據時代，因高壓統治，轉型成為宗教活動酬神娛人的武術表演性陣頭。不過，在那個年代，沒有一點真功夫，壓不住那麼大的陣仗。當時聞名全臺的「西螺」獅陣，就曾與七伯祖叫陣，進行了一場公開的比武。

關於比武的詳情，族裡的長輩已經無法複述，我對七伯祖充滿想像，總想知道更多具體的細節，卻無人可問。不料多年之後，我居然找到一本書，真的記載了這件事。臺北市新聞處編寫的《新世紀．臺北．思想起》（二〇〇二年出版），有一段文字寫到：

> 洲尾的宋江陣在昔時也是頗為出名的，日本人投降後，為慶祝臺灣光復，各陣頭群聚表演，錫口和西螺正巧都是宋江陣，結果兩陣相商不要表演宋江，乾脆比功夫好了，結果洲

尾贏了。

我讀著這些文字，且驚且喜，一方面對七伯祖當年的英風神馳歆慕；一方面又免不了心癢難搔，渴望知道更多。很幸運地，不久後叔叔又幫我找到一本梁明本寫的《壬申年媽祖過爐洲尾庄紀念專刊》（一九九四年六月出版，以下簡稱《專刊》），裡面有更詳盡的記錄：

有一年，木柵大慶典邀洲尾宋江陣做前導，但西螺獅陣硬要爭先，火爐師遂一人單獨與獅陣數人較陣，結果他技藝超強，一戰成名，轟動十三街庄。眾人始知洲尾『拳頭』之厲害。

《專刊》的年代比較早，是訪問許多洲尾耆舊而寫成，其中訪問對象包括了七伯祖的孫子南山叔，還有博聞強記的宗添叔公等人，內容因而詳細許多。原來，這場比武的背景，和洲尾的祭祀活動有關。

洲尾位於內湖南端，基隆河的北岸，與南岸的「錫口」（今名松山）隔河相望，其宗教信仰也與南岸的錫口同支。民國三年（一九一四）錫口媽祖宮（今稱慈祐宮）重建，洲尾人竭盡所能出錢出力，錢不足的部分以工作扣抵，事後結算，洲尾捐獻超出原應支付款項甚多，因此大家約定：媽祖宮進香刈火遶境等活動，除應有工作人員外，要讓洲尾庄排在隊伍之首，以示禮遇。慈祐宮三川殿，除中門外，左右兩門對聯皆留誌洲尾庄署名。於是，洲尾成了錫口媽祖宮的「十三街庄」（松山十庄，南港二庄，加上北岸的洲尾庄，合稱為錫口十三街庄）之首。

在一次木柵的慶典中，陣頭群聚，大家依慣例邀請洲尾宋江陣做前導。但這一次「西螺」獅陣剛好也在列中，不巧兩雄相遇。「西螺七坎」的武藝聞名全臺，不甘屈居「洲尾」之後，主動向七伯祖公開叫陣，比武地點就在「松山國民學校」（現在的松山國小）。

七伯祖單獨上陣，與西螺獅陣數人輪番比武，結果他連戰皆捷，一舉成名，轟動十三街庄。

很多年之後，有一次我和媽媽聊天，談起外公「練拳頭」的事情。媽媽說：「你外公是獅陣的陣頭……」話未說完，阿公在旁邊聽見，突然破口大罵：「獅陣有啥路用？遇到宋江陣，還不是打得他屁滾尿流！」

他說話土直，接話突兀，我們早已習慣。這話說得沒頭沒尾，我們也並不在意。但隔了好一會兒，我突然恍然大悟。阿公說的，就是西螺獅陣被洲尾宋江陣擊敗的事，只是他識字太少，實在說不清楚。

我後來查了一下資料，西螺的「金獅連陣武野館」精擅布雞拳、跌打損傷，其舞獅（開口獅）的名聲享譽全臺，他們最出名的，確實是獅陣，與阿公的說法相符。

以「西螺七坎」的武藝威名，七伯祖竟能與他們數人對敵皆勝。這件事讓我驚嘆無已，但又幾乎不敢相信。

民國一〇三年（二〇一四）的三月，叔叔找到洲尾耆老莊頌德，求證此事。莊叔說，七伯祖「火爐師」比武大勝，確係事實。他五、六歲的時候，父親莊根茹曾帶著他到松山國校的操場，目睹了比武的場景。七伯祖迎戰了威震全臺的強勁對手，成功捍衛了地方和宗族的榮譽。

連橫曾說，修史之難，有「徵文」難與「考獻」難。文獻足徵，又有耆老可證，我的心底踏實了。但回來一查七伯祖生卒時間，卻又發現資料有誤：莊頌德是一九三六年出生，而七伯祖一九二五年即去世，他怎麼可能親眼目睹這場決鬥？

顯然，莊叔看到的是另一場決鬥。這樣的爭雄決鬥，或許不只一次，他在松山國校所目睹的，極可能是七伯祖的徒弟，只是他年紀太小，七伯祖威名太盛，把人物混淆了。

話說回來，七伯祖擊敗了西螺七坎之後，後人能夠繼續保持勝績，可見絕藝得傳，後繼有人。《專刊》記載：「當年有弟子名張山豬者，能續其技藝。」那一場決鬥，主角或許就是張山豬也未可知。

關於七伯祖的武功來歷，家族裡其實沒人說得清楚。《專刊》裡只說到他是「泉州師『搖鼓琴仔』的首席弟子，師徒二人曾在今內湖新明路六二一巷口的彭厝授藝，後來更擴及柯氏南塘四腳樓厝及張厝。」泉州師「搖鼓琴仔」究係何人？姓甚名誰？武藝如何？屬何門派？我到處查考，卻一無所獲。

數年之後，我在七伯祖的後人，也就是我的堂姐月桂家裡，得見七伯祖親手抄寫的藥譜，驚喜莫名。翻閱時，發現其中居然夾入了幾頁武術筆記，同樣是毛筆書寫，但字跡與七伯祖並不相類，也偶有錯字，或許是他的徒弟奉命抄寫。我捧起藥譜，逐頁細查，其中竟然敘述了他的師承：

師祖姓林名元清，係浙江人。二世祖係漳州人，姓葉名其用。三世祖係本縣九都彭口人，姓李名鳳。四世祖係永春州湯頭城人，姓尤名方裕。

後面又記：「一達尊、二太祖、三行者、四羅漢。凡太祖廿四勢，單拳獨手，乃天下無敵。」看起來，他習練的應該是太祖拳，屬於泉州南少林拳系主要拳種。但下文又寫：「倫比之時，要動不要靜。靜以待動，謂之風力。動以待靜，謂之雨力。風雨認真，勢如破竹。」這段文字，又分明是縱鶴拳的內容。

縱鶴拳起於福建永春，同樣屬於南方拳系，七伯祖所學，應係以南拳為主，而不限於一家。裡面有些鶴拳的心法記要，就像用筆在對後人說話，明白懇切無比：

如探囊取物之時，觀其鼻可知其動靜，觀其身可知其手足。虛而為實，實而為虛。實不實，只要直。直者不可盡用，注勢不可露身。欲打東，先打西，欲打上，先打下，上下左右，認真無所不用。剛柔相應者也。先告自己，後取他人，知他心事，知未來知進退，可保全身萬無一失。如是交接之時，可用右手及右腳進退為止，子午不失。前腳進入，後腳翻出，不失子午。用手之時，橫來直破，直來橫破，勢不可搖，無其真不能破其主。

我看著這些文字，覺得熱血如沸，如同七伯祖就在眼前，親自提點。他僅有的一個兒子，很年輕就去世了，沒有傳下後代。他雖沒有後人，也無法傳述他一生心血，但他畢竟留下了紀錄，點滴記下所學源流，也留下交手心法，留予後人追考、傳述。

我隱約覺得，自己有點像是他等待的後人，一轉念間，卻又覺得慚愧，覺得自己當不起。

七伯祖文武全才，他曾經在自己珍藏的《本草備要》上用毛筆題了書名，也簽了自己的名字。他的書法練的是顏體，寫楷書時端嚴厚重，遒勁優美，抄藥方的書跡龍飛鳳舞，秀勁老辣，遠非後人所能望其項背。我翻閱他留下來的那本厚厚的藥譜，處處附著精細的插圖，那種用心深細的程度，令人驚嘆。遙想他當年文武兼資的英風，欽服無已。

我小時候並不知道這些。只知道洲尾舊厝偏僻落後，這裡的人亟欲逃出物質的貧困，左衝右突，撞得頭破血流。一直要到修撰家譜之後，才發現洲尾老家有那麼多的「異人」，精采絕倫。

這些異人，步履過處，都成了基隆河畔的傳奇。面對這塊土地的過往，不由得生出隱隱的敬畏。

散赤人

住在洲尾，族裡的各房命運不同，窮達不均，我們這一房的窮困，幾乎是不可想像的。若用母親的話來說，就是「散甲欲予鬼攝去」（閩南語，窮到快要被鬼抓去）。

閩南語中的「散赤」，就是貧窮、窮困。窮到快要被鬼抓去，用來形容我們家在洲尾的環境，實在諧謔已極，卻又傳神之至。

爸爸身為長子，下面有九個弟妹，家中貧無立錐，他似乎註定生來就要受苦。

九歲那年，他就被送去中崙的陳厝當長工。二姑媽也被送到那一家當童養媳，因此，他除了做各種粗活，拾柴、生火、煮飯，還要順帶照顧自己的妹妹——在那裡當童養媳的二姑媽。

▲ 大哥和五叔擠在同一張沙發上

當時他年幼矮小，根本搆不著灶臺，必須拿個凳子墊腳，爬上去煮飯。煮飯的同時，又不能放下二姑媽不顧，於是就用背巾背在背上，爬上灶臺工作。

偏偏二姑媽天生壯碩，壓在矮小的爸爸背上，爸爸十分吃力，無法持久。他疲累到一個極限，重心不穩，兄妹兩人就一起摔落在地上，時常因此遭到大人的嚴厲斥責。

父親做盡了粗活，但一直被視為理所當然，從來沒有得到相應的回饋。成家以後，他的工作要養活陸續出生的四個兒子，底下的九個弟妹，當然還有上面的高堂，即使如此，他仍然不能隨意食用家裡種的菜蔬。

阿公種的作物，最漂亮的一定挑去錫口（松山）街上賣，次一點的蔬菜，則留給阿嬤，或指定給某一個他較疼愛的叔叔和姑姑。父母親的便當裡除了白飯，沒有任何菜蔬。他如果想帶個東西去工廠煮，就必須另外向阿公付費。

這裡俗稱「竹圍仔內」，本來就是滿山遍野的竹林，阿公也種了許多竹筍，收成以後，就放在客廳裡。那些長得較大較完整的竹筍，父親知道要拿出去賣，自然不敢輕動。但有一次見到一支極其纖細的短小竹筍，他想，這麼小的筍子，應該值不了多少錢，可以帶到工廠去煮湯，於是伸手去取。

阿公暴雷也似地一聲喊：「秤了沒？秤了再拿！」

「秤」的意思，就是一根竹筍多少錢，他必須秤完付費，然後才能帶走。筍再小，也是錢。

我們小時候的課本，有一篇「孔融讓梨」，傳為美談。但在洲尾長大的我們，總覺得那一定是騙人的，只想：「讓梨」？那是一種什麼梨？可以吃嗎？

在貧困到「欲予鬼攝去」的環境裡，吃，在這裡一直是比天還大的事情。即使是父子、祖孫之間，「讓」這回事聽起來都像神話，像是騙人的。

我生得晚，前面三個哥哥在洲尾生活的時間都比我長，他們時常憶起當年餐桌上的情形，說起來活靈活現，百感交集。當他們伸筷子要夾起湯裡面的肉時，總會被年輕的叔叔和姑姑們疾言厲色地拍落：「小孩子吃什麼肉！喝一點湯就好了。」我從小吃素，一向對肉沒有興趣，但哥哥們將到口的肉食被奪去，其憤懣痛苦，至今難忘。

我四歲半就離開洲尾，所以沒有機會「躬逢其盛」，無法親見餐桌上「散赤人」奪食的盛況，聽聞這些傳奇的故事，只能驚嘆不已。

民國九十一年，臺北市政府新聞處出版了一本《新世紀．臺北．思想起》，曾經撰文評論，裡面說洲尾人具有「積極負責與強悍不屈的個性」，並且「展現了人窮志不窮的行事風格。」

我忍不住失笑。外面的書上寫的文字，總不免弄得好看些，但只有親歷其間的人才知道，「人窮志不窮」只是理想，「人窮志短，馬瘦毛長」才是真實的常態。管仲說：「衣食足而後知榮辱，倉廩實而後知禮義」，那比較接近庶民的真相。

這裡的人，要說強悍狠惡、生機暢恣，那是真的，竊盜、詐欺、搶奪、殺人、吸毒……，各種犯罪，這裡都不缺。

這裡的妯娌、三姑六婆，也有說不完的是非。孔子說：「小人群居終日，言不及義，難矣哉。」《大學》裡說：「小人閒居為不善。」這裡卻是「難矣哉」和「閒居為不善」的大本營，一群鄉人們每天專心致志地嚼舌根，那種無聊而好奇的程度，足以令人噴飯。

母親下班後，那些沒有事做的鄉鄰都會對她招手：「來喔來喔！來開講喔！」「開講」就是聊天，內容無非是東家長西家短，母親對嚼舌根毫無興趣，總是避之唯恐不及，何況家裡還有一屋子的粗活細活等著她。她總是慌慌張張地推辭，急忙趕回家忙活。

當時的她，為了擺脫那令人尊嚴盡失的「散赤」，用上了全部的生命意志。有班可以加的時候，她無論多累都要加班，沒有加班機會時，她便接下大量的織毛線訂單，作為副業。當時她織毛線的收入，足可抵過一個月的薪水，想要擺脫「散赤」，這比「開講」迫切得多。

《孟子．盡心》說：「知者無不知也，當務之為急。」意思是說，智者對於人情物理無不通曉，但總是揀選應當用力做的事情先去做。母親其實並未讀過這些經典，但這些千錘百鍊的話，卻像長在她的骨髓血液裡，簡直生而知之。

她總說：「有閒才能開講，家裡的事頭那麼多，一天到晚牽翁仔補雨傘，我哪有那個美國時間？」我們聽了，都忍俊不禁。

「美國時間」指的是多餘的時間，有了多餘的時間，才能做那些無關緊要的事情。「翁仔」

指布袋戲的人偶，補雨傘是手工行為，要補直接用手補就好了，如果還要透過牽著「翁仔」的手來補，那就是多餘可笑的了。「牽翁仔補雨傘」指無益之事，母親向來避之惟恐不及，但卻是許多鄉人的最愛。

這個畫面，現在想來，仍讓人笑不可抑。笑完，卻又覺得心裡有種微妙的酸苦。

蕭錦綿曾經把「幽默」和「滑稽」作了一個區別：「『幽默』是舶來品，完全是局外人旁觀的態度，只有輕鬆才有幽默。『滑稽』則從體會而來，就好像你在笑鬧中摔了一跤，又笑又痛，又痛又笑，有點『樂極生悲』，完全是中國式的。」

在洲尾，這些「散赤人」的生活裡，多少總能看見這樣的滑稽。

毓老師住過這裡，他的學生們總想來洲尾做個專題，成批的大學教授曾經前來田野調查，做成各種紀錄，有了「大儒故居」的定位，似乎可以讓大家一起好好緬懷一番，生出無盡的美好聯想。

這些學者們一定無法想像，這位百歲大儒棲身過的洲尾，或許一點都不像他們想像的那樣——民風淳樸。撰寫歷史和傳記的學者、作家們，究竟能看見多少真相，實在是一件耐人尋味的事。

祖孫

大哥在洲尾出生後，住了十三年才搬走，因為住得長，似乎渾身上下都是那裡的土味兒，比我們更像「洲尾人」。

不知是否洲尾等待著他的苦難太多，他一生下來就活得非常艱難，總是一直生病。而且每一次生病，都病到眼睛翻白，離死亡只有一線之隔，把母親驚得魂飛魄散。

▲ 在洲尾生活了13年的大哥

母親憂慮已極，以淚洗面，又不斷地帶他看病，耗盡積蓄。以母親營生之積極勤奮，財富累積之迅速，和那些貧窮的鄰居相較，稱「富婆」也不為過。但為了給大哥治病，她居然弄到傾家蕩產，甚至拉下了老臉，跑去跟關係不甚親近的大舅詹崙借錢。

母親自尊心極強，這成了她生平的奇恥大辱。但為了讓孩子活下去，這恥辱也就算不了什麼。

大哥病到人事不知，直翻白眼的時候，阿嬤從房門口經過，多次嗤之以鼻：「汰！這咁飼會活？（閩南語，這哪養得活？）」母親不敢回嘴，淚流滿面，四處奔走求醫。千辛萬苦，一次又一次，大哥與死神擦身而過，還是長大成人了。也許苦難真是生命的肥料，他後來長成，居然是四兄弟裡最健壯的一個。

洲尾的故事，雖然到處充滿著衝突和鬥爭，飢餓和死亡，但故事並不總是悲情，更多的時候卻毋寧是滑稽的，尤其是有阿嬤在場的時候。

就像賈母在大觀園裡，是權力的頂峰，阿嬤在這個大家庭裡，也是權力的頂峰。不過，賈母富貴尊榮，不愁衣食；阿嬤則貧困拮据，必須善用權力和權謀，跟家人爭奪資源。

在這個大家庭裡，爭食情況慘烈，在食物面前，每個人幾乎都是六親不認。若有食物到手，為防止上層單位使用權力干涉，絕對必須祕密進行，保密防諜，才能確保食物安全下肚。

有一次，媽媽偷偷買了一根香蕉，悄悄地交給大哥解饞。大哥趁著四下無人的時候，掏出了香蕉，卻無巧不巧，被阿嬤發現了。

「乖孫，阿嬤食一嘴。」

「不要。」

「什麼不要，阿嬤疼你，你予阿嬤食，阿嬤以後買予你食。」

大哥遲疑著，手裡仍緊緊抓著香蕉：「只能食一嘴。」

「好。」

大哥卻不知道阿嬤的絕技，她「啊」地張大了口，將香蕉深深吞入喉嚨，說時遲那時快，大半根香蕉瞬間消失在阿嬤的嘴裡，她兀自含糊不清地說：「我只食……一嘴……！」

大哥悲從中來，放聲大哭。

阿嬤奪食成功，快慰無比，一邊享受口中的戰利品，一邊輕拍大哥的背脊安慰：「下次……下次阿嬤買……予你……！」

當然沒有下次。

但是，風水輪流轉，人生的戰局，總是千變萬化的。

阿嬤又非常怕熱，吃起冰來一向兇猛。夏天來時，每晚都要叫阿公出去買一碗冰。阿公對阿嬤奉命唯謹，唯命是從，端冰來時，畢恭畢敬，從來不敢要求說要分一口嚐嚐。阿嬤安然受之，一人獨享，吃得乾乾淨淨，也不曾給阿公留過一口。這種夫妻關係，即使現代強勢的女性也要艷羨得口水橫流。

晚上吃冰，阿嬤兀自燥熱，白天她在外面亂跑，自然更是酷熱難耐，時常要叫大哥出去買冰。

大哥捧著一盤冰走回來，眼見美味當前，怎能忍耐？他腦中浮起了消失的香蕉，真乃新仇舊恨，湧上心頭，於是他左邊舔一口，右邊舔一口，心想，這裡比較凸出，可以把它舔平，……咦，又變成這裡比較凸出了，那再舔這裡……等他回到阿嬤身邊，那冰最多剩下半盤。

「怎麼這麼小盤？」

「阿嬤，天氣熱，它融去了。」

「啊？你這個夭壽死囡仔，敢偷吃我的冰，你……」

阿嬤伸手就打，但大哥身手矯捷，一溜煙就不見了，阿嬤身矮腿短，追得氣喘吁吁，力竭汗湍，只好作罷。

這一場祖孫之間的戰役，陣線不斷延長。每天在鄉間奔跑爭逐的大哥，體魄越來越健壯，逐漸取得了戰鬥的優勢，藝高人膽大，也越來越心狠手辣。

阿嬤嗜酒，自己也會釀酒，用的是最土的方子：一層葡萄一層糖，再一層葡萄一層糖……，直到把整個罈子幾乎裝滿，靜待葡萄發酵。那樣釀出來的葡萄酒，真的非常甜，現在想來，實在是過甜了，並不好喝。但那個食物極度匱乏的年代裡，要能喝上小小一口，真是渾身舒暢，賽似神仙。

把釀好的葡萄酒倒出來以後，剩下來的葡萄糟粕，其實也珍貴無比。在食物奇缺的年代，酒味濃郁的葡萄渣，就是上好的零食，絕對是人間美味。那是阿嬤的私房菜，沒有任何人敢把腦子動到上面去。

但大哥的膽子，已經在長年的「奪食」鬥爭中練出來了。他平常在玩耍的時候，膽大的程度，就已經非常驚人。他曾經叫二哥拿著箭靶，讓他練習射飛鏢，結果一鏢命中二哥的臉，當場血流如注。膽大如斗的大哥，在奪食大戰之中，終於開闢了新紀元。

他在阿嬤出門後，號召了所有跟他一起玩「翁仔鏢」的好友們，一起到家裡來。他在眾兄弟的驚嘆聲中，毫不遲疑地打開了阿嬤珍貴的葡萄酒罈，掏出裡面的葡萄酒渣，果斷地丟進嘴裡。一咬下去，酒香四溢。

受邀而來的小傢伙們見狀，紛紛一湧而上，如小獸爭食，你一口我一口地吃將起來。那糟粕泡過濃郁的葡萄酒，酒精濃度其實非常高。吃不了多久，所有的小傢伙們一一醉倒在地。最後只剩下天生酒量過人的大哥，直立不倒，抱著酒罈繼續痛快地大嚼。

阿嬤正好在此時回來，目睹了「犯罪現場」的慘狀。她心愛的私藏珍品，被這「夭壽死囡仔」一掃而空，她氣得血往上衝，渾身發抖。她咬著牙，拾起了晾衣服的竹篙「公叉仔」，向大哥奔去。

但她人矮腿短，怎能跑得過天天在鄉間田野裡撒歡的大哥？阿嬤咬牙苦追，兩人繞著洲尾，不知跑了幾圈，直到她終於力竭汗湍，只好廢然作罷。

也許因為朝夕相處，祖孫之間雖然奪食激烈，但關係又特別親暱。當時媽媽為了盡速脫貧，全力工作，不斷加班，無法時常陪著孩子，阿嬤則諸事不管，到處遊玩，天天不著家。但不管阿嬤走到哪兒，大哥總是跟著。她既是大哥童年記憶中最熟悉的親人，也是他探頭張望世界的窗口。

大哥生得早，和阿嬤相處的時間特別長。他跟在阿嬤的身邊，日日濡染，不知不覺也活得生猛潑辣，野性十足，如今一回想，他的童年裡，處處都是阿嬤的影子。

他說，阿嬤有一個姐妹淘，住在基隆，開的是「茶店仔」，也就是妓院。阿嬤三天兩頭往基隆跑，都是到「茶店仔」去，找她的姐妹淘一起賭博。

她們在茶店仔一待，就是一整天。每次阿嬤出去，幾乎都會帶上大哥，因為大哥可以幫忙跑腿，買香煙、買冰什麼的，很好用。大哥也樂此不疲，他知道跟著阿嬤出去，一定可以撈到吃的，所以非跟不可。

但到了「茶店仔」裡面，沒有大哥最熟悉的「翁仔鏢」可玩，他實在不知道做什麼好，百無聊賴，只好拿一張紙折成球形，把氣吹得飽飽的，和另一個「茶店仔」裡的小男孩對扔。

他們扔著扔著，就扔進了房間的窗戶，扔到了客人的床上。

「茶店仔」的小姐和客人正在雲雨，突然一顆球從天而降，就掉在光溜溜的兩個人身上。小姐尖聲大叫，聲震屋瓦。大哥嚇壞了，只能狼狽而逃。

阿嬤出去賭博，雖是家常便飯，也沒有人膽敢阻止，但阿公會不斷唸叨，讓她十分不耐，乾脆矢口否認，隱瞞實情。大哥弄清了這一點，每次她賭得正入神時，總是不斷地去她身邊，輕輕拉她的袖子：「阿嬤……阿嬤……阮要回家……那個……阿公有講……不要賭博啊……阿嬤……？」

她賭得正歡，不耐煩小孩吵叫，又隱隱感到威脅，覺得這「死囡仔」嘴巴不大嚴實，不堵上不行，出於無奈，只好拿出五角錢打發。

那正是大哥的目的。

他一拿到錢，立刻放開手，閉上嘴巴，轉身飛奔而去，到處亂買一通，全部花光，好好享受他拿到的五角錢。

長日無事，阿嬤的賭局總是漫長，不會那麼快就結束。等到五角錢用完了，大哥回到阿嬤身邊，阿嬤還在賭。這時候，他百無聊賴，便故技重施，再來一次。

阿嬤心力都放在賭局上，實在沒心思對付這個鬼靈精的孫子，於是總又得逞。

這是洲尾的祖孫大戰，隨著歲月的流逝，這些故事，逐漸成了我們想念阿嬤的方式。每到過年時，拜完了公嬤，家人聚在一起嘮嗑的時候，阿嬤的故事就上場了。大家反覆陳說，似乎百聽不膩。

每年的年夜飯，在圍爐閒話的時刻，阿嬤永遠是最受歡迎的故事主角。妻從來沒有見過這樣的人，每次都聽得目瞪口呆，聽到差點忘了吃飯。

▲ 阿嬤與二哥

阿嬤

民以食為天，在古早的年代，洲尾的窮人家裡，食物一直是最稀缺的資源。而阿嬤因天賦異稟，對「吃」的執著，似乎又超越常人。

當時的汽車沒有現在這麼多，但公路剛剛開通，用路人的交通習慣還沒養成，路上偶爾會有被車撞死的動物。不論被撞的是什麼，只要被阿嬤撞見了，一定立刻拖回家，趕緊煮了吃。

狗肉之「美味」，那不用說了，貓肉被許多人視為禁忌，但在阿嬤這裡卻百無禁忌，照吃。各種各樣的動物，不論新鮮或腐爛，健康或生病，陸上或水底，只要遇上阿嬤，一律入口。

若有吃不完的動物，她便藏起來，視為美食、禁臠，只有她才能動。令人納悶的是：在那個食物奇缺的年代，路上被撞死的狗或貓其實有限，怎麼會有這麼多死去的動物？

說起來讓人害怕，是遭瘟的雞鴨。

那個年代雖然衛生常識不足，大家卻也知道，遭瘟的雞鴨不能吃。但阿嬤不管不顧，非吃不可。她怕被旁人發現，遭到輿論的阻止，所以必須私藏。當時沒有冰箱，那些「禁臠」就藏在廚房的木櫃裡。母親不知這個祕密，但她總在廚房忙碌，無意間便打開了木櫃。

裡面成千上萬的蒼蠅「轟！」地一聲，撲天蓋地地飛出來。那一剎那，她幾乎魂飛魄散，暈倒在地。她定睛一瞧，蒼蠅飛開後，那些遭瘟後的「禁臠」，肉色不是白的，轉紅而趨黑，可怖已極。

但阿嬤甘之如飴。

死去的動物屬於阿嬤的「禁臠」，那活生生的動物就更不用說，家人絕對不敢妄動。但老鼠則不然，牠們不瞭解阿嬤的神威，往往輕舉妄動，大動而特動。

有一次，一隻肥美又新鮮的活雞，被阿嬤放在廚房裡關著，視為無上珍品。她白天到處遊玩，晚上回來時，進廚房一看，這隻活雞已被老鼠啃食到慘不忍睹，面目全非。她怒發如狂，幾欲暈去，但又苦於無計對付老鼠，最後找來三房裡的一個表哥，叫作梁傳旺，讓他巧設機關，捕獲了老鼠。

那隻老鼠得到阿嬤各種「禁藥」的滋養，已經長得十分肥大。傳旺先把牠關在籠子裡，然後拿了個布袋，「唿」地一下包了起來，親自交給阿嬤。

仇人相見，分外眼紅。阿嬤的怒火沖天而起，她捏緊布袋口，毫不猶豫地朝天甩起，「磅」地一聲重重摔在灶臺上。她一邊摔，一邊咬牙切齒：「你這死老鼠，敢跟恁祖嬤搶吃的，摔予你死……，摔予你死……！」

「磅！……磅！……」她一下又一下，一下又一下……，直到被摔暈的老鼠終於血肉模糊，魂歸天國，她才怒氣漸消。

老鼠並不總是阿嬤的仇人，也時常是阿嬤的食物。

我小時候曾經看過阿嬤煮了一鍋肉湯，竟然帶點粉紅色，我問她：「阿嬤，那是什麼？」

「好料的，你要不要，我幫你捧一碗。」

「不要。」

可是阿嬤已經捧來了。碗裡隱隱透著粉紅色，還有一隻小小的腳爪，就擱在碗沿上。

「真的很好飲，不信你飲一嘴。」

看著這一碗「珍饈美味」，我真心相信，相較於大哥，阿嬤確實比較疼我，可是我嘔吐的衝動已在胸口喉頭打轉，只好退了一步，敬謝不敏。

阿嬤這個儲存「禁臠」的習慣，在她隨我們遷來東區以後，已經無法持續。但她吞食各種異樣肉食的勇氣，依然無人能敵。

家裡利用頂樓的空間，曾經養過幾條錦鯉。那些錦鯉大概嫌水池太小，時常從水中躍起，甚至在空中翻身，古人所謂「鯉躍龍門」，不為無因。但因池塘淺窄，錦鯉有時不免躍出池外。我們若及時發現，還能立刻將魚送回池裡，但有時發現得太晚，躍出池外的錦鯉已經沒有生命跡象，那景象真是令人哀痛欲絕。

不過，阿嬤的反應和我們截然不同。

有一次，躍出的錦鯉躺在地上，已經死去多時，此景正好讓她遇上，她歡喜非常，如獲珍寶，立刻將牠帶進廚房，親自烹煮。

我那時念高中，下課回來時，看到一條已經變色的錦鯉，一動不動地躺在我們家的餐桌上，平常華麗燦爛的鱗片，現在成了一片暗沉的咖啡色。我嚴重作嘔，當天晚上完全無法吃飯。全家人也都自動離席，留下她一人飽餐一頓。

說也奇怪，那些已不新鮮的腐肉，吃到阿嬤的肚子裡，居然不曾傷害她的脾胃，她從來不會因此腹瀉、生病。

有些腐敗的肉類，總會有一些毒素，一般人吃了，皮膚上常會長出許多爛瘡。我還未出生時，有一陣子，阿公為了貪圖便宜，家裡專買最劣質的海貨，家裡的人都以此為食。吃到後來，二哥整個頭皮都長滿了爛瘡，蒼蠅成天在他的頭頂盤旋，就像歌仔戲裡演的「臭頭仔洪武君」朱元璋，頂上「雲氣」繚繞，簡直是帝王異象。

可阿嬤身上從來不長任何東西，身體十分健康，而且皮膚光潤細緻，遠過常人。

我有時會想，古人有個詞彙，叫作「無忌」，是很雅的名字，古代魏國的信陵君名字就叫作「無忌」。這名字如果放在阿嬤身上，那就太貼切了，她從來沒有什麼忌諱，和我們想像中的傳統社會女性形象，似乎完全是兩個世界。

家裡的蟑螂四處橫行，一般女性總是深感困擾，但阿嬤處理蟑螂，從來不託旁人，她隨手一抓，「滋」地一下，蟑螂就在她的掌中爆漿。然後，她扔下蟑螂，將手略洗一洗，渾若無事，不知害怕為何物。相較於那些見到蟑螂就嚇得驚聲尖叫的女人們，阿嬤簡直是神人。

那些被抓斃的蟑螂，阿嬤並不輕易丟棄，她會把牠們收集在一起，把家裡的炭爐端來，拉張椅子在炭爐旁邊坐下，然後把蟑螂們一隻隻放上去烤。

大哥因是長孫，那些年時時跟在阿嬤的身邊，阿嬤所到之處，大哥幾乎都跟在旁邊，那烤蟑螂的奇景，他也親身經歷。他說，爐上滋滋地響，空氣裡噴噴的香，都是烤蟑螂的香味兒。

「香……？不是，你……也吃了？」我們狐疑地問著。

「當然吃了。」

「好吃嗎？」

「好吃！非常好吃！那個香啊……難以形容……」

「呃……這……不用加點佐料？」

「不用不用，欸，那時候鹽也很貴，不用加，這樣吃就已經香得不得了！」

這是大哥和阿嬤共有的「美好」經歷，晚生如我們，不得親見親聞，只能一邊聽，一邊驚嘆。

蟑螂往往是一般女性的心頭大患，牲畜的宰殺更是許多家庭主婦的艱難任務，但對阿嬤來說，她們都只是食物，不但吞食入腹，毫無忌憚，連持刀宰殺，也從不眨眼。每遇鄉里親族設宴，主婦不敢宰殺牲畜時，都特別前來拜託阿嬤，代價是讓她飽餐一頓。阿嬤也樂得答應，皆大歡喜。

母親見狀，時覺不忍，便設詞相勸：「姨仔（當時本地人對母親、婆婆的稱呼），你吃那一頓創啥（閩南語，做什麼）？那雞在臨死之前，都翻著白眼，是在辨認殺牠的人是誰耶！咱何苦與牠結冤仇？」

阿嬤聞言大驚，居然從此不再宰殺牲畜。

母親設詞固然甚巧，但阿嬤一聽就能把話聽進去，而且幡然改變，令人不可思議。阿嬤的勇敢和恐懼，似乎都來自於她對「生」的本能熱愛，她實在是個生氣淋漓的人，遠非我們這些孱弱的後人可比。

二哥出生後沒有多久，阿嬤為了賺點外快，主動要求要照顧二哥。因為這樣一來，每個月就可以向母親收取一筆「保姆費」。母親知道她做事不甚把細，十分不願，本想送去公立的托兒所，抽籤卻沒有抽中，迫於無奈，把二哥交給了阿嬤來帶。

阿嬤對二哥的照顧，充分顯示了她素樸的智慧。小嬰兒總要處理大小便的問題，那時還沒有紙尿褲，換洗尿布十分辛苦，為了節省力氣，阿嬤用了最簡單的絕招，就是「讓他整天光屁股」。只要母親前腳一出門，阿嬤後腳就剝光了二哥的褲子，這樣屎尿都直接拉在地上，就不用洗什麼尿布了。至於地上的屎尿，到最後統一處理即可。

更大的問題是，阿嬤向來是不著家的，怎麼可能一整天留在家裡看孩子？於是她想出一個妙方，就是把孩子綁在衣櫃的柱腳上。孩子無法亂跑，她就可以自由地出去遊樂了。

二哥年紀幼小，唯一會的事情，就是在床邊爬來爬去。他身子被綁，也無處可去，只能在繩子拉出來的半徑區活動，反覆來回。吃喝拉撒都在同一處，自然全身屎尿，一天下來，臭不可聞。他天生皮膚極白，看起來宛如小天使一般，但母親每天回來時，總是看見這皮膚白嫩的小天使，渾身上下沾滿了深黃色的屎尿。她心疼無比，卻無可奈何。

等二哥再大一點，就不需再綑綁了，阿嬤照常領取「保母費」，也照常出門遊樂一整天，出門前時常把二哥放在門檻邊上，讓他躺著睡覺，然後出門。

二哥天生乖巧，逆來順受，與大哥完全不同，往往在門檻上一躺就是大半天。他皮白肉嫩，無奈頭皮上長了一堆癩瘡，吸引了許多蒼蠅。在他睡著時，不計其數的蒼蠅就覆蓋在他頭上，簡直看不清蒼蠅底下有個活人，而他安睡如故，宛如得道高人。負責照顧她的阿嬤，這時早已四處遊玩，不知去向。

母親是家裡的長媳，過門之後，一直負責全部家務。等我們搬來臺北的東區以後，洲尾大家庭的繁重家務，全落到了阿嬤的頭上。阿嬤一驚，沒有多久就決定：離開那個家，搬來與我們同住。

她的生活圈，就此離開了她熟悉的洲尾。

東區這個地方，已屬真正的城市。我們的新家旁邊就是華視，再多走幾步就是國父紀念館，算是相當繁榮的地段，生活型態已經和洲尾完全不同。阿嬤住在這裡，實在沒有什麼熟悉的地方可去，她只能成天待在屋裡，哪兒也去不了。這時三個哥哥都已日漸長大，她無事可做，只有年紀最小的我，還需要大人照顧。唯一能照顧我的人，自然就是阿嬤了。

我的遭遇，和大哥二哥完全不同。記憶中，阿嬤對我非常溫和慈藹，從來沒有打過我一下，罵過我一次。她對我的照顧，也比對哥哥們盡心得多。

在我稍大一點，已經有了記憶時，因腸胃不佳，腹瀉情形嚴重，有時會嚴重到「失禁」的地步。這時阿嬤會把我帶到浴室去洗滌，那情景，我居然還依稀記得。

阿嬤總是一邊叼著一根煙，吞雲吐霧，一邊抓著調皮好動的我，一下一下地潑水，洗著我髒兮兮的屁股。她極少修剪指甲，所以她那過長的指甲，時常會刮到我年幼細嫩的皮膚，再加上她吐出的煙圈十分嗆鼻，我總是憤怒地哎哎大叫，「臭！」「臭！」叫得氣急敗壞。

阿嬤並不生氣，只是「好啦好啦！」然後熄滅煙蒂，好好兒地幫我洗完，把我弄乾淨，穿好衣服。

不知為什麼，每次想起這一段，胸中總是湧起一股柔情。一邊想要抱怨念叨，一邊卻有一種溫柔的想念，在心底隱隱流淌。

她沒有受過什麼家庭教育，腦子裡也沒有什麼傳統觀念，完全是憑著本能過活。傳統女人在家裡相夫教子，煮飯是基本功。但她對煮飯毫無興趣，技術也很普通。跟我們搬來東區之後，生活節奏頗不相同，她總是下午四點肚子就餓了。她無法等到媽媽下班回來，只好自己下廚去煮。

她煮出來的東西，不管是什麼菜，都是同一種顏色：黃黃的，帶點咖啡色，因為她的煮法千篇一律，都是菜丟進去，加上水和醬油，放進鍋裡燜煮。所以每盤菜端出來，都長得一模一樣。

我卻是「歪嘴雞欲食好米」，一口也不吃，寧可餓著肚子，等母親回來。她見我不吃她做的菜，神情竟然有點落寞，我現在想來，委實有些歉疚。

傳統的女性不菸不酒，可是阿嬤會抽菸，會喝酒，還會賭博。她通常都賭輸，輸了她就坐在地上，呼天搶地，大喊「阮欲自殺了」「阮欲來去自殺啦」，直到所有的人都把贏來的錢都掏出來，乖乖地還她為止。

事過境遷，我們想起那個畫面，都還是忍俊不禁。

阿嬤也嗜酒，喝起酒來絕無節制，每次都喝到不省人事，全身嚴重不適，得請醫生來看病，如是者數次，母親頗感憂慮。

有一次，左近的鄰居有個族人酒後發病，救護車轟轟而來，急急送醫，當天就不治死亡。媽媽乘機告訴她：「姨仔，你看，喝酒喝到爛醉，就會像那樣。」阿嬤瞬間驚出一身冷汗，從此戒酒。她的戒酒和戒殺一樣乾脆，令人嘆服。

阿嬤不識字，但每一個祖先的忌日，她永遠都記得，只要忌日一到，就會按時提醒母親。數十年來，沒有忘記過一次。這一點讓我們無比驚嘆，也無法理解。

她的生機暢旺，強悍猛惡，但性情活潑，頗富才情，時不時就在屋裡高唱「挽茶歌」（閩南語，採茶歌），一直到她年華已老，我還時常聽見。甚至，連我都聽熟了，能夠吟唱。

她不識字，卻會自己改編歌詞，我最常聽的是這一首：「一叢好花是含笑，四邊花主顧牢牢。欲挽好花無才調，打壞腸肚幾十條。」歌詞裡完全是民間歌謠的風情，情味濃郁極了。

我念書的時候，每天放學回家，都會看到她坐在客廳裡，直挺挺的坐在沙發上。她聽到開門的聲音，不大會轉頭，而總會費力地把整個身子轉過來，看看開門的是誰。需要這麼費力，大約是因為她年紀已老，身體動作已不那麼靈便，而另一個重要的原因，是她那比例十分不諧的大肚子，把腰卡住了。

不知是否因為肚子特別大的關係，她那矮小的身形看起來特別可愛。性情調皮的我，每天總要好生戲弄她一番。最常見的戲弄是搔癢。阿嬤很怕癢，每次被搔癢都要奮力抵抗和閃躲，但她從來不生氣，一邊閃躲一邊笑。她的動作遲緩，又不可能躲開我頑皮的攻擊，所以總是笑個不停。她因長年抽煙而多痰，笑不了多久就會劇烈地咳嗽起來。我的搔癢心狠手辣，總是弄到她咳嗽才停止，而她臉上仍然滿是笑意，毫無惱色。

我又一向沒大沒小，總是嘲笑她的肚子，衝著她把身體向前一探，大喊：「阿嬤，大肥！」阿嬤一點也不在意，總是也把身體向前一探：「那你……瘦肥！」她想笑我瘦，卻沒有想到，「瘦」和「肥」是相反詞，她簡直不知所云。我意識到這勝之不武，往往忍不住縱聲大笑。她不知我在笑什麼，便笑瞇瞇地看著我，傻乎乎地一起笑。

這是我們祖孫無聊的遊戲，卻是她晚年最大的娛樂，也是我後來最懷念的時光。但我那時並不明白，這一段時光有多珍貴。

她在客廳時，偶爾也開電視，但電視有時開著，多數時候不開，因為她不識字，開了也看不懂。她總是靜靜坐著，意態恬然。有時我看她坐在那裡，腰直背挺，就這樣過了一兩個小時，時間彷彿靜止。

我從來沒有見過她把腰脊靠在沙發上。有時我想，這或許是她長壽而健康的秘訣。

民國八十七年（一九九八），臺灣有一部動畫電影，叫作《魔法阿嬤》，內容精采，加上文英的配音，尤其生動。我的阿嬤雖然不會魔法，但她卻比片中的阿嬤更加生氣淋漓，令人難忘。

無忌

有時覺得，老天爺像是跟媽媽開了一場大玩笑。

像她這麼規矩方正，律己極嚴的傳統女性，卻碰上了一個生機悍忞，全無忌憚的婆婆，不但讓她吃足了苦頭，還讓她大開眼界，驚奇不已。

媽媽天性好學，除了每天拿著字典狂背、拚命認字以外，也去外面上課，學做裁縫。她很快就學成一身好本事，能在外面接案子，幫別人做衣服，貼補家用。

她說，當年光是做衣服的收入，就相當於她一個月的工資，所以每個月等於是有兩份薪水，財富得以迅速累積。

▲ 阿嬤於介壽橋上留影，笑容可掬

媽媽意志堅定，腦子非常清醒，一直很有經濟頭腦。她學了裁縫之後，不只是賺外快，同時也省下一部分的置衣費，所以她時常給自己和家人做衣服。

有一次，她仿著外面時髦的款式，給自己做了件白色的洋裝。她身材高挑，剪裁又大方，洋裝一上身，大為出色，看到的人都眼睛一亮，忍不住失聲讚嘆。

阿嬤也看在眼裡，豔羨得口水橫流。

她當然沒有媽媽的本事，不可能自己做衣服。她向來沒有學習的習慣，大字不識一個，連最基本的做飯也不會，更別說做什麼裁縫了。但她畢竟得天獨厚，得了一個能幹的長媳。在那個年代，自己不會做飯，有什麼關係？可以叫媳婦做。不會做衣服？當然也可以叫媳婦做。

天地生人，個個不同，真是千差萬別，學東西她未必在行，但喝罵和指使卻是她天賦的專長，這點事難不倒她。

我們最津津樂道的，一直是阿嬤「吃冰」的故事。只要到了夏天，阿公每天晚上都會買一碗冰，恭恭敬敬地捧在她面前，請她享用。妙的是天天如此，從不間斷，簡直像個儀式。由於家裡貧困，冰是奢侈品，所以阿公只能買上一碗，絕不多買。那一碗冰，就是無上威權的象徵，限定「太后」獨享，福利絕不旁落。阿公把冰買來之後，原裝奉上，連嚐也不敢嚐一口。阿嬤則安之若素，全部吃完，從不會給阿公留下一口。

《禮記．禮運》說：「我欲觀殷道，是故之宋，而不足徵也。吾得坤乾焉。」我想，我們家大概就是周朝以前傳說中的坤乾，先坤後乾，阿嬤就是傳說中的老佛爺。

身為家裡的老佛爺，下令叫媳婦給她做一件衣服，自然是天經地義，毫不遲疑。媽媽不敢有違，連夜趕著做了一件洋裝出來。成品同樣是純潔大方的白色洋裝，只是按著阿嬤短小的身材量身打造，小了幾號，但樣式一模一樣，不敢有絲毫差別。

阿嬤把新衣服穿上，左顧右盼，滿意極了。但她性子粗疏，並未留意穿衣的一些基本細節和禮貌。比如說，夏天的白色洋裝，布料其實有一點透明，裡面一定要穿上襯裡，才不致走光。媽媽從小在家教極嚴的管教中長大，穿這件洋裝時，當然嚴嚴實實地把襯裡包好，絕不肯讓自己在外頭有絲毫的失禮。阿嬤則不然，她不在乎。

這當然跟她體質也有一點關係。她天生的畏熱喜涼，從她天天吃冰，絕不間斷，就可想見一二。後來她跟著我們搬來臺北市的東區，看到地上是大理石的地板，驚喜非常，天天都躺在冰涼涼的大理石上睡午覺，從不嫌冷，躺那兒睡再久，也不打半個噴嚏。那種對冰涼的執著和強大的抵抗力，我們都望塵莫及。

可最重要的不只是怕熱，而是她完全不在乎。她把媽媽做的衣服穿上身之後，別說「襯裡」，她連內衣也不穿，就歡天喜地地出門，上街去玩了。

可以想見，那是何等驚人的畫面。

在六十年前，一個女人不穿胸罩，也不穿襯裡，只套一件半透明的白色洋裝在街上大搖大擺地逛街，絕對是驚世駭俗，無與倫比。

松山地區的「十三街庄」立刻就轟動了。沉悶無聊的生活裡有了驚天動地的八卦，人人驚慌失措，卻又心喜難搔，交頭接耳，紛紛熱烈地討論這則大新聞。

爸爸還沒下班，完全不知此事。二叔還很年輕，從外面回來，臉色難看到了極處，覺得在外面被人家戳著脊梁骨，指指點點的評論自己的母親，簡直難堪無比，無地自容。

到了家，他鼓起莫大的勇氣，請阿嬤不要那樣穿出去，滿街上的人都在講，他受不了。

阿嬤聞言，柳眉倒豎，杏眼圓睜，怒喊聲破窗而出，幾乎要屋頂都掀起來：

「你講啥？你是啥物人？你做囝的，這好膽敢管你老母？啊？你不得好死，你去做兵，天上的飛行機就共你摃死（摃，閩南語，用重物猛擊或砸，包括飛機投彈轟炸）！摃予你死！」

那時太平洋戰爭剛結束不久，盟軍對臺灣的轟炸非常慘烈，大家餘悸猶存。媽媽的叔叔就是在一場激烈的轟炸中喪生，屍骨無存。「予飛行機摃死」，是最新鮮熱辣，也最血淋淋的詛咒，足以讓人心驚肉跳，頭皮發麻。

二叔嚇得縮成了一團，躲在屋裡，瑟瑟發抖，一聲也不敢出。

媽媽在房裡做裁縫，聽著阿嬤激烈的詛咒，驚得渾身一震，差點把自己的手給扎出血來。

她在出嫁之前，從來沒看過女人抽煙喝酒，沒看過女人不做家事，也沒看過女人會詛咒自己的兒子當兵橫死。她腦子裡天清地明的價值系統，嫁過來之後一夕崩壞，總是被阿嬤無厘頭的言行，嚇得駭然失色，腦子一片空白。

至於二叔，當然沒有在當兵時被飛機炸死，他一直活得好好的。倒是因為酒喝多了，很多年之後，得了肝病去世。

我後來才漸漸明白，阿嬤的詛咒，真不能用文明去理解。一旦當了真，就看不見阿嬤那股生猛的精采了。她那些驚世駭俗的言行，就像一場座無虛席的演唱會，那天王巨星忘情高歌，飆入天際的吶喊或尖叫，有如一場洪荒的春雷，炸裂凍土之後，餘聲隱隱，餘味無窮。

說不清為什麼，對於「無忌」這個詞居然有一種莫名的眷戀。《中庸》上說：「小人之（反）中庸也，小人而無忌憚也。」「無忌憚」當然是不好的意思，可「戰國四公子」裡的信陵君，他的名字卻叫做「無忌」。

我們總覺得，肆無忌憚地憑著本能過活，是一種非常低層次的生活方式。可是我們在給生活安上各種理所當然之後，本能不斷悄悄地消退萎縮，卻毫無所覺。

特別是在我們越來越熟悉這個世界的遊戲規則以後，不明所以地活進了各種機械模式裡，也活進了各種表格評價裡，慢慢地就開始活得乾澀浮淺，活得像個只能被組裝的零件，有很多重要的東西都不見了。

這種時候，「無忌」就像是一種豁免或祝福，一種提醒或鼓勵，甚至是一場生命的重整。有時候，僅僅只是一個古老的故事，也能喚醒一些什麼，儘管它聽起來模模糊糊。

於是，我尋索著那些古老的故事，那些老得有些昏黃，又混濁得令人迷惘的古老故事，如同《楚辭》裡的招魂，對著自己的精魂，忍不住悠悠長歌。

大姑

▲ 姑姑們，立者左一為大姑

帶小寶去看媽媽，大姑突然來訪，有點驚喜。

一見面，她居然滿頭都是白髮了。這才意識到，不知不覺，大姑竟然也八十幾歲了。

小時候，提起大姑他們家，我們都覺得那像個傳奇。因為大姑生了十個孩子，一路生下去，陣容非常浩大。八女兩男，又是驚人的比例。

家裡面有八個女孩子，那不知是什麼景象？我們都覺得難以想像。我們家有四個兄弟，一向是拳打腳踢、乒乒乓乓，我在想，那八個女生聚在一起，是不是會一直伊伊呀呀，嘰嘰喳喳？想像中一定熱鬧極了。

大姑長得非常像阿嬤，除了五官相似之外，阿嬤個兒極小，大姑個兒也極小，身材完全一樣。她和阿嬤一樣，只要拉開嗓門，整個世界就「熱烈」起來了，充滿活力。

阿嬤的生命力豐沛，她也生命力豐沛，阿嬤生了十個，她也生了十個。看到大姑，就會想起阿嬤，那種遺傳的力量，非常神奇。

大姑的身上，有著強烈的「洲尾人」的氣息，生猛、霸悍，又多情、溫存，有時對世務隔膜到一無所知，有時又精明得嚇人。總之一片熱情強悍，活得天大地大，非常自在。

即使遇上了什麼事，皺著眉頭，她也能睜大了眼睛放開喉嚨喊起來，聲音忽高忽低，就像唱歌似的，非常熱鬧。她總是活得那麼生猛，那麼直覺，那麼本能。我怎麼也感覺不出，這竟然是一個八十幾歲的老太太。

大姑比媽媽大一歲，也是小學畢業，照理說，是念過書的。但臺灣剛光復時的小學，國語師資非常不足，如果沒有自己另外下苦功，幾乎都是大字不識的。大姑略比阿嬤好些，卻也不太認得字，到銀行辦事都得帶個媳婦。

但這些小事，對她都不構成絲毫掛礙，她總是來去匆匆，東奔西走，行動如風。每次她來看爸爸，都興之所至，倏然而來，從不打電話。事實上，也許她也不太知道怎麼打電話，那對她說不定有點困難。

但她總是出現，總是「欲來看阿兄」。像旋風一樣地突然出現，像熱流一樣地湧進客廳。不管待在哪個屋裡，我們大老遠就能聽見：「阿嫂仔！我來了！」她的問候寒暄高昂熱烈，就像機關槍一樣，口中嘰嘰呱呱，全無停頓，流暢無比。家裡的每件事務說來皆如國際大事，件件專注投入，處處生動起伏，絕無冷場。

阿嬤生的女兒裡面，只有她和二姑與我們比較親近。三姑早早去世了，四姑因為家貧被賣掉了，五姑則是後來遇人不淑，離開了人世。要說到姑媽，我們首先想到的都是大姑和二姑。

她們姐妹倆其實都和阿嬤很像，一樣的五官，一樣的矮胖身材，可見阿嬤的基因力量之強大。兩個姐妹常會無預警地結伴來我家，有時是給老人家「做忌」（閩南語，遇到忌日，家裡要拜拜，稱為「做忌」），有時是來走春賀節，有時是單純來看看我父親，來「包紅包」。

「包紅包」是她們的熱情最直接的表達方式。比如說我哥哥要當兵，她們總認為當兵就是危險，當兵就會缺錢，所以每個哥哥當兵時，幾乎都領到了紅包。又或者來「看阿兄」，父親是長子，她們都是妹妹，覺得小時候受到父親的照顧，應該來看他，當然也要「包紅包」。

她們來的時候，家裡就像出現了兩尊不倒翁，看到她們矮矮胖胖的身材，在家裡晃來晃去，我時常會忍不住笑出來。

二姑去世之後，來看爸爸的就只剩下大姑了。我看著大姑肥肥短短的身影，不知何故，不再覺得好笑，心裡卻生出許多溫柔。

以前她說話，總覺得鄉下人特別絮叨，嫌吵。現在她說話，我卻喜歡拉著她的手笑瞇瞇地聽，覺得暖和熱情，覺得充滿生命力，覺得受到無以名之的撫慰。

我還住在家裡的時候，大姑一出現，我總是豎起了渾身的毛孔，慌忙出去迎接。要不然就是忙不迭地整理屋子，東塞西藏。因為大姑是直捷了當不拐彎的人，對於「隱私」這件事完全無感，她來探望大家，每個房間都要打開來瞧一瞧，表示熱情的問候，我再不趕緊出去，房間就沒有祕密了。

現在大姑出現時，我一樣是慌忙起身迎接，卻不是怕她進屋，而是怕她沒見到我，怕她掛記。我像是丟失了什麼，趕忙要去找回來似的，急不可耐地挨著她身邊坐下，聽她天南地北的說那些數不清的生活瑣事。

寒暄過後，她便馬不停蹄地衝進爸爸的房間，要看「阿兄」。

這麼多年來，她進門總是掏錢，一掏就是兩千。爸爸中風以後，她一來，就把錢緊緊塞在爸爸不大靈便的手裡。然後伸手撫摸爸爸的臉，不斷重複舊事，說這可是她的「親大兄」，當年是如何地疼她這個妹妹。

爸爸口齒不便，仍是不發一語。他的手力量不夠，完全握不住鈔票，鈔票很快地在胸口鬆開，落在床上。大姑便又撿起來，放在他身上。

他閃著明亮的眼神看著這個老妹妹，始終一聲不出。他中風九年了，從去年開始罕言寡語，已經許久沒有說話，但他的眼神裡若有所思，卻又像是什麼都明白似的。

照我們的想法，爸爸人已這麼老，也病了這麼久，這麼多年下來，對一個久病不語的親人，應該很難找出新話題了。可不知為什麼，對姑媽來講，永遠沒有「沒話題」的時刻，她總是渾身是勁，熱情無比，絮語不休。時不時地，便又伸手撫摸爸爸的臉頰，反覆陳說著「阿兄」如何疼她。即使爸爸始終只是默默地瞧著她，什麼反應也沒有，房裡仍然有足夠的溫度，一陣陣撲面而來。

在忙碌而熱情的「寒暄」之後，就是激烈的「推錢」大戰。她這裡塞一千，那裡塞一千，連看護都塞了一百塊。她把錢丟到對方懷裡、塞在口袋裡，或硬是塞進晚輩的手裡，然後快速轉身逃走。

「推紅包」是一場多型態戰役，除了口袋、手裡，還有棉被、床頭、沙發……各種角落，招式盡出，每次她來包紅包，我們都須全員備戰，眼明手快地抓出紅包，立刻送回，反覆多次。

這個大戰的過程，因而使離別變得非常熱鬧，絕無冷場，並且充滿了創意和歡欣。當然，老中幼三代勢必一起加入戰局，戰況激烈，宛如吵架或爭鬥。於是大夥兒樂在其中，其樂融融，在歡樂無比的氣氛中道別。

人間的來往，難免要有點「禮數」，不能沒有伴手禮。但我們不會有人把禮物變成錢，那似乎多少有點尷尬。可大姑沒有這個問題，她就是要送錢。伴手禮當然她也帶，但更重要的是紅包，她出手大方，毫無顧忌。對她來講，錢最實用，其他不要緊。把錢塞進去，就對了，大功告成。

我突然覺得，大姑很像「時光膠囊」，留住了許多正在消失的東西，某種難以形容的古老情韻。我在她的臉上，看到阿嬤當年的模樣，在她的身上，看到許多洲尾人鮮明的特質。在我們已經全力「進化」，進化到成為另一種生命的時候，她仍然那樣渾然天成地活著，而且毫無老態。

她離去時，客廳裡雖已空無一人，卻還瀰漫著那種生猛直覺的洲尾溫度，讓人覺得如真似幻。

▲ 五房鏗生公到大陸發展有成，全家合影於北京乾麵胡同

歷史課

三年前（二〇一四）完成家譜，寫了十九萬字，幾乎是給自己上了一堂漫長的歷史課。近代史上的許多榮光與災難，都活生生地出現在家族裡。

臺灣早期私人興學的「書房」，長期耕耘漢學種子，保留民族的元氣，至關重要。家族裡的五伯祖通樸公（諱作人），就是當時重量級的人物，他是秀才出身，所開設的「書房」，在地方上聲望崇隆。

日本人的管制時鬆時緊，「書房」其實一直持續傳承。父親年輕時，就在「阿茹仙」的「書房」裡得到啟蒙，進入漢學的世界，對我們影響深遠。我後來才知道，「阿茹仙」的名字叫作莊根茹，在臺北市新聞處的文獻裡稱之為「洲尾名儒」。

臺灣早期有些畫符唸咒，真能降魔伏妖的道士，現在看起來，像是個神話。但這樣的人卻真的存在，我的曾祖父通流公（諱灌溉），就是這樣的奇人，而且事蹟真切，葫蘆洲的「雞筆」鬧鬼事件被他舉手平定，因而聲名遠播。

「西螺七崁」的武術威震全臺，來到北臺灣參與媽祖做醮，與在地的「宋江陣」爭為先導。在地的宋江陣頭火爐公被迫迎戰，在松山國校與對方逐一比武，結果均獲全勝。文焰公（諱火爐）就是我的七伯祖，文武全才，家族裡現在還保留著他的書法真跡。

這些長輩的故事，在家族裡廣為流傳，充滿了傳奇性，令人津津樂道。但真正開始寫家譜以後，才發現近代史上的許多災難，在家族裡也刻下了斑斑血痕。

五房的堂伯公：在生、超生、鏗生三兄弟聯手到大陸去做生意，從青島到北京，春風得意，成為鉅富。其中成就最高的是鏗生公，他成了旅平同鄉會的會長，凡有臺灣同胞到北京去，管吃管住，還管找工作。廚房隨時開伙，家裡的舞廳時有名流出入，於政壇頗有影響，共產黨對他也禮遇備至。

他生了十個兒子，從老大到第六個兒子，全是一流大學畢業。但文革突然爆發，家業一空，雖未掃地出門，但家族變得一貧如洗。鏗生公豪華落盡，卻能安然自持，他回到茶葉製作的工人身分，在安徽合肥平淡自處以終。

他的兒子們各有不同遭遇。前面幾位學的都是理工，有的是鐵道工程、有的是地質、有的是無線電。不論是大學教授或國家幹部，都有理工人才的精明和謹慎，在文革中極力避免了駭人的大難。

但排行第六的叔叔家凡，卻沒能避開。他畢業於北京師大，學的是外語。燕姊說，小時候常聽到六叔在院子裡高聲朗誦俄文，音調抑揚頓挫，優美到了極處。學文的人敏銳易感，他又是性情中人，平日說話直抒胸臆，坦率真摯，碰上文化大革命，竟成了攻擊的標靶。他無法忍受無窮無盡的殘酷迫害，一咬牙，從高樓上縱身跳了下來。

幸而後來救起，他腎臟卻已破裂，身體受到極大的損傷。他的母親李桂芳見他受苦，心痛憐惜，為了讓他活下來，陪他到日本動手術，把腎割給了他。最後，他流落日本終老，沒有留下後代。

我去廣島拜見他的時候，他已是古稀之年，雖多歷患難，但談吐溫雅，舉止貴重，完全是世家子地的風度。我們聊天時，他隨口就是《紅樓夢》的句子：「陋室空堂，當年笏滿床。衰草枯楊，曾為歌舞場。蛛絲兒結滿雕梁，綠紗今又糊在蓬窗上。……」我知道那就是他的遭遇，聽得心理難受，不敢搭腔。但抬頭看他神情，卻無落寞悲傷。人間如夢，他隨口說來，悠揚如歌，千古是非，只是一夕漁樵話。

鏗生公一生大起大落，但不論在青島、北京，對同鄉都照顧備至，善緣廣結。當年受過照顧的人很多，其中一位是他的堂姪林鐘隸。鐘隸公踏實機敏，不到二十歲，就做到支店長的職務。但驚聞山河有變，在共產黨進入青島以前及時離開，回到臺灣，後來經營海貨，極有成就。他的兒子文伯聰明謹細，在半導體業打開一片天地，就是今天的「矽品」精密工業，做的是封裝測試，規模居世界第三。

文伯哥得知家凡叔的處境，立刻撥出一筆款項到大陸去，請五房的姆婆（鏗生伯公的太太）李桂芳惠納。文伯哥的意思，既想報答一點當年父親鐘隸受過的恩情，也想為家族的苦難略表寸心。姆婆李桂芳立刻回信答謝，但同時表示：「這些錢已經太多了，心意收下，到此為止，請不要再寄任何財物了。」在經歷那樣的動盪和和赤貧之後，還能這樣婉拒金援，姆婆的行止對我來說，簡直像個傳說。

這些長輩歷盡了人生的苦難滄桑，行事卻有古誼，不失大家風範。我實地走訪，逐一訪談，驚心動魄的故事一件一件，近代史的烽火巨變卻無聲撲來，我幾乎啞然失聲。

我祖父的大哥，也就是大伯公宗顯，被日本人徵召入伍，成為「臺籍日本兵」。臺籍軍伕的伙食粗劣，在江蘇省寶山縣的趙家橋邊，他因飢餓難耐，泅水到對岸去摘取菜葉，被突如其來的大水沖走，屍骨無存。

大伯公的悲劇，是當年宗添叔公輾轉查知，親口告訴我的。至於日本人的軍報，自然不是這樣

寫。我到戶政機關調出日本人留下的除戶謄本，上面寫的是「戦闘において戦死」，我啼笑皆非。

當時日本政府為了安撫臺灣人民，除了致贈遺族一筆撫慰金之外，還特意在宗顯伯公位於內湖灣仔稻田中的住宅搭建告別式場，並連夜趕工，闢建一條汽車可以通行的道路，方便各地官員前來。告別式當天，軍政要員雲集，紛紛到場致哀。

那真是一場巨大的悲哀，荒謬不堪的悲哀。

有一位二房的堂哥，叫作兩傳，他只活了廿三歲。因為他在民國卅六年的「二二八」事件中無辜被捕，遇難。到民國八十四年時，他的弟妹們領到了「補償金」六百萬元，但親人永隔，早已於事無補。

我從來不知道一個家族裡可以裝下這麼多的故事，有些令人味之無盡，有些卻令人不堪想像。

小時候，家裡最精采的人是阿嬤。她交遊廣闊，有許多好姊妹，三教九流都有，每個我們都要叫「姨嬤」。其中有一個姨嬤，是她真正的親妹妹，她叫作陳蓮花，很小就給了人當童養媳，但姊妹感情要好，來往頻繁。我當時年紀太小，所知有限，只對她的長相有點印象。大哥大我八歲，卻記得很清楚，他說，這個姨嬤對我們非常慈祥，姊妹倆來往頻繁，感情一直很要好。

民國六十一年，阿嬤隨我們遷出洲尾之後，就很少聽到蓮花姨嬤的訊息了。民國八十三年，阿嬤去世，在我們的話題裡，姨嬤也極少出現，我的記憶裡只剩下了這位姨嬤的長相，其他都模糊了。

直到有一天，堂叔欽祺傳來訊息：「你阿嬸的妹妹，於數月前往生。」往生日期是二〇一七年四月二十日。下面有一張截圖，是「臺灣僅存的三位慰安婦之一」的報導，照片裡的人物，正是姨嬸陳蓮花。

我如受雷擊，震驚無比，愣在當地，久久無法言語。

當各種媒體裡播報著慰安婦的新聞時，我從沒想過要細看一下那些慰安婦的容貌。小時候時常見到的姨嬸，我們從來不知道她有這樣的遭遇。叔叔說，她沒有孩子，領養了一個女兒，現在就住洲尾。她待人親切，處事低調，頭腦清楚，過著隱名改姓的生活。

我們一直不知道，這樣悲慘的事件，也發生在我的家族裡。原來我們的家族，除了那許多光采榮耀之外，也承受了這麼多的屈辱和苦難。

我不知如何表達此刻的心情，這樣的歷史課太沉重了，令人無法言語。

道別

▲ 阿鳳姑姑和女兒美珠

星期五中午一下課，我急急忙忙就衝出去開車，趕去基隆，要送阿鳳姑姑一程。我加足了馬力，約在三十分鐘內就趕抵了基隆，找了一下路，奔向懷恩廳。

其實，應該早上就請假去的，但是第四節的班會是導師時間，找人代導非常困難，只能這樣趕。

家奠十二點就開始了，我到的時候當然已經結束。來到門口，家屬正在誦經，整個廳裡黑壓壓的全是人，我只能找地方擠進去。

叔叔欽祺招了招手，把我帶過去，說誦經結束後，他得去跟司儀講一聲，公祭開始前，先讓錯過家奠的親人上去致意。說完這話，叔叔走到前面去找司儀，我便從人縫裡往前擠，準備上香。

但人潮一波波湧來，來自各種單位的人群，各自穿著便於辨識的背心、外套，擠滿了會場，我舉步維艱。我正待走到靈前時，卻看見穿著「宗親會」衣服的人已從司儀手中拿過麥克風，沒讓司儀說話，立刻開始了一連串我不太明白的儀式。

我於是被人潮又擠出來，一批又一批的政商人物湧進來，陸續上祭。有的大人物帶著保鑣，有的身穿繡名背心，有的到處拱手，似乎政治人物居多。兩個小時過去，一批批西裝革履的人們逐一上祭，陸續離開，黃綢鋪面的一排排座位逐漸空出來。

終於所有的機關團體都完成了祭拜，人潮散盡，大廳顯得十分空闊。我急急忙忙走上前去，準備上香。大約是等待的時間長了，又或是那一連串機關的名字聽得有點暈乎，我終於來到靈前的時刻，腦子竟有點空白，幾乎想不起來要跟姑姑說什麼。

她是家族裡的傳奇人物，單名一個「鳳」字。但我看過她年輕時在青島簽的契約書，她另有一個名字，叫作「時鳳」，《易經》上說：「時之義大矣哉！」孔子是「聖之時者」，姑姑名為「時鳳」，其義之雅之深，令我充滿好奇。

大姊美珠說：「我媽媽一下地，就是四個僕人伺候。沒有事的時候，就拿一本書坐在那兒看，就這樣看了一輩子。」她嘆了一口氣，說：「那真的是少奶奶的命。」

「少奶奶」，似乎意味著不用做事，但阿鳳姑姑的足跡從臺灣到山東，從山東到北京，再從北京到臺灣，那些叱吒風雲的海運事業如影隨形地，卻都跟著她走。

姑丈叫作江賜碧，做貿易起家。兒女們則開拓了船務代理的生意，富甲一方，在海運界舉足輕重。姑姑的長子，也就是大表哥正義，在基隆成立了義合船務代理公司，當上了船務代理商業同業公會理事長，在業界聲望崇隆。

我原以為大表哥就是繼承姑丈的家業，後來才知道，大表哥原來是學醫的，念的是陽明醫學院。但因為他對福馬林過敏，只要一聞到福馬林的味道就暈倒，這在解剖課裡無論如何通不過。沒奈何，只好轉行。他從基層小弟做起，開拓了船務代理這條路，一路老老實實爬上去，一直做到現在的位置。

阿鳳姑姑的兒女，都非凡品。大姊美珠是風華絕代的傳奇人物，氣質雍容華貴，是令人崇拜的女中豪傑。大哥正義則完全是一派勤懇老實的模樣，在臺北市、在全國的船務代理界都做了龍頭，但身上一點商人的市儈氣味也沒有，看起來完全是個斯文老實的歐吉桑。

孩子的氣質總是受到父母的無形默化，這些，都是姑姑的影響吧？

我和姑姑，其實沒有說過什麼話。我們因家譜的修撰而相識。當時，姑姑已經九十歲了。我很想好好做一場完整的訪談，但因年歲差距很大，溝通實在沒有把握，她說話時，我甚至不太能夠聽清。我既盼望著多一點的熟悉，卻又對她有種莫名的敬畏，想親近她時，總是訥訥難言。

她的存在，像是一種靜默的、遙遠的想望，身影模糊。

家族裡，她是第一個眾所矚目的高材生，進了聞名一時的「三高女」。「三高女」就是中山女高的前身。她因成績優異，可以保送日本東京帝國大學藥劑系。在那個高學歷並不普遍的年代，她優秀得像個傳說，高遠難及。可惜那時重男輕女，家裡不肯讓她去日本讀書，這個光榮的記憶，就只能悵然停在那裡，從此定格。

那一段，是她最青春洋溢的時光，保存著許多絕美的記憶，意義非凡。畢業後同學們互相聯繫，漸成固定的聚會，大家的年華逐漸老去，那份青春的記憶卻倍加清晰。於是大夥兒決定：既是三高女的第十八屆，乾脆選定每個月的十八日，讓大家聚在一起，共話家常。這聚會有個俚稱，叫做「十八會」，但她們又另起了一個正式的名字，叫作「古巢會」——每個月聚會，都是一次倦鳥歸巢。

小表哥江葦說，那是每個月裡姑姑最雀躍、最興奮的一天。到了當天，一定盛裝打扮，鄭重參加。那不只是聚會，不只是同學的聚會，而且是和自己最美麗的青春記憶重逢，那是自己最清純最亮彩的風華歲月，甚至，還是一個女孩被迫停止攀升的位置。許多同學已經凋零，還在世的同學，都已超過九十歲的高齡，但出席時仍然慎重非常，盛裝登場。

後來同學提議，為了紀念這段美好的時光，用將近24k純金的比例，打造了一枚徽章，以當時的校徽為底，上面就鐫著「古巢會」三個字，意味深長。

姑姑看了我寫的家譜，非常歡喜。美珠姊告訴她，「世奇就在中山女高教書。」中山是當年的三高女，也就是她的母校。她於是決定，託大姊美珠把這枚黃金徽章轉交給我。

她沒有特別叮嚀什麼，但這樣的傳遞，卻又像是說了千言萬語。我得到禮物的當天，正好是中山女高的畢業典禮，典禮結束後，就匆匆趕赴這場家族聚會。大姊美珠慎而重之轉交了這份禮物，說這是姑姑對我修撰家譜的肯定。她臉上笑瞇瞇的，都是疼惜慰勉的笑容。

我雙手捧著這枚徽章，就像捧著一個新生小嬰兒似的，充滿了戒慎和感激。我才剛剛參加了中山女高的畢業典禮，身上還沾著孩子們依依不捨、真情流露的淚水。沒有想到，前來聚會時，姑姑這位中山女高的老校友，又準備了這樣珍貴的紀念品在等著我。我覺得驚喜、榮幸，又覺得慚愧。

阿鳳姑姑走的時候，是九十五歲。雖是高齡，得訊之時，我仍然覺得不知所措，我步履踉蹌，慌忙趕去基隆，拈香致意。

靈堂布置得精緻非常，全是淺色木條，用的是姑姑最愛的日本風格，素雅又明淨。表哥為我準備好了香，我深深磕了一個頭，然後恭恭敬敬地上香。

那是我第一次跟大表哥促膝而談。我其實不太會聊天，也不懂得怎麼安慰人，只能緊緊握著他的手，問起事情的經過。

大表哥大我廿二歲，已是七十多歲的老人了，我們每說幾句話，他的眼眶泛紅，眼淚就一直滾出來。他說，姑姑過年前就不舒服，肺裡有一大片已經堵住了，X光照起來一片白色，醫院建議送加護病房。但是加護病房對探病的限制太嚴格，表哥覺得年邁的姑姑需要更多的陪伴，最後住了頭等病房，除了探病限制以外，和加護病房的規格一樣。另外，因為姑姑年事已高，除了引流以外，其他侵入性的治療都拒絕了。

大表哥說，姑姑心臟很強，生命力極旺盛，神智也清醒，其間一度好轉許多，還能和孩子們對話，準備出院。我們談話的焦點，似乎總盤旋在她好轉的那一段，彷彿捨不得離開那樣還充滿希望的情緒。

這些事情一幕幕在眼前流過，我站在靈前，口訥難言，仍然不知說什麼才好。靈堂裡全是鮮花，我卻聞不到氣味。人潮終於散盡，我只恍惚覺得，姑姑九十五年的人間歲月，就像夢境一樣的消逝了。

我靜默無言地拈香。拈完香，轉身向著分立左右的哥哥姊姊們，他們已經站立了好幾個小時，疲憊而憔悴。我很想說些什麼，卻什麼也說不出來，只能分別向他們深深一鞠躬。然後默默退後。

走到中年，道別，已經變得難以避免。這樣的場景和氣氛，讓人難受，讓人想要逃避，卻不得不面對。那是多麼困難的一件事情。相遇和分離，歡聚和長別，總是相伴而生。但在那離別的當口，終須挺直了身子前行，然後深深鞠躬，或者磕下頭去，深深致意。

大概那就是我們生而為人的功課，無論是曾經的歡喜迎接，或後來的悲傷送行，都是。

我們沒有選擇，只有好好地、慎重地道別。唯有如此，才不致辜負那一場生命的相迎，才能找到一個方式，把那些生命裡的傳奇，適當地安入自己的記憶。然後，活成一場美好的相遇，終無憾悔。

掃墓

▲ 林氏祖塔落成，奉祀歷代祖先與族親

掃墓，有時像是一場聚會和活動，有時像是一個責任或負擔，有時卻像是一場巡禮和沉澱。大概年齡不同，心境也不同。

這幾年，掃墓帶來的感覺越來越不一樣，心緒也深沉許多。有些感覺，竟像千言萬語，難以說清。

小時候遇到清明掃墓，並不特別重視，頂多是覺得新鮮有趣，加上大人覺得那是大事，也是責任，所以就傻傻地去了。好像它就是個風俗，該做的去做就是了，並沒多想。

當然，學校的老師也教了，「慎終追遠，民德歸厚。」這一類的話，大家都琅琅上口。但教歸教，不曾真的體會。

稍微再長大一點，有時候對掃墓還有些排斥。排斥的原因不一，有時是對那個地方的環境不適應，有時候單純是覺得交通很麻煩，有時候是更想把假期留給其他的事情，還有時是因為家庭有些不睦，對這件事便隱隱有些牴觸。我們若拒絕時，爸爸也一向都不勉強，他自己倒是一定會去。

後來祖先留下來的土地有一塊被政府徵用，發放了一筆補償金，除了各房領取部分金額以外，還留了一些，做為家族基金。於是家族在汐止買了一塊地，建了一座宗族公塔，把散居各地的祖先靈骨都集中在一起，這樣祭掃時全族都可以聚在一起，大家見見面，還有點敦睦親族的味道。

由於祖先來自同安，堂號為「銀同」，爸爸為此寫了一副對子，刻在祖塔兩側：「銀裔長承宗祖德，同根並旺子孫賢。」又題詩為誌：

福建遷臺三百秋，定居洲尾願長酬。秋嘗春祭遵賢禮，右穆左昭序古流。
前輩餘馨留萬代，兒孫拓展富多謀。公塔完成宗祖祀，位鎮龍軀虎項頭。

這本是一件美事，但因當時主事者未能遠謀，想要省點錢，所以地點選得不好，還在汐止公墓裡地形非常險陡的一個角落。那裡沒有腹地，空間逼仄淺窄，還有一段山路要爬將近兩百級的土梯，掃墓於是成了一種考驗，行動不便或年紀較長的老人，即使想去，也不免有心無力。到後來，連主事者們自己也都上不去了。

對於這座祖塔，家族裡的怨言越來越多，有許多族人早已不再上山掃墓，親人的靈骨也另行覓地安厝，頂多只是參加清明節中午的家族餐敘便罷。就在這個時候，對掃墓、祖塔之類事務完全狀況外的我，正好投入了族譜的撰寫。

大學時在書院聽了多年的課，對文史的興趣大幅加深，開始想看族譜。父親向六房要來了科生伯公在民國三十八年所寫的舊譜，希望我能續寫。我蒐集資料，勉力為之，只寫了幾個月，就發現自己的學識不足，而且欠缺方法的訓練，修譜的工作就停了。我沒能繼續，爸爸只好自己寫。他寫得辛苦，成果也有限。我看了過意不去，卻又有心無力，未完的族譜就一直擱在那兒。

直到博士學業完成，修譜的主觀條件漸漸具備，當年的顧慮慢慢沒有了。每年給學生講〈臺灣通史序〉，都會說到修史的心境與意義，這個擱置未完的工作總會在那時從心頭浮起，反覆翻湧。沒有多久，我就決定重新投入修譜，要將二十年前的心願徹底完成。

不過，此時家族耆舊已經凋零大半，蒐集親族資料，倍覺困難。因緣際會，有一位素未謀面的堂叔欽祺，一直想修家譜而未能如願，看到我那本十餘萬字的初稿，立即傾力相助，我們一起蒐集照片、走訪親族、反覆校對。叔侄同心，其利斷金，引起了許多宗親的熱情響應，為使修譜工作更加完善，長輩們成立宗親籌備會，把大家聚在一起。讓他們共同聆聽族譜的撰寫過程，凝聚共識。

大約用了兩年的時間，我終於把親族資料蒐集齊全，編排完竣。其中載錄將近千人，渡臺兩百四十多年以來，所有族人全部收錄。二房的文伯哥家族主動表示出資印行，民國一〇三年（二〇一四），家譜出版，印出兩百本，發給全族。

宗親散居各地，早已互不相識，因這一本族譜的修撰，才赫然發現彼此是來自一家，而自己的存在，也因為這本族譜，被重新「看見」。

奇妙的是，族譜一寫，家族的氣氛就開始轉變了，家族的感情在無形中重新凝聚。族譜和修墳的事情常常會連在一起，聚會時就有人提議另選地點，重建祖塔。

原來的祖塔陡峭難行，交通困難，潮濕逼仄，祖先靈骨環境實在不佳。但祖墳遷移牽涉太廣，難度太高，簡直像做夢一般，多年來只能唉聲嘆氣，徒呼無奈。不意在此時水到渠成，突然實現。

新選的地點在基隆七堵的馬陵坑，交通非常方便，視野也極好，其實是二房裡幾位族中老人早就提過的建議，只是因為條件甚佳，價格昂貴，一直被家族主事者否決。如今那幾位老人早已去世，幾個子姪們滿懷對老人的追念，矢志要完成老人遺願，於是舊事重提。

遷塔事涉大家的荷包，又似乎質疑了當年的決策，不免有人反對，宗親們也仍猶豫不定。主要的疑慮在出資購地，所費不貲，超過兩千八百萬。於是文伯哥果斷出手，一舉解決，再請宗親聚資建塔。

這件事冥冥之中如有神助，大約一年多的時間，各種阻力都漸漸消失，新塔很快地開始興建。

要遷塔時，大家才發現，原先的祖塔管理不善，早已漏水，有些祖先一直在淋雨，有的罈子竟然已經發霉。大家既覺悲痛難堪，又覺驚奇感嘆，難道祖先地下有知，早已不能忍受那個環境，所以無形之中給了我們許多助力，讓我們把遷塔的事情做成？

在家譜出版的同一年，祖塔落成，建築素淨淡雅，極是精緻，腹地開闊，視野極佳。掃墓那一天，族人們握著我的手，熱情奔湧，說了許多勉勵的話。我看到家族凝聚的景象，幾乎覺得如夢似幻。

新塔落成時，幾位長輩都說，我是「虎盛」（爸爸的外號，因他勇悍如虎而得名）的兒子，子承父志，必須寫一篇碑記，刻在石上，做為此事的紀念。

我應命完稿，在文章的末尾寫了一句古語：「同昭穆者，百世猶為兄弟。」古語極有力，寫完以後，我自己也受到激盪，思潮起伏，久久不已。他們要我再做一副對子，刻在宗祠兩側。我於是仿父親做法，以銀同二字鑲嵌：

銀邑歸宗，九牧家聲遠；

同根衍派，三仁世澤長。

清明節那一天，大家都上去看了，非常驚喜。新塔佔地四十五坪，中國式藍色屋簷，牆面是灰色的細石子，整體上極是素淨高雅，內裝也相當細膩，肅穆明淨。遠處的山巒起伏，重巖疊嶂，而塔周有平台環繞，視野開闊，腹地平緩，宗親掃墓時，可以開車前來，閒庭信步即達，更無爬坡涉險之虞。

祖塔旁邊有一塊將近廿五坪的空地，翌年文伯哥又買了下來，闢成涼亭、花園，供前來掃墓的長者休憩，經家族商議，命名為「培生亭」。「培生」是他祖父的名諱，他們兄弟做事低調，無論做什麼，都不願給自己掛名，惟有父祖的名字，有美盡歸，不再迴避。

祖塔名為「林氏宗祠」，祠墓合一，裡面有四百六十個箱位，堪稱充裕。所以，祖先遷臺以來，整個家族裡能遷的靈骨，幾乎都放進來了。

可以想見，掃墓的宗親因此大增。這幾年的掃墓人數，都將近兩百人，中午的餐敘也開了十八桌。乾隆三十五年（一七七〇）來臺的開基祖，大概很難想像今天這個局面。他來的時候，才二十歲。

在掃墓這一天，宗祠大門敞開，宗親們紛紛湧入，尋找他們曾經道別的親人。我領著母親和大哥，逐一來到曾祖父母、祖父母的靈前，躬身行禮。

宗祠裡明淨敞亮、金碧輝煌，毫無陰森之感。族人相攜湧入，指指點點，甚至連悲傷肅穆的感覺也幾乎消失無蹤。

「這是誰？」

「二叔呀！你看，旁邊這是五叔。」

「呀，這照片怎麼不太像啦！」

「欸，葉仔在哪裡？」

「在這裡在這裡，你看你看，旁邊就是金生。」

「啊！你們倆在一起啊，我看你們來了啊！」

「阿坤，我們阿慧也進來了，我帶你們去看！」

「好好好，在哪裡？」

「啊！在這裡，我要拜一下。」

「對對，拜一下，讓他們知道，我們都來看他了啊！」

宗祠外面，香煙裊裊，人跡雜沓。而宗祠裡面，人來人往，前呼後應，大家相招認親，簡直是家族歡聚，我幾乎忘記這是一個悲傷追念的場合。但不知為什麼，鼻腔裡卻仍有一種莫名的酸熱，既不是悲傷，卻也不像歡喜，就是有一股熱熱的感覺停在那裡。

出來時，我看見文伯哥站在那裡，微微躬身，謙卑木訥，完全是樸素已極的中老年人模樣。怎麼樣也看不出，他的封測產業規模驚人，手底下養活了兩萬個員工，是臺灣半導體界「喊水會結凍」的大人物。誰都知道他對家族的貢獻有多大，但他婉拒為家譜寫序，拒絕在聚會中發表感言，家譜裡凡是提到對他讚揚的話語，他都要求全部刪除。讓自己幾乎隱形了。

我突然想起荀子那些話：「聲無小而不聞，行無隱而不形。玉在山而草木潤，淵生珠而崖不枯。

為善不積邪，安有不聞者乎！」古語似乎精奧，但當它在真實生活裡出現時，竟又如此真切淺顯。

我又想起剛與他相認時，為了家譜的事情，他握著我的手，只是反覆輕聲說著「感動」兩個字，然後握住手輕輕搖晃。後來，他的弟弟文清又笑眯眯地補上四個字：「祖宗有靈」。他們兄弟的話不多，但都很溫暖。

中午聚餐時，大家舉杯相敬，有許多素不相識的宗親，都來和我打招呼，對我說：「這是虎盛的囝吧？你跟你爸爸真像，真是像極了。」我忽然明白，原來，「像爸爸」是最溫暖的讚美，古人用「肖」來讚美別人，竟有這樣的深意。

我找到二房的文清哥，緊緊握著他的手，說，謝謝你們，幫了好大的忙。他搖搖頭，也拉拉我的手，指指天上，笑瞇笑瞇地說：「沒有沒有，都是祖先在幫忙，是祖先把我們聚攏在一起。」

我們在修譜之前，素不相識，經過修譜、建塔這些事情，我們兄弟相認，就像古人說的「同昭穆者，百世猶為兄弟。」也許真是祖先英靈不昧，把我們聚在一起。

面對宗族團聚的盛況，我剛開始還覺得有些恍惚，難以相信這是真的。又隔了一段時間，漸漸才感覺到，我們「真的」完成了這件事。不知不覺，我們都重新觀看了「家族」這個群體，也重新省視了自己生命的存在。

這個時候，我好像也漸漸明白了，原來，掃墓，是這樣溫暖的一件事情。也許，這時祖先就在天上，含笑看著我們，祝福著我們。但也或許，他們就在我們的生命裡奔流，綿長不息。

茶醉

在我修家譜的時候，沒有想過會因此認識這麼多人，尤其是那些極特別的族親。

我們都是同一個高祖父傳下來的孩子，經過三四代之間的繁衍，就出現了那樣豐富多采的變化，箇中世界閎深奧博，簡直像大觀園一樣，目不暇給。

家譜得以發行出版，二房的哥哥們幫了大忙，主要是因為文伯哥。他的半導體封測產業，規模雄視當代，無疑是業界鉅子。但他性格樸實，審慎內斂，媒體訪問他時，總是惜字如金，簡直近乎木訥。正因言不輕發，言必有中。

久了以後，大家心裡有了底，稱他「鐵嘴」。關於景氣、產業發展趨勢，名嘴說的未必可信，但「鐵嘴林文伯」說的話，總讓人信心十足。

文伯哥我很少見到，只能私下問他弟弟文清，為什麼文伯哥這麼神，大家都叫他「鐵嘴」？

他笑著說，這不是什麼神祕啦。其實產業趨勢沒那麼難，只是大家說話，難免會有一點自己的目的，我哥是老實樹，水晶球，只說真話。是真話，當然就應驗了。

文伯哥的名氣太大，但他是聰明絕頂的人，由利返鈍，務實謙卑，行事作風非常低調。家族裡的事情，向來由他的弟弟出面處理，我們幾乎聽不到他的任何聲音。

他叮囑弟弟提撥資金，印出家譜，重建祖塔，招待祭祖宗親，支持宗親會所有業務。他對家譜唯一的要求，是不要刊載那些讚美他的話，他覺得不好意思。

我們因出版家譜，在會議上見面時，他站在那裡，就像個鄰家親切的歐吉桑，溫吞樸素到了極點，商場上叱吒風雲的氣概，一絲也不顯露。我看著他說話的樣子，不知為什麼就想起《論語》說的：「仁者，其言也訒。」咀嚼玩味著，若有所悟。

他像主心骨一樣，在家族裡支撐了大局，卻總是無聲自晦，低調已極。所有重大決策，當然是他拍板定案，但他隱身幕後，渾不露相。宗族事務需要有人出面，尤其是宗親繁衍海外，接洽、招待、往來都要有人處理。這時候，他的弟弟文清就接手了。

文清哥是我在宗族裡見過最奇妙的人，既低調，又有本事。他在宗族事務裡穿針引線，出入內外，有如內務府大總管，身段柔軟，穩健務實，解決了許多問題，卻又行若無事。

他足足大了我十一歲，但和我相處，毫無架子，親切極了。我其實性格內向，所知領域範圍狹窄，跟他說話，時常不知道要說什麼才好。但他談笑用兵，總是幾句話就把生活點滴和國家大事兜在一塊兒，一邊泡茶，一邊就在家常裡緩解了我的侷促。

我為了完成家譜，實地訪談，青島和日本都去了兩次，所有需要的資訊，各種應對之道，都是向他請教，我們於是很快地熟悉起來。

他在商場上翻滾多年，人情世故早已勘透，但他說話知無不言，言無不盡，話裡總有一種平實的溫度，一點也不滑。和他說話，就像老是被招呼著，很容易就自在了。

我們初見面時，我不知帶什麼禮物比較好，因為自己愛茶，於是帶了手上最好的「大禹嶺」當見面禮。當時一斤的價格已經來到四千五，大概是我能給的最好的東西了。

他很客氣地說，下次不要帶東西了，真的。

下次見面時，拙於人情世故的我，還是想不出適當的禮物，想來想去，拿出的還是我最愛的茶。

他再一次誠懇地說，真的不要再買禮物了，尤其不要買茶。他說，臺灣的茶世界知名，但被炒作得太兇了，「你買到的未必是真正的『大禹嶺』，也未必值那個價。」他最後補了一句：「你的心意我收到了，以後，你喝我的茶就好。」

我這才發現，他是喝茶的專家。原來，他的茶都有特別的來處。他會找懂茶的專人到山上去，細看茶園。經過鑑定判斷，覺得可以了，然後包下那片茶園，把最好的茶買回來。

他笑著說：「別看你買的是『大禹嶺』，真的喝起來，未必有這個茶好。」

那時我們初識未久，我說話總提著小心，但我愛茶成癡，卻無可掩飾。他說，你們當老師的有學問，講學問我不懂，但我們可以一起喝茶，你常來。

喝那麼好的茶，怎麼能常來？我臉皮雖厚，愛茶雖深，還是不好意思。

他像是看穿了我的心思，回頭囑咐了公司的下屬，包了幾斤的好茶，讓我帶回去。我接下茶時，口裡的饞蟲興奮得發慌，臉上卻脹得發紅，矛盾極了。

除了茶，我們也聊別的。我不太會寒喧，但即使找不到話題，也總想從他身上學點東西，便拿時事提問。我聽他說話，就事論事，總有獨到之見，不過，我發現他從來沒誇過自己，提過自己任何長處。我隱隱感覺到他身上有一股什麼，又說不清——他做事情，好像在成全別人的同時，自然就把自己成全在裡面，不必另外彰顯什麼。

我漸漸發現，他是商人出身，但沒有那種市儈氣。老話說：「在商言商。」我們聽到「商」字，似乎總在盤算什麼利益，印象不太好。但因接觸了他，我卻漸漸明白過來：算計不是不行，但要算得大，算得遠，讓大家都能獲益，把可能的衝突和損害降到最低，那才是高明的「商」。

比如說，在幾件宗族的事情裡，就能看到這種處事的思路。

覓地興建祖塔，是宗族共同的渴望。但後來汐止祖墳漏水，骨灰發霉，成了子孫心底的大痛。二房的子姪為酬長輩遺願，竭力推動祖塔重建。反對者雖少，力道卻大，許多宗親不願再忍受下去，想要強渡關山，使用多數決，一次解決。

文清哥卻擺了擺手，說這事不能急，千萬不要在衝突中進行，水到自然渠成，咱們等。他始終避免對立，不讓任何的衝突發生，只是默默地做好準備。形勢一天天改變，正如他所預料，反對者的聲音越來越少，大事終於底定。

他不在無謂的衝突中耗損，但實際做事則全力以赴。祖塔施工期間，他前後上山勘查了十八次，工人都知道他隨時會來看，沒有人敢偷工舞弊。

祖塔建成後，旁邊還有一塊將近廿五坪的空地。文清哥隨即想到，若把空地買下來，可以做成涼亭，讓老人歇腳、避暑，布置一片小花圃，整個祖塔週邊的氛圍將全面改觀，變得更加溫馨可親。

園方是此道專業，知道我們的需求，那塊土地的價格立刻就提高了。社會上的事總是如此，需求越殷，價格越高，何況林家出得起。但文清哥思慮謹細，沒有接受。

他們本就準備了一大筆錢，提撥給宗親會使用，涼亭的擴建也在計畫之中，要支持宗族發展，當然不吝出資。但他迅速摸清了情勢。那塊空地的範圍比一般墳塋大，卻比我們的祖塔小。因為比一般墳塋大，一般人不容易買得起。但它只有祖塔一半大，又處在祖塔之側，在形勢上宛如姬妾側室，能買得起這種土地的人一定不願屈就。這麼一來，我們若不買，這土地只能一直空著。這種事情不必急也不必氣，放著就好。

情況又如他的預料，園方撐了一年，不願撐下去了，只好降回原價。他一切準備早已做足，價格一降，立刻動土，在去年清明節之前全部完工。

來掃墓的一百多個宗親，熙來攘往，卻有了迴旋休憩之地。就在祖先長眠的身側，他們闢建了一片兄弟重逢，共敘家常的風景。而且，投資眼光長遠，判斷精準，錢都花在了刀口上。

要講什麼漂亮話，他沒有，但他總能把事情做成。他說自己不愛讀書，念書時都在鬼混，頂多是偷看武俠小說。可看他處理事情，我不禁想：讀了書，若不會辦事，有什麼用？若懂得應事之道，人情世事裡就是書，不讀書又如何？

有幾次，他難得跟我掉了書袋，我才發現，他才不是不看書。

一次是因為一場和科技界有關的新聞案件，大家議論紛紛，沸沸揚揚。我對這個領域外行，正好趁機向專業請教，想聽聽文清哥的評論。他卻只淡淡地說了一句：「喔，哀矜勿喜啊！」

我愣了一下，心想，還說你不讀書，這論語上的話還用得這麼貼切。最重要的是，原來，他是這樣看事情的，和我這種「物喜己悲」的人這麼不一樣。

還有一次，我們喝完了午茶，他送我到電梯口，突然用日文講了一句：「兄弟は他人の始まり。」

兄弟由親而疏，經久漸遠。這兩個字意義那樣豐饒，卻又那樣艱難。我在祖塔的墓誌銘裡，滿懷情感地寫了一句：「同昭穆者，百世猶為兄弟。」那是一種美好的念想，但其實有點奢望，真的非常困難。一般遠房的兄弟，能在掃墓時打打招呼，已屬難得，更多的是離散荒疏，全不相識。我們的曾祖父是親兄弟，隔了三代，我們還能相認，已經有點僥倖。要說百代猶然，簡直近乎浪漫。

不過，我發現二房的家族真能紹承古誼，確有古風。凡有大事，文清哥必徵詢兄長，執禮甚恭，幾如長輩。至於待弟以友，全無架子，這我親眼所見，更是無庸置疑。有了這樣的修養對待，做兄弟，就有了無盡的滋味。

這些宗族的大事能夠做成，裡面最核心的力量，還是一種關於人，關於情分的看待。

有個朋友說，他們這樣的人，很像我們說的「長情」，做人的情份很長久，做生意也不是賺一兩筆，是一輩子。我因此想到，他的司機阿正跟著他，一跟就是十幾年，隨著他喝了無數的好茶，品味之精，也遠非常人可比。連我們都望塵莫及。

收下他的茶葉以後，家裡總是茶香洋溢，待客從來不愁。這幾年我總想，這麼好的茶，這人情怎麼還，這嘴巴養刁了我該怎麼活。一年一年，我總偷偷揣著這心事，見了他，總是吞吞吐吐。

他還是年年給茶，見我吞吐，便說：「你不要想那些，不夠再跟我說。」

想來想去，我決定買茶，跟他買。我把紅包都準備好了，打算去他的辦公室買。他說：「你騎機車不好載，開車來我們這裡又不好停，我下午要出門，順路把茶送過去吧！」

我覺得過意不去，但他堅持。我只好歉疚地答應了。

他送茶來時，我正在辦公室。接到電話，趕到大門口，他已經站在警衛室門口等著。我突發奇想：這怎麼和電視上演的不一樣？電視裡的大老闆，不是都大搖大擺地坐在車裡，等我們趕到車外時，才故作神祕，緩緩搖下車窗的嗎？但文清哥沒有，他平實已極，就只是站在那裡等。

我慌忙跟著他出去，把兩箱茶抱進來，拿出準備好的一點心意，心裡怦怦亂跳。這是我第一次拿這麼多錢買茶，好茶絕對值得，我興奮極了。

文清哥想也不想地推開我的手：「不要這個樣子，不用不用，茶不夠再找我。」急急忙忙轉身走了。「欸……文……文清哥……」我送到門口，見他疾馳而去，心裡滿滿的，不知那是什麼滋味。

我把茶帶回家時，妻的眼睛都亮了。「晚上泡茶？」

我點點頭，依言打開來泡了。茶未入口，已有一種甘甜的香味隱隱騰起，鑽入鼻腔。茶一入口，那氣味在口腔裡緩緩飄起、發散，我覺得像是被什麼洗了一遍，整個人好像都醒過來了。

我突然想起以前一場喝咖啡的經驗。博士班美學課的蕭振邦老師，極有生活品味，他的咖啡一向自己煮，費工，但是滋味絕佳。有一次他煮好了咖啡，遞到我手裡，等我喝完一口，問我感覺。

我完全不懂咖啡，無法評論，只覺得那咖啡的氣味在我的嘴巴裡、舌面上跳動，一直不斷歡快地跳著，好像有很多調皮的小分子在我的口腔裡亂竄，這裡撞一撞，那裡蹦一蹦，久久沒有停。嘴裡突然放大成了一個世界，變得空闊無比，鮮活已極。我驚嘆極了，無法理解，也不知如何形容，於是勉強照我的感覺說了。

沒想到老師點點頭，說：「對，就是這樣。」我想起平常喝的「三合一」咖啡包，一對照，我似乎突然明白了。那種咖啡味道扁平已極，進到口裡，就癱在舌壁上，一動也不動了。

茶和咖啡自然不同。不過，有些微妙的感覺是相通的。這是今年的春茶，新鮮已極。不知道是不是新鮮茶的關係，還是因為它是比較生的茶，才一入口，竟然有一股山林清新的氣味在我的口中跳動，洋溢，飄散。那驚人的鮮活感，和蕭老師的咖啡有異曲同工之妙。

最驚人的是，喝到第三杯，我竟然真的開始有「微醺」的感覺——整個人放鬆了，有一種像酒一樣的力量在我的身體裡緩緩沁散，舒服極了。

我又驚又喜，這是我平生罕遇的「茶醉」。確實是醉了，但完全不影響行動，是一種飄飄然，極幸福的感覺，卻毫無昏沉之感，比酒醉更妙。

我坐在那裡，一會兒就喝一口，一會兒又甜滋滋地坐著，全身一動也不想動。我想，我真的是醉了。這是文清哥送來的滋味，不管了，這人情欠著就欠著，就是要喝。

這真的好像醉漢說的話，我想，我真的是醉了，沒有錯。

名門之後

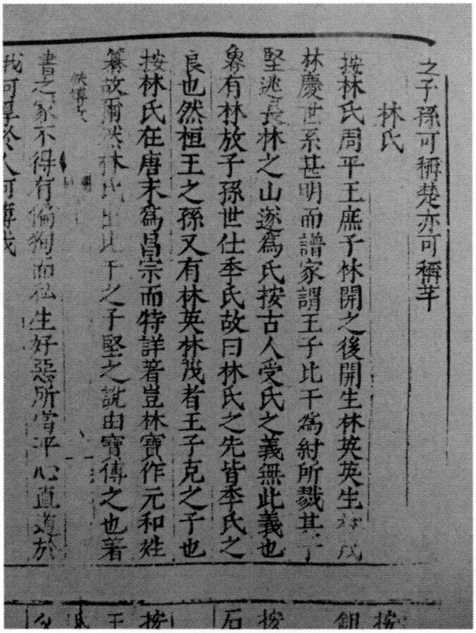
之子孫可稱楚亦可稱芊
林氏
按林氏周平王庶子林開之後開生林英英生林氏
林慶世系甚明而譜家謂王子比干爲紂所戮其子
堅逃長林之山遂爲氏按古人受氏之義無此義也
魯有林放子孫世仕季氏故曰林氏之先皆季氏之
良也然桓王之孫又有林英林茂者王子克之子也
按林氏在唐末爲昌宗而特詳著豈林寶作元和姓
纂故爾然林氏出比干之子堅之說由寶傳之也著
書之家不得有偏徇而私生好惡所當平心直道於
我可享於人可傳氏

▲ 鄭樵氏族志記載林氏為周平王之後

在高中以前，我沒有想過自己是從哪裡來的，也不覺得那有什麼重要。我模模糊糊地覺得，我只要是自己就行了，跟誰都沒關係，也用不著有關係。

在書院上課時，時常聽到毓老師提起他們家的事情。有時會聽到「太祖高皇帝」努爾哈赤、禮親王這些名字，有時會說起他的母親鈕祜祿氏，有時還說起滿洲人的軍隊，「從佳木斯打到海南島」云云，不一而足。他說話的精神意態，好像他身上有一個渾厚的龐大的什麼在那裡鼓盪，那話語都像是從歷史長河中流出來的，隱約有一種雄視寰宇的感覺，但又和驕傲無關。

那一年，我十八歲，我腦子裡浮現一些疑惑的念頭：怎麼他的生命和我不一樣，活得這麼「厚」？如果他這麼有「歷史」，那……我有嗎？我是誰？我的祖先又是誰？他們來自哪裡？他們有故事嗎？

我回家找爸爸要族譜，連番提問。爸爸說不清楚，但找到一本四十幾年前的舊族譜，上面有答案。寫家譜的是六房的科生伯公，封面題上了年份，是「大民國三十八年」。他的資料蒐集齊全，最驚喜的是，他完整地註明了原籍：「福建省泉州府同安縣嘉禾里綏德鄉長塔保二十二都塔頭社人氏。」

我突然意會過來，原來平常阿公在家裡也喊過這個地方。他總是大聲喊著「福建省泉州府同安縣」，表示他知道「祖先的老家」。他的發音極特殊，「同安」的發音像是「銅碗」，那是同安人的特殊口音。

不過，那時我一直不知道家譜上的「同安」二字，有這麼大的名聲。直到故宮的專案小組以院藏〈集字號大同安梭船圖〉為核心，製成「再現．同安船」紀錄片，重現十九世紀同安船的歷史風華，我才稍微瞥見一點先祖當年渡海來臺的吉光片羽，驚覺祖先有這麼輝煌的航海技術成就。

十九世紀初，海洋活動日漸頻繁，為了控制海洋秩序，也為了提供海洋經濟活動的條件，清朝必須增加兵力，在江南各省沿海、臺灣和澎湖編制水師。在這個背景之下，「同安船」成了歷史舞臺的要角，在清朝中葉興起。「同安船」因操駕容易，性能優異，其實早被福建沿海的海盜廣泛使用。因航行快速，在乾隆末年也逐漸被水師採用。嘉慶年間，海盜猖獗，清廷為了打擊海盜，更是大量使用，「同安船」遍及渤海到臺灣，成為外海水師的主力。在現代的輪船出現以前，「同安船」是最具代表性的中國古帆船。

臺灣這塊土，本是移民的新天地，所謂「臺灣人」，多數都是歷史上不同時期的移民。文化大學的創辦人張曉峰曾說：「臺灣通史一書，務在發揚民族精神，分析言之，又包含四點，便是移民精神、革命精神、創業精神和海國精神，綜括起來，可稱之為臺灣精神。」革命這條不敢說，但移民、創業、海國這三項，一艘「同安船」裡就佔全了。我們的祖先以臨海的優勢，打造出航行的新世界，那血液裡奔流的，也許一直就是向大海奔去的豪情、勇氣和血性。

從這些不同的視野裡觀照自己，我們似乎可以看見更「裡面」，而早已被遺忘的自己。

我在書院念書以後，開始會注意歷史條件、地理因素的影響，除了在自己身上探本溯源，也會注意身邊的人身上的各種時空印記。我發現，我的身邊有許多人，家族史都很驚人。文有孔子、方苞，武有戚繼光，我還碰到過成吉思汗、顧炎武的後代。

妻說，為什麼我身邊常出現一些名門之後？我愣了一下，決定好好地想這個問題。

其實，歷史長河奔流千年，在那麼長的歷史裡面，每一家每一姓可能都出過名人，出過英雄豪傑，只是被善忘的子孫遺忘了。我們沒去留意，自然就漸漸退出了記憶的世界。

要說名門之後，妻自己未嘗不是。她祖籍是河北省三河縣，毓老師知道她的祖籍以後，告訴她：世居河北的劉姓子孫，都是中山靖王的後代，她和當年的劉備，其實是同宗。

在歷史的長河中，千載悠悠，哪一家沒出過人物？如果通觀歷代家譜，無論如何都會看到很多光彩四射的故事。古人說：「將相本無種，男兒當自強。」張飛是殺豬的屠戶，他在戰場上遇見馬超時，馬超笑他「吾家世代公侯，豈識鄉野村夫？」但他剛烈過人，身上的英雄之氣，凜然千秋，早就不是鄉野村夫了。

人們身上最可貴的，不是世代公侯，而是不肯自輕。

歐陽脩〈序賴氏族譜文〉說：「族有譜牒，則人知所出。知所出，則知尊其祖，知尊其祖，則知愛其身，知愛其身，則慎行修身，自不容以不謹，非徒以昭姓氏，序昭穆，別親疏同異而已也。」有了珍惜和愛敬，看待生命，就有了全新的視野。即使在每一個市井庶民的故事裡，也都有可觀的精采處，就看撰譜的人有沒有史學的眼光和手筆。

中國人重視家譜，是有原因的。家譜把那些在歷史浪花中被荒棄的故事逐一掇拾，除了讓每個人知道來處，讓親人們序譜相會，更重要的，是從這裡生出一分自珍自重。

有些家族把族譜供在家廟，不准子孫輕易碰觸。其實，明神宗萬曆年間，林秉漢修家譜時就說過：「將族譜各房抄錄，置諸易見之處，使子孫朝夕展玩，誦說前修景行先哲。」族譜，就是用來看的，讓他們認識自己，就是要讓每個子孫都接觸才好。只是供著，有什麼用？

有時是家族不慎丟失了這些記憶，自己把族譜毀棄了，甚至不知道世上有這個東西。有時候是政治力的破壞，幾乎毀掉整個家族的記憶，尤其是文化大革命。

我有一位老師姓張，是山東榮城人。他說，老家遇上文革，家族種種遭到致命的摧殘，家族裡有位前輩冒死把家譜藏入深井，沒有被發現。多年後成功取出，完好無損，為了繼續完成家譜，有一位宗親賣掉了一棟房子，南北奔走，到處蒐集資料，把康熙年間到現在的家族歷史全部完成。

我們總以為古人重視家譜，現在的人不重視，其實不是的。正確地說，是亂世多半都毀家譜，盛世都重視家譜。中國譜學最盛的時代是宋朝，歐蘇譜法為世所宗，但是歐陽脩和蘇洵都是承前朝大亂之後，搜尋祖先資料千辛萬苦，最後還殘缺不全。

歐陽脩說：「前世常多喪亂，而士大夫之世譜未嘗絕也。自五代迄今，家家亡之，由士不自重，禮俗苟簡之使然。」蘇洵說：「自益州長史味道，至吾之高祖，其間世次皆不可紀……嗚呼！高祖之上不可詳矣！」朱熹也說：「吾家譜亦殘缺，自九世祖茶院府君以下，漸失其墳墓，今不敢必信其地，亦傳其舊而已。」

可見，譜牒廢絕的現象，即使在宋朝大儒的家裡，也曾是難以避免的窘境。他們的譜學，是在廢墟裡一刀一槍建構起來的新成就，不是現成的。

我想，家譜裡找回那麼多祖先的故事，不是要沾光，而是要認識那些把血脈留給我們的遠祖、親人們，在時空的長流裡逐一認識他們的同時，也就用另一種不同的方式，重新認識了自己。

修史

▲ 林科生所撰寫的家譜封面

最近講完了〈臺灣通史序〉，用去了一大堆時間，拉拉雜雜講了一大堆故事。講到最後，歸結處還是回到了老課題：「咱們為什麼要寫歷史、讀歷史？」現成的答案自然有，而且多得汗牛充棟，不過那些大部頭的材料，我老記不住，我心裡更常想起的，卻是一件生活裡的小事。

五年前，我大致完成了家譜的初稿，內容有十三萬字，已經有了接近完成的雛型。剛好在那個時候，三叔的兒子偉賢在大陸發展「實踐家教育集團」，分析各種商業模式，極受歡迎，春風得意，於是在家鄉買了兩間豪宅。入厝時，三叔邀請我們這些親戚去做客，是「鬥鬧熱」（參加熱鬧的事情），也是祝福。

我想，既然是親戚聚會，把家譜的初稿帶上，給那些長輩們看一看，說不定引發了他們的談興，又可以蒐集到許多材料。於是，我就把將近完成的家譜初稿帶去了。

三叔一直是個重情分的人。家裡叔叔雖多，在那些苦難的歲月裡，只有他真正照看過我們。媽媽說，每次大哥病得七死八活、兩眼翻白時，只有他拎起提包，大喊：「阿嫂，我共你去看醫生！」

他向來善緣廣結，入厝之際，自然賓客如雲。因為客人太多，實在忙不過來，在那個場合裡，我也不好意思佔用他太多時間，對談了幾句，發現他對家譜沒有太大興趣，我便識趣地把書收著，沒有拿出來。

到了中午，要吃飯的時候，有一位長輩在媽媽身邊坐了下來，說了許多話，相談甚歡。

我突然想起，這位長輩可能會有興趣。他生了五個孩子，學歷整齊得很，全是大學畢業以上，在那個年代，屬於家族裡最高階的知識群。

這位長輩本身是建商，眼光獨到，投資精準，買賣房子，一轉手之間，往往獲得巨利。他的財力來自精準的趨勢判斷，在家族裡也頗有聲望。我在席上突然想到，如果我拿出家譜給他看，一定可以得到很多的指點和啟發。我迅即呈上了嘔心瀝血的作品，請他指點。

他幾乎沒有翻閱內容，只拿著書皮瞟了幾眼，就放下了。接著他什麼話也沒有說，只在媽媽的耳朵旁邊，附耳低語了幾句。

我大為震驚。在我的想像中，能經營這麼大的事業的人，一定深通人情世故，怎麼會在我跟他請教時，不發一語，還當著我的面跟別人咬耳朵？也或許，失禮與否要看對象，我是晚輩，所以這樣做並不算失禮？我實在難以索解。

他起身向別人敬酒時，我拉過了媽媽，問她：「他剛剛說什麼？」「他說，你有這個時間，怎麼不去做一點有意義的事情？」

我愣在當地，一句話也說不出來。

原來，寫家譜這件事情，在他的心中「無意義」到了這個地步。

我因此想起多年前的一件往事。

由於他們家裡有好幾位傑出的「法律人」，不是通過普考、高考，就是特考，都是學法的前輩。我考上法律系以後，曾經登門請教，多所受益。當時他期勉後輩，總想著我會接著他們的腳步，走上法律這條路。沒想到我後來發現志趣不合，改換跑道，居然開始報考中文研究所。有一次，他來家裡做客，問我：「你考中文研究所，對於當法官、律師有什麼用處嗎？」我瞠目結舌，一時答不出話來。

那時對話的印象，似乎是應該走一條實際的路，當上法官和律師才會有真正的貢獻，我就算突然去念中文，或許也是為了這個目的做特別的規劃，要不然，怎麼會捨高就低，去念中文系所呢？

我無法回答這樣的問題，「興趣」兩個字在嘴邊徘徊來去，卻說不出口。

我後來漸漸明白，那是一種非常明確的、高度的實用取向。當法官和律師是有用的，念中文則全無用處。投資賺錢、買賣房子當然有用，而寫家譜這類事情，顯然無用。他或許很難理解，我媽媽怎麼生了一個這麼「沒用」的兒子，枉自念了建中，到最後沒什麼成就，老做一些沒用的事。

從那天起，我們就似乎不太容易找到共同話題了。對於這麼「沒用」的後輩，他可能也覺得難於教誨了。

我們的互動親而轉疏，我百感交集，卻不免再度想起那個老課題：家譜的存在，究竟是為了什麼？

「家譜」，其實就是在回答這個問題：「家是什麼？」具體來說，是它經歷過什麼、怎麼活成了現在的樣子，而這個家又應該往哪裡去。而它的本質，就是史學。

每一個人都要追求基本的物質條件、生存技能，這無庸置疑，但人活一輩子，卻不能「但為稻粱謀」。那些千方百計謀來的稻粱，最後會成為什麼，我們可能完全無法預料。我們在家裡待了一輩子，似乎熟悉無比，但對這個家的前景卻很少前瞻遠慮，也不知道裡面有人事安排之功。

因為，我們把所有的力氣，全都拿來追逐那些看起來「有用」的社會資源了。那些資源，到最後究竟會為家庭帶來什麼，我們無力判斷，因為那些學問，在現實眼光裡看來，均屬「無用」。

中文和歷史，都是這種「毫無用處」的東西，和現實利益掛搭太淺，讓許多聰明人看不上眼。但這種學問，所要回答的問題，卻是所有生存問題的核心：我們是誰？以前怎麼活？現在活成什麼樣？應該活成什麼樣子才有價值？為什麼？

國有史、方有志、家有譜，從史學到譜學，做的都是這件事，回答這些問題。生活的選擇當然不是只有一種，好好學習怎麼賺錢、取得社會地位，也是一種答案，不過對學習文史的人來說，還有一項更重要的任務，就是弄清楚：我們身邊的資源，究竟幫我們解決了什麼樣的問題，用什麼樣的方式解決，它為什麼能解決，它是怎麼解決的。

讀通史、寫家譜，都是為了這個原因而來，不是為了什麼增加知識、成為有學問的人，也不是為了妝點門面、支撐排場，那些都是沒用的花架子。唯有學會思考這些根本課題、能夠試著解決這些課題，史學才會真正有力量。我想，這可能就是修史最重要的意義了。

▲ 年輕時期的美珠姐和美滿姐

愛漂亮

大姊住院了，心裡覺得很不捨。今天晚上，想要寫寫大姊。

二戰之前，上兩代有幾位長輩在青島做生意，經營得法，堪稱鉅富。那些青島創業成功的傳奇故事，我們生得晚，只能風聞，不及親見。

但大姊不同，她在青島出生，後來搬到北京，住過王府舊邸改成的大宅院。光是這一點，就令我們這些弟妹後生只能仰望、羨慕，而幾乎無法想像。

時局丕變，大陸易主，她隨父母遷回

臺灣。那時，她一句閩南語也不會說，簡直被當作外國人。不過她適應能力很強，沒有多久，一口閩南語已經非常道地了。她來自山東，但講起國語卻字正腔圓，毫無山東腔。連學起英文來，她也咬字清晰，絕不含糊。父輩的日式英文口音，在她這裡完全消失。

她聰穎專注，反應敏銳，學習能力一直很強，初中畢業時，果然毫無懸念地考上了當地的第一志願：基隆女中。

優秀的孩子，似乎總是要承擔更多一些，她又是家族裡最年長的大姊，也許從那時候起，她就理所當然似地，成為大家信任的對象，家人遇到事情，似乎總是要跟她商量一下，才能真正放心。

一個好的大姊，往往是家裡的主心骨。在她的帶領下，姊妹四個人親密無間，數十年如一日，現在仍然親密互動，時常聚會，到了六七十歲，姊妹都還一起到國外旅行。光是這一點，就讓人羨慕得不得了。

大姊原名芙美，後來大概是適應臺灣人的命名習慣，改名「美珠」。她人如其名，麗質天生，儀態出眾，氣質清雅。年輕時不用說了，用風華絕代來形容，大概也不誇張。她掌理公司大小事務，除了在辦公室裡運籌帷幄，也曾經親自到港邊去，看看船貨的進出情況。碼頭那些做粗活的工人並不認得她，見了到這樣的美女，簡直都瘋了，大家瘋狂地吹口哨、大聲尖叫，要調戲她。

她的女性部屬用機車載著她，嚇得腿都軟了，問她：「老闆娘，我們還要過去嗎？」

她冷靜地回答：「當然。」

她的女司機硬著頭皮勉強把車騎到港邊，工人們的口哨已經漸漸稀落，狐疑納悶的眼神倒是越來越多。她到了那兒，從容不迫地下了車，對著充滿狐疑的那群工人問了一句：「你們不是要我過來嗎？我過來了，是哪位要找我？」

工人們口哨吹是吹了，但他們沒有見過這樣強悍勇敢的女人，完全呆住了，愣在那兒不知怎麼反應。就在此時，一位資深的工頭氣急敗壞地衝過來大吼：「你們要死啦？她是老闆娘！」那群人嚇得抱頭鼠竄，一哄而散。

她似乎得到阿嬤的遺傳，處理各種人情世故，總有一種大器和精準，處事穩當，極有殺伐決斷之能。在那個大家族裡，她永遠都是大姊頭的派頭：需要照顧的晚輩，她從來不會遺漏一個，那些恃強凌弱的，想要欺負到她的家人頭上，也是絕無可能。無論在什麼場合，她似乎都能拿出最好的姿態來應事。

我和大姊算是遠親，原先並不相識。我們的曾祖父都是渡臺的第四代，彼此是親兄弟。她的曾祖父排行第五，我的曾祖父排行第九，按族人的習慣，他們叫五房，我們叫九房。算起來，已是八等親。

五房在家族裡是非常特別的一支，五伯祖通樸公（諱作人）是前清秀才出身，學問淵博，在老家洲尾開設「書房」，素為族人所推重。他有三個兒子，成就不在書本上，卻一起跑到青島去做生意，而且做得非常成功。

其中的老么鏗生（我得叫他伯公）成就最大。他從茶葉生意做起，家業大興，在青島已經堪稱富豪。他娶了兩個妻子，姜秀真、李桂芳，都是山東膠縣人，從此在那裡安家落戶。後來他從青島遷到北京，住在乾麵胡同，是前清王府舊邸。陳芳明的《謝雪紅評傳》就寫過他，只是府邸的地址寫錯了，是乾麵胡同二十一號，不是二十號。

他家裡養了許多食客，有點像孟嘗君，但他不是養士，就只是濟貧救急。只要有臺灣的老鄉上門，他一定隨時熱情接待，管吃、管住，也管找工作，家裡時時有客人，隨時開伙。家裡甚至還有舞廳，來自各方的貴人，經常在此交際。他的影響力越來越大，後來做了旅平同鄉會的會長。中共「建國」的那一天，甚至請他登上了天安門，其影響可以想見。

另一位是超生公，兄弟一起做生意，規模也很大，他和鏗生公一樣，都在青島發家，兄弟一起遷居北京，住的也是王府舊邸。超生公娶的不是山東人，而是臺灣人，也許正因如此，後來情勢丕變，他竟不再眷戀大陸的事業，決定回臺定居。兩兄弟從此分開，他們都沒有想到，這會是永別。

他們的後代分別在兩岸繁衍，接觸不多，卻是掛記深切，仍覺得彼此是一家人。臺灣一開放民眾前往大陸探親，超生公的後人立刻啟程趕赴青島、上海、合肥，把鏗生公的後人會了一遍，見面時相抱大哭，歡喜若狂。

超生公的大孫女就是大姊美珠，鏗生公的大孫女叫作林燕（我稱她燕姊），兩姊妹在大陸相認，一見如故，歡聚後便即告別，從此兩邊心裡都是鄉愁。

我寫的家譜出版那一年，給大陸的族人們都各寄了一本，燕姊收到家譜，立刻申請來臺探親。這是上一代的兩兄弟分隔多年之後，後人首次在臺晤面，意義非凡。聽到這個消息，大姊馬上親自去接。她一見面，就找到燕姊的領導，遞上自己的名片：「我是這家公司的負責人，她是我妹妹，今天起我要帶她回家，管吃管住，有什麼事找我。」

大姊的公司規模很大，那個氣派莊重又威嚴，十分懾人，燕姊的領導居然被她震住了，沒有法子，只好讓她把人帶走。燕姊在臺北的行程，因此得到大姊全程的招待和照顧。

為了慶祝這場珍貴的重逢，二房的文清哥為燕姊設宴洗塵，宗族各房幾乎都有代表前來相聚。當時大姊年已七十，但出現時毫無老態，一派雍容端麗，完全是大家閨秀的風範。那是我第一次親眼見到她，驚為天人。許多宗親在宴席上原不相熟，但她妙語如珠，滿座風生，或莊或諧，一下就把全場的氣氛凝聚在一起。

幾天後，我到大姊的公司去看她。她從辦公室裡滿面笑容地迎出來，親切非常，我的伴手禮還沒奉上，她已經把一大盒包種茶準備好，親切地遞在我的手裡。我第一次遇到這種情形，覺得既溫暖，又詫異。

此後的拜訪都在家裡。每次拜訪，她都三令五申，嚴令：「不准帶禮物！」幾乎到了嚴厲警告的地步。但喝完她親手泡的包種茶，臨走時，總會發現她要給我的禮物早已放在門邊，有時是茶，有時是剛採收的水果，有時是人家給她的一些土產，譬如日本和尚手作的麵條，既精緻，又日常。

我看到大姊的舉動，常會想起毓老師以前上《中庸》時說的：「厚往而薄來」。那種古老的智慧和風度，我是在書本上看的、聽老師說的，可對大姊來說，就像是本來就生在她身上的，純乎自然。這種待人處事的細膩，我第一次在生活裡感受，像是上了一堂課一般，心裡又驚又喜。

每一次跟她談話，都有許多精采的故事，和說不完的笑話。我一直以為她身強體健，但後來才得知，這些年來，她長期被可怕的病痛所苦。疾病和醫療所帶來的各種疼痛，反覆地折磨著她，嚴重時，她完全無法站立，痛苦非常，只能躺在那裡，一動也不動地承受。

對於一個曾經叱吒風雲，在商場折衝之間指揮若定的老闆娘來說，那是不可想像的——身體和心理的雙重折磨。但無論病痛如何折磨她，只要稍好一些，她總是挺直腰桿，迎向生活，既不抱怨，也不軟弱。若身體狀況能見客了，她便一樣地談笑風生，一樣的笑語嫣然，談話間不停地打趣，不相熟的人，完全不知道她正承受著怎樣的苦楚。

在那幾次的談話中，她有幾句話，讓我印象特別深刻。她說：「我從醫院出來，看到好多人愁眉苦臉，整張臉都皺在一起，彷彿怨天仇地似的。我雖然深受病痛折磨，但是我不要那樣子。我愛漂亮，就算倒下，我也要直挺挺地倒下。」

我深受震撼，愣在那兒，一句話也接不上來。

原來，「愛漂亮」竟然可以這樣解釋。

因為她，我才知道，一個女人真正的漂亮，原來是從這樣的心境裡出來的。真正的愛漂亮，原來是來自這樣挺立的生命，來自這樣的自珍自重。

前幾天去看大姊時，我的外甥正在病房裡守著她。那是大姊的幼子立昌，長得如鐵塔一般，極高極壯。我們見過一次，是我去大姊家探視時相識的。他年紀與我相仿，但大姊命他依輩分行禮，他便笑容滿面地微微躬身招呼：「舅舅！」後來和大姊見面時，她還沒忘了再叮囑著問一次：「他有沒有乖乖叫舅舅？」我連忙回答：「有有有，非常客氣呢！」

此刻，那如鐵塔般高壯的外甥在病房裡靜靜守著她。我們在病房裡見了面，都怕吵到大姊，壓低了聲音，也不敢多談。他還是那樣客氣，那樣微微躬身，面帶微笑。

我走到病床旁邊。她睡著了，陽光照在她的側臉上，五官容貌仍然那樣的鮮明立體，只是少了一點血色。我知道她需要多休息，不敢吵她，只靜靜看著她，站了一會兒，便悄悄地跟外甥打了招呼，輕輕帶上門。

大姊，趕快好起來。我又想喝大姊為我泡的包種茶了。

▲ 日本的家凡叔（坐者右一）來臺探親，美珠姊（立者右二）主動接待，攝於2015年

姊姊

大姊走了。

我很想寫點什麼，卻沒有心緒。一整個星期過去，一直沒有寫。也許，我還是該寫點什麼。

我出生在一個只有男孩的家庭裡，沒有姊姊。四個男孩擠在一起的家裡，說好聽是陽剛，說不好聽就是暴烈。所以我一直很羨慕人家有姊姊。

以前讀蘇軾的故事，看到他說「與君世世為兄弟，更結來生未了因」，覺得那真是不可思議，兄弟之情可以到那樣的程度。我無法體會那樣的心情，所以總羨慕有男孩也有女孩的家庭，尤其看著別人有溫柔的姊姊照顧，特別羨慕。

定居青島的堂姊林燕來臺探親，族人為她接風洗塵，我在這個場合裡得以和許多族人相認，終於見識了傳說中的大姊美珠。

第一眼見到她，就覺得她非常明亮，在宴席上談笑風生，爽朗大方，完全是北方人的那種氣概，一下就成為現場的焦點。許多初次謀面的族人，本來還有點放不開，但有大姊在，現場的氣氛都熱絡起來了。

大姊在宴席上談到我寫的家譜，她說，她告訴姊夫：「你看，還好你娶了我，要不是娶了我，你怎麼能被寫到這本書裡面，流傳後世，名垂千古？」在眾人的轟笑聲中，她就輕輕巧巧地向初見面的我致了意，這樣的舉重若輕，讓我印象非常深刻。

她的談吐風趣，但身上卻有一種不怒自威的儀態，令人愛中有敬，凜然難犯。那一場宴會，讓我對她充滿了敬慕和好奇，立刻決定前去拜訪。

為了寫家譜，我拜訪了許多族人，但其實我並不善於訪談。主要原因是我本來內向，和不太熟的人攀談，我時常會找不到適當的話來說，所以訪談時多半由叔叔欽祺陪著。但是拜訪大姊時，我卻莫名的勇敢，完全不擔心。

照家族排行，我們是同輩，可她事實上比我大了二十四歲，已是長輩的歲數，所以見面時我自然有了對長輩說話的心情。但大姊的態度就完全像對待弟弟，溫暖又親切，不時打趣逗樂，我完全無需擔心跟「長輩」要說什麼，「姊姊」自然會溫暖地招呼我。每一次去她家，我只要傻愣愣地笑，和喝茶，幾個小時過去，回家時，都覺得彷彿又得了許多什麼，只是說不出來。

讓我印象最深的，主要是她行事作風的大器。

我們整個家族裡，經營事業最有規模的，當然是二房的堂哥林文伯，半導體的封測產業舉世聞名。他們做的是尖端科技，行事卻有古風，我寫的家譜完成後，他們出資印行，緊接著奉先人遺願，啟動了重修祖祠的工程，歡迎遠在異鄉的叔叔們前來歸根祭祖，他們全程接待。

遠在異鄉的，主要是五房的族人。鏗生伯公留在大陸，他的兒子們有的在大陸，有的在日本。接到邀請後，先後來臺祭祖。文伯哥的弟弟文清親自安排食宿，打點一切。住在日本的家凡叔來時，文清哥患著重感冒，仍然抱病陪著叔叔出門，幾乎全程陪同，不願讓遠客冷落。

但大姊聽到這件事，立刻出面了。她說：「來臺的是五房的叔叔，這都讓二房接待，怎麼說得過去？」祭祖典禮結束，她二話不說，就把家凡叔接走，全程接待，周到無比。

傳統社會男尊女卑，她遇有男女待遇的不平，總會來幾句調侃：「好啦好啦！我們做女兒的，嫁到別人家去，都不算林家的人啦。」但遇到承擔責任的事情，她卻比誰都較真，主動扛起了一切。

我們家族渡臺兩百四十多年，曾經是洲尾巨室，繁衍人口近千，子孫良莠不齊，所以從小就聽過許許多多爭產反目的故事。至於爭著出錢出力接待親族，這還是頭一次看見。

大姊在家族裡，為我打開了一片新的視野，讓我看見另一種風範。

我是教書的，常會留意人文現象的形成因素。除了出生的地方、生長的環境以外，我發現，大姊家裡的長輩，似乎也都非常特別。

據大姊描述，她的媽媽，也就是我的姑姑阿鳳，生在富裕之家，她一落地，就有四個僕人照顧。大姊說，媽媽一輩子好命，每次看見她，總是坐在那兒拿一本書在看，從來不用做那些苦命活兒。我後來發現，她對姑姑的描述，還有另一層意思：姑姑是那個年代裡，整個家族最能讀書的人。她是「三高女」的校友，畢業時保送東京帝國大學，若非當時重男輕女，生命已是另一片光景。

阿鳳姑姑是讀書人，大姊則是深具殺伐決斷之能的老闆娘，母女像是天平的兩端，卻又親密無比。我不知道姑姑給了大姊怎樣的影響，總覺得在那個遙遠的時代裡，總有一些東西不是在有形的事物上傳遞，特別是一些關於開闊的、深厚的東西，就這樣一點一滴地流入大姊的生命裡。

大姊說，影響她最深的人，可能是她的阿嬤。她的阿嬤跟著超生伯公從大陸回來，除了幫丈夫打理，自己還另從福州進口木材，在生意場上極具膽識。同時，在鄉里的行事風格，也令人稱奇。

她說，阿嬤每遇窮人前來告貸，往往隨手救濟，不留字據。鄉里若有爭執，總要請這個「超嬸仔」來秉公處斷。妙的是，鄉人購買黃金儲蓄，無處存放，居然也請她保管。遇有失竊案件，鄉人的第一反應不是報警，而是前來告知「超嬸仔」，請求協助。這些聽來令人發噱，卻又忍不住驚嘆。

大姊說，她阿嬤去世時，送殯路上出現許多「拜路頭」的祭品，「小三牲」多達百餘份，幾乎都是不相識的外人。那些她平日默默留下的遺澤，家裡人都不曉得。

大姊的行事風格，似乎就來自她的阿嬤。

像這樣清新的、素樸的一個個小故事，還有故事裡的許多意味、生活態度，她就這樣一點一滴地說給我聽。總是在午後，總是泡一壺包種茶，總是帶著許多溫暖，還有微妙的感懷離開。

大姊的風采，在她的孩子們身上，似乎也留下許多痕跡。她有兩個兒子，我接觸較少，另有一個女兒立芸，跟我一樣大，見面時，竟覺得有些似曾相識。初見面時，大姊讓她幫我泡咖啡、喊我「舅舅」。她有點調皮，做了個怪表情，端來了咖啡，故意拉長了語調叫「舅……舅！」我差點笑出來。因為，我們倆才差兩個月，我知道她為啥彆扭。

後來漸漸發現，立芸身上處處有大姊的影子，明亮大方，溫暖周到，有一種舉重若輕的爽朗。旅居日本的叔叔家凡來臺祭祖，那些飲食住宿交通的細務，都是立芸一手經辦。她細心果斷，在辦公室裡像個女強人，私下的場合裡像個鄰家女孩，坦率又風趣。每次看到她時，總覺得大姊的大器和風采，依稀可見。我發現，她們母女都很精明能幹，卻也都很柔軟，特別周到體貼。

大姊生病住院的時候，沒讓我去看她。她跟最小的妹妹美滿說：「不要讓世奇來了，他爸爸生病，家裡又剛添一個小孩，蠟燭兩頭燒，不行，讓他休息。」

我還是去了。去醫院探望時，她睡著了，沒敢吵她，我在她身旁靜靜站了一會，就回來了。第二天，我收到她的簡訊，仍然是一派輕鬆幽默：「時局有點亂，怕不小心被拉去當個部長院長的，所以躲到醫院靜養，還被你抓到。謝謝你。」

其實，大姊當時的病勢已經十分沉重，但她體貼人，不願讓人煩惱，總是用笑語寬慰我們，那些受病痛折磨的苦味，只留給自己。我不由得想起她說的話：「我是愛漂亮的人，我不要像那些病人一樣愁眉苦臉，愁雲慘霧。就算倒下，我也要直挺挺地倒下。」

接到噩耗的時候，我正在北京機場，準備飛回臺灣，到家時，已經凌晨兩點多了，無論如何都趕不及最後一面。隔天早上，我烟急火燎地趕去大姊的家裡。

外甥女立芸一身黑衣，正好站在樓下。我迎上去時，許多感覺湧上來，千言萬語，不知如何出口。竟然就艱難地站在那兒，一語不發。她像是完全看見我的心事，反過來安慰我：「不要擔心，我沒事。」語氣溫和平淡，卻體貼得讓人心疼。

她領著我進屋，一進門，就看到年邁的阿鳳姑姑坐在那兒。

阿鳳姑姑顫巍巍地想要起身，我急忙趕上一步，扶著她，跟她一起在沙發坐下來。我發現自己完全不能言語，不由自主地抱住她。我不能也不敢想像，九十幾歲的老太太，失去女兒是什麼感受。我只能緊緊抱著她。姑姑在我懷裡激烈地顫抖，我不知道該怎麼辦，只能持續抱著，直到她那一陣大慟停下來。

另一位姊姊美滿走過來，撫著姑姑的背，輕聲安慰。大姊有三個妹妹，感情都很要好。美滿姊最小，也大了我十二歲。她雅好文學、書法、生命哲學，我們喜歡的東西非常像。或因如此，竟覺一見如故。小寶出生後，她曾親來探視，還抱著小寶，對我這個新手爸爸叮囑了一車子的話。此刻她坐在姑姑身邊，就像平日見面一樣溫暖寒暄，然後讓立芸帶著我去靈堂。

立芸領我來到大姊身旁，輕聲安慰我：「你看，我媽走得很安詳。不要擔心。」我要跪下磕頭，她輕輕攔住了，讓我上香就好。

拈香時，我的眼眶開始發熱，我不知道自己可不可以哭，也怕失禮失態，只覺得臉上有點濕，鼻涕一直冒著，我一邊吸著鼻子，一邊持香，行禮三拜。上完香，我說，我想跪下來持誦大悲咒。

立芸很客氣地說：「不要跪了，舅舅坐吧。」她把凳子擺好，讓我坐下來持咒。我就坐在大姊的身畔，默誦菩薩聖號，接著是大悲咒三次。睜開眼時，才發現立芸一直雙手合十，直挺挺地跪著。

我誦完起身，姊夫便招呼我坐下來聊天。姊夫是非常爽朗的人，不斷地告訴我這些日子的種種徵兆，讓我知道大姊現在真的很好，不要擔心。

我走過去姑姑身邊，坐下來。美滿姊也過來陪著我們，一邊安慰著姑姑，還一邊問起我的北京之行，還聊到我剛出版的《易經》，絮語家常，溫暖親切，一如平常。姑姑這時已經平靜多了，聽著美滿姊說話，同時微微點著頭。

我發現，整個屋子的空氣，都像是在安慰我這個客人。他們招呼得無微不至，像是把悲傷的氣氛儘量地淡化，讓來上香的客人覺得安心。木訥如我，竟不知該如何回應。

我又抱了抱姑姑，沒有說話。過了一會兒，姑姑開口了。她說話有點慢，不是太清楚，我有點困惑。但美滿姊緊接著幫她「翻譯」了：「我媽說，你昨天半夜才從北京趕回來，這樣太累了，還是早一點回去休息吧。謝謝你。」姑姑點點頭。

我緊緊抓著姑姑的手，一時不知要說什麼，只能把握住的手緊了又緊。美滿姊又勸了一次，大姊夫也迎出來，讓我放心，用英文告訴我：「她現在very peaceful，不要擔心。」

立芸領著我出去，臉上有一種很溫暖的笑容：「你寫的那篇文章，我媽看了，她很開心。」

我不知該說什麼，微微一躬身，出了門。我像是探訪了親人一回，在溫暖的氣氛中走出來，並不覺得自己會哭。到了樓下，不知何故，突然有一種感覺從胸口直往上衝，鼻腔酸熱，想要放聲。可是我覺得沒有道理，也不能理解，尤其在路邊。所以我不讓那感覺跑出來，趕緊騎車回家。

進了家門，妻迎出來，問我：「還好嗎？」

我說：「嗯。」然後我在客廳的地板上坐下來，那個感覺又上來了，我憋不住，開始哭。小寶剛睡著，我很怕吵醒他，所以我只能張著嘴吐氣，用沙啞的聲音，顫抖著，大哭起來。

妻把衛生紙遞過來，沒有說話，也不再問。

她見過大姊，對大姊非常崇拜。她也知道我，不用安慰。讓我哭就好。

大姊的午茶

▲ 笑口常開，總是具有大姐風範的美珠姐

關於生死的課題，我其實不太敢寫。

不是因為有什麼忌諱，而是對生命的來去有一份深沉的敬畏，不敢輕易碰它。

今年虛歲五十，按古人的說法，稱為知命之年，儘管那本來是對聖人的描述，後來也都普遍用在一般人身上，好像這個年紀就應該對它應該有點什麼認知或感悟。

但我並沒有，還做不到。

面對親友的離去，有時不只是分別，裡面還有關於生命的看待。偶爾我會因此想起「善吾生」和「善吾死」的問題，不知道那個「善」字是怎麼做到的。

《莊子》裡面有一段故事。老聃故去之後，秦失來弔唁，因見「老者哭之，如哭其子；少者哭之，如哭其母。」莊子借秦失之口，表達了一些特別的看法。

照理說，一個人離開，而讓人哀傷至此，無疑是人格上的成功，這在傳統文化裡，特別是儒家文化裡，是理所當然的。但莊子卻有更深的要求，不是不讓人哀傷，而是還得要有點別的什麼。

范仲淹走的時候，不但宋人，連西夏人、羌人都來哀哭送行，隊列數千人，其遺愛於人至深，可以想見。以前在書院上課，毓老師提過另一件事。有個文化名人，曾在作品中談起他的兒子，「我沒有要你來，你就來了。」後來在他的喪禮上，兒子一滴眼淚都沒有掉。他嘆著氣說這事，我們聽著驚心。

所以留下哀傷，是自然的，合理的，也是一種人格的力量。這無庸置疑。哀傷怎麼面對，是另一個層次的事情，本來與逝者無關。但在莊子看來，離開的人留下的力量，是可以觸及到這一層的。對我來說，這幾乎是不可想像的。

儒家的答案則平常得多，容易得多，慎終追遠，盡哀盡禮，就可以了。

傳統文化禮俗本就多端，每個時代、每個地區，甚至每個人，在面對這件事時處理的方式，都不一樣。那似乎是一項功課，生命的功課，每個人交出來的，各自不同。

我有一個老師，照顧生病的父親，每週帶他去醫院，七年來累積的疲勞傷損極深，數年後才逐漸恢復。身為人子，他盡心盡力，毫無疑問。他父親走後，禮儀人員安排佛號播放，被他拒絕。他知道父親喜愛平劇，於是準備了許多平劇，那些聲音在靈堂終日繚繞，事死真如事生。

在他的真情裡面，不在乎也不遵循世人常用的習慣與規則，而自有其善事之道。我發現，那裡面沒有固定答案，都是生命的安頓，但每個人的方法都不同，裡面有好多我不會的、不懂的東西。

祖父母離開時，我還很年輕，在家族裡行禮如儀，完全聽由葬儀人員安排，心裡幾乎都是空白。只有父親的老師李春榮吟誦祭文時，我受到了微妙的觸動。

外婆走的時候，我似乎更成熟了些，父親要求我為外婆寫一篇傳記，給她老人家留下一點什麼，那時我才稍微開始對這件事有了一點意識、自覺和反思。

舅媽走的時候，我在葬禮上，聽見表弟欽棟流淚誦讀著自己寫的白話祭文，真情流露，我深受感動。我沒有想到，他在那麼傷心時，還能寫出那麼好的文字，完成了那麼合適的葬禮，根本不需要那些駢四儷六的古典祭文。

若換成是我，一定沒有那樣的能力。我害怕死亡，害怕痛苦，害怕分別。道家思想多少能幫助我「善吾生」，但我遠遠還沒有能力「善吾死」，我害怕面對它，我總是空白。

直到昨天，去送大姊美珠。

我第一次看到沒有收奠儀的靈堂，也沒有辦理公祭，沒有訃聞。我在家祭開始之前抵達，以為自己提早到了，但我發現靈堂一片黑壓壓的，早已全部坐滿，絕無空位。

正中央是大姊的生活照。她端著一杯熱茶，巧笑倩兮，風姿嫣然。七十幾歲的她，全無老態，美到了極處，那樣的神情，幾乎讓人忘記哀傷。

這個場合裡，最困難的總是家屬。以大姊的遺愛，一般親友在那樣的場合裡都要失聲痛哭的，何況是她的丈夫和三個孩子，如何還能說些什麼。但他們竟然都站出來，依序說了他們想說的話，包括懷念、感謝、祝福和慰勉。

兩個外甥依序上去，都長得強健魁梧，氣勢懾人。致詞時都強忍淚水和哽咽，幾乎全程顫抖著說完，中間有幾度泣不成聲，但他們居然都噙著淚水，說著瀟灑豁達的話，完全是大姊生前的豪邁風格，我淚水難止，卻又深受震撼。

大姊夫年紀已老，卻是一派陽光的爽朗模樣。我第一次去拈香時，他豁達樂觀，不斷安慰眾人。我總覺得他似乎勘透了生死，成為大家的心靈依靠。但這一天，他上去時拄著拐杖，身子一晃，幾乎跌倒。外甥女立芸衝上去扶他，立刻端來椅子，拉他坐下，他拒絕了，直挺挺地站住了說話。

我沒有想到的是，大姊夫出口成章，文采宛如詩人。他隨口敘述他們的相識相愛，相扶持的過程，雖是口語，卻雋永如詩。裡面有感恩，有自責，還有悠悠祝福。雖然幾度哽住，他仍極力控制著自己，把話說完，下來的時候，我看見他臉上都是淚，背過眾人，才摘下眼鏡，悄悄擦拭。

以前的人說，韓愈寫墓誌銘，總在「諛墓」。比他更早的曹丕，還特別提醒後人「銘誄尚實」，可見，這類文字往往有過度美化的傳統，不免僵化失真。但這場喪禮中，每一段懷念的話語，都真切異常，沒有那些無謂的東西，因為他們全部自己來。父子三人在淚水中談笑著完成，裡面甚至還有調侃和詼諧，只是說話的人淚水滾滾而已。

只有外甥女立芸沒有上去。她做了一段影片，代大姊向大家道別。裡面有大姊一生的許多倩影，那些照片都美得令人發愣，同時貫穿著文字的道白，完全模擬大姊的口氣，詼諧幽默，爽朗大方。影片裡將這一天定調為「下午茶的約會」，由大姊出面邀約。茶會結束，大姊還要趕行程去別的地方，叮嚀大家別急著找她，她很忙，沒有時間招呼我們。裡面的文字，句句是大姊的口氣，只有爽朗和溫柔，沒有悲傷。整部影片看完，大姊的風格就在現場繚繞迴盪，令人低迴難已。

從整個靈堂的布置，影片的剪輯，和片中文字的撰寫，全是立芸一人完成。

立芸開朗活潑，調皮詼諧，極有乃母之風。我第一次去拈香時，她還言笑如常，不斷寬慰著我。昨天我才發現，她整個人已經憔悴失形，我幾乎認不出來，她在現場沒有說一句話，只是不斷磕頭還禮，每一次磕下去，都把額頭緊貼地面，一言不發。

他們三人的身上，全是大姊的影子，令人愛敬，令人心疼。我不知道要說什麼，能說什麼，除了去抱住姑姑，我什麼也不會。我只是在那裡一直哭，為大姊留下來的震撼，久久難以自已。

影片播完，來客自由拈香，我回頭一望，隊伍大排長龍，一直排到門外我看不見的地方。拈香結束，請母舅，然後家屬陪同，送到爐邊，外家（娘家）不送。

我雖是外家，但忍不住低聲詢問了身邊的美滿姊，她腫著眼睛點點頭。我咬了咬牙，快步趕上了隊伍，直到親見大姊的棺木高高抬起，送入爐中。那一剎那，令人肝肺欲裂。

然後禮儀人員要我們出來，不許回頭。我踉蹌而出。

人生一世，到了時間總要走。但在喪禮中，在來者的心裡留下什麼，則千差萬別。

我還是害怕，還是不懂得生命，還是敬畏，還是不知道怎麼「善吾死」。但總覺得，大姊似乎留下了一些什麼，讓我的生命有了一點不同。

或許那真的不是道別，只是一場大姊邀約的下午茶，茶香猶在，久久不散。

▲ 洲尾，讓我魂牽夢縈的黑土地

黑土地

一直很喜歡席慕蓉寫的這幾句：「父親曾經形容草原的清香，讓他在天涯海角也從不能相忘。母親總愛描摹那大河浩蕩，奔流在蒙古高原我遙遠的家鄉。」

等我慢慢長大以後，我卻漸漸意識到，那樣的草原和河流，果然是「只有長城外才有的清香」，完美得像絕色夢境，不像真的。

我記憶中的洲尾，從來沒有那樣明亮的顏色。

我依稀還記得門外一畦一畦的菜園，是祖先留下來的遺澤，但一塊塊不斷地被祖父賣去，越縮越小，終於只剩下了門前的一片庭院。洲尾土地雖大，菜園卻越來越小，最後，再也沒有任何一片菜園可供我們採摘了。

我也記得那一片莽鬱的竹林，那是我童年記憶中最神祕的桃花源。祖先兩百多年前在基隆河岸的洲尾落腳，遍植了滿山遍野的竹林，整個族人的生活空間都被茂密的竹影包圍起來，給了一個新地名，叫做「竹圍仔內」。這裡的竹葉闊大，非常適合拿來包裹端午節的粽子，摘採竹葉也就成了族人的額外進項。

我曾經跟著阿嬤鑽進茂密的竹林裡「挽葉子」，因年幼力弱，其實幫不上什麼忙，但進到竹林裡時，那種密林幽莽的陰森、濃烈的土地氣味，彷彿有無數生猛的原始精靈歡快地鑽進我的皮膚裡，讓我興奮得直打哆嗦，既想前進，又想逃離。

不幸地，那些竹林和土地，和菜園一樣，也很快地變賣一空。我記憶裡那片鮮活又嗆鼻的氣味，已經永遠不再浮現。那些竹林採葉的午後，變得像是一場虛構的傳說，再也無法證實。

祖先留下來的土地，確實有「五甲山、六甲田」，但土地的所有權已經分屬無數的房支，土地的主人們密密麻麻地擠在古井旁的土厝裡，比鄰而居，上百成千，舉止已經顯得有些侷促。

族人們的血液裡仍然鼓盪著先人衝撞殺伐的血勇，但眼光已經從荒野收攏到祖產，從開拓轉為搶奪，從創造變成爭鬥，這裡的天空，似乎不像民歌傳唱中的故鄉，沒有那麼美好純淨的顏色。

我的母親嫁到洲尾之後，風風光光帶來的十八盒嫁妝，一夕被剝光用盡，哥哥們在餐桌上每日爭食，甚至被奪去了吃肉的權利，他們僅有的一點期望——壓歲錢，也被叔叔或騙或偷，一罄無餘。

我在家裡排行老么，四歲半就跟著父母遷出了洲尾，作為一個「遲到」又「早退」的孩子，我其實和這個家庭、這片土地都有些疏離。我沒趕上酒瓶在客廳翻飛的畫面，沒趕上家人在餐桌上爭食反目的現場，沒有獲得那些偷竊、羞辱和恐嚇的受害機會，對哥哥們來說，我簡直沒有「資格」成為一個「洲尾人」了。

那些因為犯罪而入獄的族人，因為爭產而反目的兄弟，因為欺辱而自殺的長輩，我有的只見過幾次，有的完全沒見過面。這場「遲到」無疑地是一種失格，但同時又是一種過度的幸運。我因「遲到」而受到兄長們的嘲弄，又因「遲到」而獲得了羨慕和嫉妒的眼光。

其實，不管走得多遠，我們也許都沒有離開過。那片土地上暴烈的血腥氣，甚至也不曾因遷出洲尾而消失，從我有意識以來，那樣的氣息就一直在我的身旁瀰漫漂浮。

父親有五個兄弟，兄弟之間的衝突，一向是互摔酒瓶、耳光和罰跪，耳濡目染，我的哥哥們也都學習了這樣的方式，不論肢體或語言，都充滿了濃烈的暴力性質。

我念國中的時候，有一個哥哥剛剛進入青春期，身體正在猛烈地發育，力量迅速變大。有一次我們發生衝突，打起架來，他把整個人的重量壓在我身上，雙膝就跪在我的胸口，徹底壓制，使我幾乎無法呼吸，我在窒息欲絕的時刻，腦海裡浮起了死亡的氣味。

那就是暴力的威力，對施暴者來說，置對方於死地，似乎就同時證明了自己的存在是對的。它充滿了強烈已極的原始毀滅性，在踐踏其他生命的同時，享受著生之高潮。

洲尾土地上那片濃烈的血氣和土腥味，召喚著強烈的原始本能，但它所帶來的常常不是成就或榮耀，更多的時常是愚昧和痛苦。它召喚著更深層的本能反應，同時也形成一種不自覺地集體沈淪，酗酒、暴力、侵害、羞辱……各種傷害跟著出現，不一而足。

漸漸長大以後，我對土地和親人的想像，離席慕蓉的唯美意象越來越遠，卻離莫言的魔幻寫實越來越近。閱讀他的文字，時常讓我的靈魂一下甦醒過來，嗡嗡作響地共鳴。

他對自己生長的高密東北鄉，充滿了複雜的情感，稱之為「那塊生我養我、我既深深地愛著又深深地恨著的黑土地。」並且毫不諱言地說：

我在那裡生活了二十年，那裡留給我的顏色是灰暗的，留給我的情緒是淒涼的，灰暗而淒涼，是高密留給我的印象。離開故鄉之後，我的肉體生存在城市的高樓大廈裡，我的精神卻依然徘徊遊蕩在高密荒涼的大地上。對高密的愛恨交織的情愫，令我面對前程躊躇、悵惘。

他說自己寫這些小說的時候，「就像唱著一支憂傷的歌曲，到處尋找自己失落的家園。」

事實上，在社會變遷的洪流中，那片家園的幻影註定要從現實中剝離，只能在夢想中安身。失落既是宿命，尋找就只能是一場夢境的重建。

重建有無數種可能。這麼多年來，家族裡一直都有人想要寫家譜、建宗祠、立公廳、尋根問祖，彷彿血液裡有些無聲的召喚，讓族人總想回去那個根源處，多少找點什麼、說點什麼、做點什麼。或者，就像這本書，為父母和族親記下一點故事，留予後人追想。

在這個過程裡，我們不知不覺從演員變成了觀眾，從聽眾又變成了旁白者和說書人，嘶吼慢慢化成了長嘯，所有的悲憤也化成了詠歌。我們漸漸從那一個個對待的角色中脫出，魂飛意蕩，鑽入了那片祖先溫存的血脈，游入了那片土地的河流，撒歡打滾。

午夜夢迴，一場場幽幽升起的夢境，老在不經意間悄悄飄回基隆河的轉彎處，在那片名為「洲尾」或「竹圍仔內」的土地上浮沉，在河畔竹影裡尋索古老的傳說，拼湊著自己更完整的樣貌。

那裡的族人，或生猛悍勇，或愚癡顢頇，或慧黠狡猾，長相習性各異，卻都和我們來自同一個祖先，留著一樣的血脈，喝著同一口井水。我想起他們和那一片土地的時候，就像莫言說的「喚醒著心靈深處某種昏睡著的神祕感情。」尤其是他說的這一句，更覺深有共鳴：「每次回到故鄉，都能從故鄉人古老的醉眼裡，受到這種神祕力量的啟示。」

也許不只是我，也不只是莫言，那廣袤的黑土地上飄著無數蕩蕩悠悠的靈魂，從生活裡游出來，不知不覺飄回那記憶最深處的夢境裡，繾綣溫存，輕輕吟唱。

家族書寫

▲ 約1971年，三代合影

這個詞，我以前沒有聽過，是同事嘉惠前一陣子教我的。她說，我這些年做的這些事情，就叫作「家族書寫」。

我聽了恍然大悟，我只知道我老想做這些事，譬如尋根溯源、考察田野、搜錄往事、傳述遺聞……這裡面起碼有「家譜」的撰寫，但又不只是「家譜」，像在尋找、重構什麼記憶，一直不知道怎麼概括這些。原來，有這個專門詞彙，叫作「家族書寫」。

身邊有些朋友好奇，忍不住會問：家族，為什麼要書寫？當然不是因為它輝煌美好，好壞並不重要。寫它的原因，只因為它屬於我們，我們也屬於它。

我們來到這個世界，其實沒有自己的選擇權。我們當然是不由自主地，被生下來的。所以，擁有什麼樣的父母、家人、親族，都不是出於我們自由意志的選擇，這些關係，我們完全只能是被動的接受。當然，長大成人之後，我們可能選擇離開或疏遠，仇視或斷絕。但家族背景這樣的東西，既無可選擇，也無法抹去。那是我們來到這個世界的第一個印記。

我寫家族，從來不是因為它富貴顯達，也不是因為它知書達禮，或者多麼溫潤可喜，完全不是。我寫它，只是因為它是我的家族，如此而已。

每一個人都有自己的家族，自己的來處，那無可選擇的出身背景，和血脈特徵。自古以來的成功者，總不免有人在成功後找文人來重建家族歷史，極盡所能的美化自己、妝點自己。可對那種「權力者」的歷史，我其實毫無興趣。

對我而言，那些粉飾美化、歌功頌德的東西，了無意義。我想要的是，聽見血脈奔騰流溢的節奏，感覺那種鼓盪脈動的聲音和氣息，捕捉一點藏在自己潛意識裡的韻律。

只是，我們的筆觸一旦伸向家族的生存歷史，就一定會碰到褒貶和是非。想要還原真實深沉的生命源頭，不免就要碰上那些人的顏面，又必須顧及到彼此的關係。到最後，筆觸無論如何犀利，在家譜裡都不可能盡意發揮，無論我們知道了多少實情，最多只能點到為止，更多的時候，都只是大事記要，而且只能揀好的說。

這樣的家譜，當然還是有它的價值，至少，它在正史和方志之外，讓每一個庶民都有機會被記錄，每一個生命個體都得到了一個位置。

只是，這些金光閃閃的家譜裡，所能承載的畢竟太有限，我記憶中、想像中的家族血肉、溫度和氣味，終究不可能還原出來。

家族裡支持家譜的人其實不少，但人同此心，大家期待的畢竟都是一部美輪美奐，能夠拿上檯面的漂亮歷史，那些敏感的得失善惡，誰也不願多談。

這麼多年來，其實我一直困惑著這件事情：我們應該怎麼去面對或看待自己的家族史。如果我們要的不是歌功頌德，我們就會面對到那許多深沉陰暗幽微的面向，會面對許多屈辱憤怒痛苦和冤屈，那些東西，我們真能找到法子去看待嗎？

家譜修撰過程中，有兩個堂叔來家裡聊天，談到家譜的撰寫方法。我發現，光是「族人犯罪」這件事要不要寫進去，兩個人就有完全相反的看法。

三堂叔說：「既然是家譜，當然要實錄！」四堂叔說：「你在講什麼？這樣會被告啦我共你講！」兩個叔叔越辯越激烈，幾乎要吵起來了。最後，兩個人各自抱著一肚子的異見，氣呼呼回家了。

過了兩天，主張「家譜當然要實錄」的堂叔退讓了。他私下對我說：「我看，壞事還是不要寫好了，不要給自己找麻煩。」

我忍俊不禁，卻又百感交集。

壞的不敢寫，好的其實也不敢寫太多。有人為「自己人」妝點門面，說盡優點，極力美化，以至於完全失了真，材料送來時，我當然不敢全用。有的人可寫的好事很多，但我寫成之後，他們卻希望一概刪除，覺得那太張揚，不妥。

我用了兩年多的時間完成家譜，充分體悟到：修譜的各種限制，遠比我想像的更大。

有一個同事說，家族裡的恩怨情仇實在太糾葛了，他沒辦法碰。光是父親和叔叔之間的兄弟關係，他就找不到方法去稱說、去定位，一是根本不知道要怎麼寫，二是要真寫出來，那家族裡爆發的衝突還得了？

另一個同事說，家族裡的歷史，他是碰也不敢碰的，他們是中部地方的望族，和地方勢力、政治權力都是盤根錯節，有著千絲萬縷的聯繫。家族裡本來就有自己金光閃閃的「家譜」，儘管裡面有許多地方有著致命的錯誤和缺失，也絕沒有人敢插手其間，以免給自己惹事上身。

有一次在學校的體育組喝茶閒談，提到家族故事的撰寫。一個同事說：「家族裡的事情，怎麼可以寫出來？那都是很私密的東西，怎麼可以？」我當場瞠目結舌，一時不知如何回答。

原來，我那種尋根探源的浪漫念想，對他們來說，不但遙不可及，甚至是一種荒唐的想像。

我累積了二十年的材料，加上兩年的全力撰寫，還是完成了自己的家譜。基於一點對譜學的堅持，我讓它仍然呈現「家乘」的型態，也就是盡可能使用史傳體例，並且盡力求詳。但我無法冒天下之大不韙，筆下還是要迴避那些過度敏感的人物事件，例如犯罪。

我不斷問自己：像犯罪這樣的事情，有什麼可說的？該寫嗎？犯罪如果不值得一寫，那衝突呢？爭鬥呢？那些家族裡的傾軋、剝削和大起大落呢？人性的黑暗和幽微呢？當家族裡的各種掙扎、跌跌撞撞都消失了，只剩下金光閃閃的最高學歷、財富規模、曾任職務，那麼，這樣的記錄裡還有多少血肉呢？

《禮記・曲禮》說：「詩書不諱，臨文不諱。」我想，他們特別提出「不諱」，一定有它的道理。我確實想要紀實，不願意綁手綁腳，我想寫的是一些更深沉的東西。

但這些黑暗幽微的渾沌面，其實我一直不知道怎麼看待它才好——我找不到適當的語氣、態度、切入點，讓這些事情呈現最好的「言說意義」。

在洲尾那些古老的故事裡，時常透露了一種獨特的生猛霸悍，或者近乎潑辣兇殘的氣息，這種氣息有時讓人尷尬得坐立難安，但它正是家族史中最是隱微、最深沉的部分。它簡直是黑糊糊、黏稠稠的，說不清的東西，那不是可以放在課堂上讓老師宣講、學生奉行的，但它在我們的血液裡隱隱流竄，而我們基於「文明」的自覺，正在努力將它從記憶中去除，希望將這些東西徹底忘掉。

那種原始的生猛霸悍，在不同的空間場景、際遇對待之中，時常會輻射出各種不同的樣態。在人類的生活場域裡，各種原始的生命力，如果提煉得法，反而會爆發出最大的力量，融鑄出各種成就或貢獻。家族裡的那些傑出人物，精采處讓人目不暇給。我想，那些力量的最初型態，也許真的並沒有善惡之別。

我們必須承認，更多的時候，人們只是尋找各種刺激，用各種管道來召喚自己的原始衝動。在家族裡更常見的，除了煙酒，就是檳榔、賭具，有時還有凶器、毒品。有一些更可怖或更尷尬的犯罪，我至今下筆仍然覺得遲疑不安，無法寫出。

所以，回到我一開始說的，我們來到這個世界，不是出於自己的選擇。我寫家族，並不是因為它富貴顯達，知書達禮，或者溫潤可喜，完全不是。我寫它，只是因為它是我的家族，如此而已。

我後來發現，許多人都有類似的渴望。

學長陳明德知道我的心事，特別告訴我，其實我不孤單。大陸著名電視劇《大宅門》的編劇、導演郭寶昌，做的是一樣的事。郭是「同仁堂」主人的後代，他一直想要把家族的故事寫出來，編成電視劇，但擔心家裡的老人會不高興，於是他在故事裡把「同仁堂」改稱「百草廳」，裡面的人物關係也倒換一下，情節略作更動。戲拍完之後，又用了一種含蓄的方式向他的家族致意：當片頭的字幕上到「編劇、導演郭寶昌」時，背景是水墨畫勾出的一個人，跪在大宅門的門口，那畫面的意思很微妙：「為了我的事業，忠孝不能兩全，我向家族道歉，我不該幹這事，但我是真想拍。」

我想，能夠正視自己的家族，真的需要一點勇氣。能夠找到看待和言說的方式，還需要一點智慧，甚至是修養。也許我們需要一輩子的工夫，在生命的體悟裡去回答這些問題。

回答的方式有很多種，家譜只是一種選擇，那裡面或許有些不能寫或不便寫之處，那麼，回到文學的世界裡，也許我們有更開闊的空間，可以來一場自由的「家族書寫」。

在這個過程裡，其實我們可以更清楚地認識自己，看見自己為什麼是這樣或那樣，也看見自己有機會變成什麼，或者幸好沒有變成什麼。

在這個過程裡，我們可能會看見自己生命裡那些模模糊糊的光影，逐漸坦然接受各種各樣的「自己」。也許，那是一場宏觀的自我審視，通過家族書寫，我們可以在文學開闊無邊的天地裡，自由地尋找自己的方式，賦予意義，給生命一場飽滿又豐富的創造性詮釋。

輯二・孺慕吾親

▲ 父親和四個弟弟

回家

小時候，我總是不明白，為什麼爸爸老是要回到那個破落的老家。

他回老家去，總沒好事。不是教訓好賭貪杯的小叔，就是去挨祖父母的偏心訓斥，要不然就是修理老房子，去監工、去付款，吃力不討好，最後鬱悶地喝了一堆酒，再對著我們大罵一頓撒氣。

那個地方是我們的第一個家。

它南臨基隆河，與松山對望，放眼望去，全是農地、竹林。在族人的記憶中，它一直都是偏僻的鄉下地方，也是落後的代名詞。我當時年歲尚小，對這個家並無記憶，所有的古老故事，都從大人的口中點滴聽來。老家極度貧窮，祖先留下來的竹林、菜園，是僅有的經濟來源，生之者寡，食之者眾，身為長媳的母親嫁過來之後，她的生活就失去了顏色，從她那裡聽來的，全是苦難的記憶。

她每日凌晨即起，在老灶頭生火做飯，同時急忙將爸爸的九個弟妹逐一叫醒。洗畢碗筷，趕去上班，一直加班到夜間十點，返家時灶下已無餘飯，只有堆積如山的碗筷，和鍋裡幾許殘留的粥粒。勉強裹腹後，又須扛起全家十餘人的衣物，來到基隆河畔清洗。每夜在三更時分扛著洗好的衣物回家，在睏極中躺下，在腹內飢餓的咕咕聲裡入眠。

骨瘦如柴的母親在多年辛勤工作後，終於攢夠積蓄，在臺北東區的光復南路買了新家。搬家時，三位哥哥們雀躍無比，而年幼的我則懵懵懂懂，不曉人事。

也許受到母親當時的心境所感染，我的生命裡總帶著一種陰鬱孤僻、與人寡合的氣質。成長過程中，從幼稚園到高中，我一路念的全是明星學校，與那古老村落的距離越來越遠。老家的點點滴滴，偶而成為家人茶餘飯後中的話題，我像局外人般只是旁聽，卻被引逗著無邊的想像與好奇。

聽父老說起，祖輩身上都有驚人的藝業。曾祖父通流公（諱灌溉）是畫符捉妖的道士，曾在葫蘆洲施法驅妖，威名遠播。七伯祖文𥫅公（火爐）是宋江陣的陣頭，武藝高強，曾在比武中將聞名全臺的「西螺七坎」武師一舉擊敗。家族在富極之後敗落，陷入驚人的赤貧，子弟失學，從酗酒、賭博，到水患、車禍，災難頻至。

母親說，我幼年時，母子倆在基隆河上遭逢船難，幸而驚險獲救，死裡逃生，那一年我才兩歲。母親又說，我動輒驚恐不安，夜半啼哭不止，總要送到「進仔」那裡收驚，唸過咒語，在我手上貼一片嫩葉，繫上紅繩，才能入睡。……久之，老家的故事，在時光中逐漸褪去貧窮和苦難的色彩，而傳奇的魅力卻與日俱增。

我的家從洲尾的舊厝搬到東區，再因就學、工作，幾經搬遷，流轉無定。腦海中的家，已成了堆疊交錯的記憶紋路，交相覆蓋，回想起來多少都有些模糊，倒是那最陳舊的洲尾老家，存放著家族最多的記憶。

祖父母在我念大學時先後去世，沒有多久，父親和叔叔終於把老家的舊厝賣掉，記憶中與老家的連結臍帶，也彷彿就此割斷，不復相繫。我的童年記憶，從此割出了一塊空白。那塊空白就像一個遙遠的夢境，幾許模糊的印象，在記憶深處幽幽盤旋，時隱時現。

這幾年，父親中風偏癱，已經不良於行。他的行動和語言的能力快速退化，對多數的事物都漠然無應，不過，老家的幾個叔叔來看他時，他的眼睛卻會突然變得明亮有神，若有所思。

我終於明白，不論搬到哪裡，老家，永遠是父親靈魂深處最真切的依戀。也許，第一個家才是靈魂的原鄉，有著無可取代的意義。不論那裡面有多少痛苦，多少眼淚，它都是生命的第一個落腳處。

回家，原來是一場心靈的自我探索，是一種無可替代的自我慰解，也是一種存在根源的重新確認。古人說「夜來幽夢忽還鄉」，原來是每個靈魂在夜深時，飛回它的老巢，繾綣沉吟，還顧低迴，慰撫著原來的自己。

想媽媽

▲ 年輕時的母親

「想媽媽」這件事情，真是很微妙。人長大了，總有很多別的人事物要想，好像一個成熟的中年人，沒事應該不會去想媽媽才對。可是我卻會，而且時常想，說起來有點可笑。

媽媽生我時年紀較長，現在已經八十多歲了，看到孩子回去，總是有說不完的話，沒完沒了的絮叨把我包圍起來。我什麼話也不用說，只要泡在她的話語聲裡，持續傻笑就可以了。

其實媽媽本是不愛說話的人。她天性極度務實，沉默寡言，和朋友講電話，時常覺得那是一個負擔，一種時間和精力的浪費。她覺得要是有這個力氣，應該拿去做更多「有用」的事情，而不是拿來聊天。所以她很少跟人長時間講電話，也不太會跟人泡在一塊兒閒磕牙。

但是她對我們這些孩子，卻聊個不停，從不厭倦。話題並不是多了不起的大題目，也時常重複，多半是些過去的往事，或者現在發生的小事，但每次重複時，都像是第一次說時一樣，話聲充滿著熱情，抑揚頓挫，全力演出，絕不偷工減料。話題的中間，還會不斷穿插著一些固定的話語，例如：「你有吃飽嗎？你要不要吃這個、吃那個……」。或者「啊，對了！有個東西讓你帶回去……」，加上「你等會兒要上班了，要不要休息一下」、「那你要不要在這裡躺一下，回辦公室能休息嗎」、「這樣躺，電風扇吹著，會不會太涼……」

當我聽到這些句子的時候，我深受震動。離家多年，我幾乎想不起來母親是否一直這樣待我。

小時候，母親管教我十分嚴厲，我又非常叛逆，母子衝突不斷上演，衝突過後，便是冷戰。

我記得我生病的時候，跟媽媽發生衝突，賭氣不吃藥。她一言不發地走過來，打開藥包，把我的頭用力往後按，緊接著捏開我的嘴，把藥扔進去。我正猶豫著要不要抗拒時，她已抓著我的嘴，將冷開水灌入，讓我猝不及防地把藥和憤怒一起嚥下去。完成任務後，她毫無表情地繼續冷戰，直到下次餵藥。

我記得小時候為了撿球，怕被午睡中的鄰居斥罵，不敢按電鈴，曾經偷偷地爬到對面鄰居的院子裡去撿。媽媽說這是「瓜田李下」，犯了大忌。她讓我當街跪下，露出小腿，拿水管對著我的小腿肚抽落，那一條條紅腫的痕跡，立體得像小香腸一樣。我覺得神經彷彿斷裂，疼到哭不出聲音來。

在童年的記憶裡，回想起媽媽來，似乎總是她罵我的模樣。那時的我，心裡老覺得，她一定是世上最嚴厲的母親。然而現在聽她這麼溫柔地絮叨，我又想，她不可能一夕之間變成這樣的。我其實是一直在這樣無微不至的照顧中長大，只是我記得了她聲色俱厲的責備，卻忘記了這麼多年來她其實就是這樣，每天不斷地無微不至地照顧我，還忘記了自己對媽媽的依戀，原來一直是那樣深沉。

晚上去看媽媽時，忙了一天，已經非常累了，我就在媽媽身邊躺下來休息，讓她跟小寶玩。一躺，便聞到一種若有似無的氣息，不知不覺整個人都「鬆開」了。根據妻後來的描述，我瞬間鼾聲大作。

媽媽身上的氣息，說不上好聞不好聞，也不知道如何形容，但就是媽媽的味道，一聞就知道是她。我念研究所時，一度因為做報告的焦慮，腦子千頭萬緒，無法入眠。我踱來踱去，到了媽媽的房間，在她的大床上略躺一會兒，居然立刻就睡著了。

從那時候起，我就發現媽媽的氣息非常神奇。我其實不知道那是什麼，但只要聞到了，就覺得全身開始放鬆，好像回到了非常遙遠的童年，好像所有成長中所經歷的都是幻影，只有媽媽的味道是真的。

我把這事告訴了媽媽。媽媽大驚：「那麼臭羶嗎？我每天都洗身軀，都洗得很乾淨啊！那是老大人羶嗎？」有些老人氣力不足，身體洗不乾淨，會有一種老人的味道，以前的臺灣人稱之為「老大人羶」。媽媽今年八十二歲，以為自己也開始有了「老大人羶」，非常擔心。

「沒有沒有，妳以前就是這個味道，不是老大人羶啦！」媽媽半信半疑，十分納悶。對於這樣的味道，我也無法解釋。隨著這個味道，有一些根植在靈魂深處的記憶會湧出來，那似乎是孕育我生命的一股氛圍，一聞，就像回到了非常久遠以前的童年，回到了原始的記憶裡，像是回家。

離家獨立這麼多年，回到母親身邊，重新意識到母親的氣息時，我覺得有些鼻酸，又覺得有些醺然。能夠天天在媽媽身邊生活，那是多麼奢侈的幸福。我察覺自己這樣的念頭，卻覺得有些羞赧，心裡忍不住開始嘲笑自己：「你是獨立了，經濟上獨立，生活上獨立了。可這麼老了還這麼想念媽媽，你還算是個爺兒們嗎？說穿了，你骨子裡其實還是個媽寶吧？」

即使如此嘲弄著自己，也總還是會想著媽媽，那個白髮蒼蒼，為了我們受盡折磨的媽媽。那個數十年來，永遠把最好的東西留給我們的媽媽。那總用絮叨的話語和溫暖的氣息，把我包裹起來的媽媽。

昨天是媽媽生日，媽媽又多一歲了。我又繼續軟弱地想念媽媽。衷心祈求上蒼，保佑媽媽身體健康，平安喜樂。

▲ 年輕時的父親，載著大哥與我

爸爸的聲音

回去看爸爸，常有很多微妙的感觸，自心底生起。有許多感覺，很難為外人道，卻深深切切，實實在在地在心裡，一股股地湧動。

爸爸在民國九十八年中風，已經六年半了，原先恢復得還可以，雖然不能站立，飲食排便也不能自理，但至少可以在扶持下走路，記憶力雖然減退了，但頭腦還算清楚。不過，自從年初一場感冒發燒以後，完全失去了站立的能力。

這將近一年左右，爸爸已經不太說話，不論說什麼，幾乎都不作反應。我們常常要問一些極簡單的問題，好確認他頭腦仍然清楚，也稍微強迫他去辨認人、說說話，使用一下逐漸退化中的器官。

昨晚回去時，家裡的看護Lisa一邊餵，一邊指著我：「誰？」

他看了我一眼，不太願意作反應，只是緩緩吞嚥眼前膏狀的食物。

看護Lisa刮掉他嘴邊的殘食，停下湯匙，大聲問他：「誰？」

他又看了我一眼，費力地吐出三個字：「細漢的。」

「細漢的」，就是閩南語的「老么」。不知為什麼，聽到這三個字，我就鼻酸了。

這三個字的聲音、語調、口氣，還有那難以名之的味道，就是專屬於父親的。有點粗獷、有點渾厚、又有點溫柔，是爸爸才能說出的味道。

這樣的聲音，會使我想起多年前的「父親的感覺」。那剛強堅毅的身影，那暴烈而又溫柔，兇悍而又疼惜的，充滿矛盾的對待。那是父親獨一無二的氣息。

爸爸是工人，性格暴烈，管教方式總是打。幼年的印象中，爸爸吼聲如雷，他一吼，全家人所有的行動都會瞬間停止，過了一會兒，才帶著餘顫，漸次地緩緩動起來，而耳膜震盪良久。只是吼尚且如此，何況是打，那是極恐怖的事情。

他管教孩子如此兇暴，但據媽媽描述，爸爸打我的次數，無論如何都是四個小孩中最少的。媽總是扁扁嘴，用嘲笑的口氣說：「他偏心。」

「細漢的」，僅是那三個字，彷彿連被他抱在懷裡的感覺，他半夜為我下廚做宵夜的身影，被他放在機車上載著東奔西走的情景……都一下子浮到腦門上來。

我出生不久，爸媽都得忙著上班，沒有便宜的托育中心，也請不起保姆。媽是捲菸工，機器運轉飛快，當然不能帶著我上班，要照顧我，只能是爸爸。

因為爸是包裝材料廠的裁紙工，他可以把我帶去工廠。材料廠有一落一落的高大「紙山」，他可以把我放在「紙山」圍起來的空間裡，拿廢棄的煙盒讓我玩。我年紀非常小，但住在爸爸用「紙山」圍起來的小城堡裡，可以自由自在地玩，那種安全的感覺，至今記憶猶新。

小時候家裡窮，觀念傳統，小孩生日的時候，沒有任何小孩會得到「慶生」的待遇。「生日禮物」這種東西，當然就更加不用「肖想」。但是我生日的時候，會得到爸爸偷偷買的書。家裡有一本《薛丁山征西》，就是爸爸買給我的。媽媽發現的時候，免不了要埋怨，說他偏心，他還是振振有詞：「只有伊愛看書。」

媽媽用鼻腔哼了一聲，然後瞪著眼，用手指指我，彷彿在說：「你看看你……你看看你……」。

爸爸晚上時常去買零食，有時買菱角，有時買花生，有時買酥炸的「雙胞胎」，買回來不是自己吃，總是放在我桌上。他有四個兒子，但他從沒替誰買過，媽媽總是質疑他處事不公。

被媽媽質問的時候，爸爸總能編出道理：「你看，四個兒子，只有伊讀書會讀到半眠啦！伊會餓啦！」「不是啦！這幾項只有伊喜歡吃啦！其他人不愛吃。」

媽媽扁扁嘴，完全難以同意。

是的，我就是那個獨得零食的「細漢的」。這三個字換別人來說，不論是誰，話語裡也不會有那樣的情味。那是專屬於他的話，只有他說出來，會把一個剛強的父親的溫柔感，一點不失的表現出來。會把我作為一個兒子的幸福感，一滴不漏的全部召喚起來，那是自己的爸爸才會有的，特別動人的聲音。

爸爸說完這三個字，便又不言不語。他並不多看我幾眼，只是專注地看著看護Lisa手裡的湯匙，把膏狀的食物一口一口地嚥下去。

我不知說什麼好，只好用手握住他的臉頰，親熱地摩挲，用頭頂著他的頭，又喊了幾句：「爸爸，爸爸，爸爸。」

和他的聲音相比，我的聲音，何其微弱。

▲ 家族三代同堂

懺

每次和妻聊起媽媽，妻總是不勝佩服，聊久了，我也越來越覺得，不論在哪方面，媽媽實在是只能仰望，難以企及的標竿。

她的意志堅定，心念專注，無論學什麼，總是學得很到家。她只有小學的學歷，但刻苦自學，識字的程度，遠遠超過同齡的人，甚至比她年輕好幾歲的姑姑，也遠不及她。

她所參加的道場，要求學員練毛筆字，她雖初學，但正襟危坐，一絲不苟，同學中她年紀最長，學歷最淺，但字卻寫得最好。老猶如此，少壯盛況不難想見。

廿二歲時，她嫁到這個大家庭，家裡十個兄弟姊妹，加上二老，生之者寡，食之者眾，阿嬤把所有的責任都放到了她身上。她天未亮即起，煮出全家的早餐和午餐便當，再把貪睡的叔叔逐一喚醒。叔叔們有的醒了又躺下去睡，必須一再叫喚。四叔則是最高境界，沉酣如屍，無論雷轟電閃，全然不動，令人理智斷線，怒火攻心。但媽媽絕不敢放棄叫喚，因為叔叔們如果真的遲到了，在學校受責，這筆帳就要算在媽媽頭上，阿公阿嬤必予嚴厲的重責。

那時家裡貧困已極，她為了多掙錢，從一早上班到下午三點，緊接著又上三點以後的小夜班，直到十點。在黑夜中下班回家，飢腸轆轆，但家裡從不會幫她預留食物，她唯一的選擇是灶上殘留的米湯。米湯裡只有屈指可數的米粒，其他全是稀糊。勉強喝完充飢後，灶下還有堆積如山的鍋碗瓢盆等著她。

當時幾位比較年輕的叔姑們，幾乎把娶進門的長媳看成了奴婢，很少人會想到她的辛苦，用過的碗只往灶頭一扔，就不管了。每晚灶頭的火勢滅後，都會冒上一陣熱氣，那些碗盤邊緣的飯渣菜屑很快就烘成了尖銳的硬塊，乾硬如刀。媽媽洗碗的時候，總是刮破手指，疼得齜牙咧嘴，但再痛也得快點洗，因為接下來還有更多的衣服等著她。

那時沒有自來水，也沒有洗衣機，每天都必須把衣物扛到基隆河邊，用雙手洗淨。等她終於把全家人的衣物洗完時，早已超過夜晚十一點了。她又累又餓又睏，心裡苦到了極處，有時邊洗邊哭。當時沒有脫水設備，她的氣力有限，不可能將衣物擰乾，那十幾個人的衣物自然沉重，她還得獨自扛回家。

有時爸爸覺得不忍，到河邊幫她把衣物扛回來，但濕衣畢竟沉重，為了省點力氣，父親會把整個「阿魯米」（日文，アルミ，鋁）大盆子扛在頭上、肩上。有一次祖母無意間撞見，當場沉下臉：「驚某（閩南語，怕老婆）是不？一個查甫囝，查某人的衫仔褲也放在頭殼頂上！像什麼款？」禁止他再去河邊扛衣服。

於是，母親依然一個人，在深夜中把衣物扛回來。每天做完這些例行事務，疲困已極，那一點點米湯早已在胃中消化淨盡，她沒有任何東西可吃，腸胃咕咕作響，強烈的飢餓瘋狂地咬囓她的睡眠，直到她再也撐不住，進入夢鄉。這就是她每天的生活。

嫁到這個家庭，媽媽吃的苦太多，總也說不完。但無論受到多少委屈，她總是咬著牙把事情做好，從來不找理由。爸爸是勞動者，早上都要吃白米飯，數十年來，爸爸的早餐都是她做，她起得早，我們醒來時，飯菜已經在那兒，好像它永遠放在飯桌上，不用做也會有似的。

媽媽素來節儉，飲食器用都很簡單，不知是否因為她心念單純，意志堅定，她的身體一向強健，動作輕捷，抵抗力也很強，很少感冒，有時來個流感，全家人都感冒了，只有她老人家安然無恙。我們總覺得，不論身體或心理，她都比我們這些後輩強得多。

由於這種強韌的心理特質，不管到那裡，她的表現似乎總成為團體中的尖子。聽說國父紀念館在免費教「外丹功」，她跟爸爸一起去學，爸爸雙手隨便動動，有點意思就罷了，媽媽則不然，一定要做到最標準為止。多年後，爸爸已經把動作忘得一乾二淨，媽媽仍然堅持鍛鍊，每天早上都要練習外丹功，從不間斷。後來哥哥帶媽媽去學習「長生學」，練的主要是入靜，媽媽又是卯起來練習，她雖年邁，哥哥所學卻及不上她，最後她甚至成了教練。

媽媽身體強健，加上性子又急，不論參加任何旅行、郊遊活動，總是走在隊伍的最前面。她的朋友們看到她走路之敏捷快速，沒有不驚嘆的，誰也不敢相信，她是七八十歲的老太太。這麼多年來，大家都長大了，但我們生活有不如意處，卻時常還是依賴媽媽，由她幫忙照顧解決。

小的時候只覺得媽媽嚴厲，不太懂她，漸漸長大，慢慢發現，媽媽所受的苦，我們沒人能頂得住。我們所受的照顧，也遠比我們想像的多。後輩只能仰望、佩服，沒人及得上她。

四年前，我在敦煌旅行，在巴士上突然感覺到手機震動，看到一通來自二哥的「未接來電」。我立刻回電，沒有接通，便即打電話回家。家裡接電話的一向是媽媽，電話響了很久沒有人接，我心裡微覺忐忑，十幾聲後，照顧爸爸的外籍看護接起了電話。

中文不佳的她語焉不詳，但我聽見了「摩托車」「飛起來」幾個字，我的血液立刻冒上了頭頂。我慌忙改打給侄兒，才知道媽媽出了大車禍，肩胛骨碎裂，人在醫院。哥哥想通知我，卻被媽媽阻止了，說我人在旅途中，不能讓我擔心。

聞訊，我如五雷轟頂，頭腦一片空白，無法自持，踉踉蹌蹌下了車，無法顧及路人的眼光，我蹲在路邊，失態地放聲大哭。那天起我才知道，媽媽是我的主心骨，她安好無恙，我才能安心活著。

從那之後，媽媽的身體和記憶力，漸漸不如往常。她的肌肉比以前鬆弛，小毛病也比以前多了。她年逾八十，搭公車不用錢，能夠自己搭車，便不肯讓我們載。有時我回去看她，她要去運動中心，我堅持要載，她拗不過，只好聽我的。看她上下機車，動作已不如前，由於先前的車禍把我嚇壞了，不論送她到哪裡，我一定要看著她進去才離開。

一個月前，媽媽夜晚搭公車回家，從公車的後門下車，司機沒有等她踏到地面，便將車子開走。媽媽一個不穩，滾到車下，在場驚起一片尖叫，司機聞聲停車，才發現闖了大禍。

受重傷後，媽媽腰椎酸疼，徹夜難眠，痛苦不堪。由於求醫不當，一直到上星期才檢查出來，是腰椎骨受了大損。手術完成幾天後，那樣的酸疼才漸漸減輕。

前兩天稍微好轉，她又要去運動中心了。她不肯叫我，又自己走路去，忍著腰疼，走出一身大汗。三哥說，我們都忙，怎不叫老四回來？媽說，他教書也忙，怎麼能叫他？不用，我自己去就行。

媽媽不肯勞動我們，可是這些事，稍微想起來，實在是止不住的後怕，再略有一丁點的閃失，後果真不堪設想。我知道勸不動她，只能抽空回家去攔她。我趕回去時，她果然正要出門。

我從床上扶她起來，突然感覺到她身子變得非常沉重，因為腰椎失去力量，挺不住身子，重量彷彿加倍，軀幹的動作也沉滯遲緩。我滿心懸念不安，把她載到運動中心以後，看著她爬階梯的背影，發現她步履遲緩艱難，已經遠不如先前輕捷，我心裡湧上來一股熱氣，又酸又苦，糾成一團。

在那一剎那，我突然有種感覺，媽媽真的老了，比我印象中的她更老。如果連自己老邁的母親都保護不了、照顧不了，我活在這個世界上，不論得了多少成就，還有什麼意思呢？

我把車停好，在運動中心旁邊找地方坐了下來等她。半個多小時以後，媽媽出來了。媽媽看到我，臉上有掩不住的驚喜，嘴裡出來的卻像是抱怨：「啊，為了載我，你在這邊浪費那麼多時間……」

我心裡忍不住生疼，卻沉著臉告訴她：「你只讓哥哥載，不讓我載，就是偏心！」

媽媽有點不好意思，卻說：「有啦，今天有讓你載啦！」

我扶著她上了機車，口裡叨叨不斷，持續「嚴厲」地批評她。媽媽一邊笑，卻一邊抗辯，說以後她自己會注意，叫我趕快去忙自己的事。

我知道，我怎麼也說不過她。但對待媽媽實在不待於說，而是怎麼做。媽媽嚴以律己，非到萬不得已，絕不麻煩別人，包括兒子。她有事時，兒子不在身邊，就是我們不夠周到。真正該反省的，還是我自己。這些年來，我終於明白，原來自己並不貼心。快五十的人了，連照顧媽媽也不會。

▲ 母親抱著大哥

負心

最近，不知何故，腦子裡總會浮現一句話：「兒女是天生的負心人。」

是的，恐怕這是真的，不是他要負心，而是他幾乎不可能知道我們的心，幾乎只能負心。

看著兒子，什麼好吃的都想給他留下，給他先吃。他吃了，看他吃得香甜，比我們自己吃還快活得多。把屎把尿是日常的工作，把他弄乾淨了，就是最大的成就。屎尿沾手、沾身都是家常便飯，兒子身上的東西，從來不會嫌髒。

給他洗澡，剩下的熱水捨不得倒掉，總是用來給自己洗澡。有時冷空氣一激，他在浴盆裡就嘩啦啦來了一陣。當爹的當作沒看見，也照樣拿來洗。

風大了，天冷了，總是包著蓋著，先護著他再說。天熱了，追著他擦汗，唯恐毛孔大開，一陣風吹來，讓他感冒了。他在地上跑，只要離開比較柔軟的草地、PU跑道，進入水泥區，就隨時跟上，在旁邊護持，生怕他不小心跌傷了。

他剛開始溜滑梯時，還不能控制身體的平衡，生怕他半途翻身掉下去，我總是伸著手在旁邊等著，一路奔著追下去。妻總是大喊：「不要做這麼危險的動作！」可我就想讓他多試著玩一點不一樣的東西，總覺得自己身手還可以，跑一跑沒關係。

幫他洗澡時，妻在外面一直笑。我說你笑啥。

她說：「你從開始洗到現在，一直重複說『爸爸好愛你』，沒有停。」

我每天看著他，總覺得心裡說不盡的溫柔，最近我突然意識到，我的心情，他會懂得嗎？會嗎？那種父母愛子之心，他從何懂得？怎麼可能懂得？

我自己念了那麼多年的書，從來不能想像這種心情，從來沒有懂過。不是書上沒有說，而是書上說得再詳細，也不可能明白。除非，自己為人父母，終於經歷了那樣的情境。那麼，我的父母，對我莫非也是這種心情嗎？他們也是那樣的愛我嗎？怎麼我都不記得了？

怎麼會記得？怎麼可能記得？就像現在的小寶，他每天將把拔的體力幾乎全部耗盡，才肯在我的懷裡甜甜睡熟。這些點滴，他怎麼可能記得？

如果是這樣，我又怎麼可能記得、懂得父母的心情？於是，我們都這樣懵懵懂懂地，負心地走過來了，直到今日。

以前在書院上課，毓老師曾經說：「什麼是孝？誰能做到孝？不可能的。就算只是一比一，你們都不可能做到。連一比一都做不到，談什麼孝？」

我第一次聽到的時候，大為震驚。一比一做不到？雖然想一想也有道理，但總還是不免狐疑。而今回頭想想，確實做不到，連一比一都做不到。不要說做到，連明白他們的心情都不太可能。因為，父母對自己的愛是怎麼回事，不可能在書本上理解。除非，我們自己成了父母，終於醒悟過來。

過往的時光，他們有多愛我，我已經無法回去瞧見。而在那些青澀和對抗的日子裡，大約也把所有的溫柔都折磨銷盡了，我幾乎完全不記得自己被那樣疼愛過。

我只記得我小時候犯錯，她讓我跪下，露出小腿，拿水管對著裸露的小腿揮落，一下就是一道紅條，迅速腫起。我疼到哭不出聲音來。

我只記得小時候和她吵架，生了病，賭氣不吃藥。她一把將我扯過，一言不發，捏住我的鼻子把藥灌進去。我猝不及防地吞下了藥，沒等哭鬧，已被一把推開。我憋悶得七竅生煙，一肚子都是苦味。

我只記得媽媽嚴厲無比，怎麼就想不起來媽媽是怎樣的疼我、愛我了呢？

我高三那一年，「厭世」的程度到達了頂點，建中強索簿本費的事件完全摧毀了我對人世的信賴和興味，我對讀書毫無興趣，心裡只有離群、憤怒和鄙夷。

媽媽不知怎麼辦才好，終日憂心焦慮，最後無計可施，找上了松山這一帶最有名的命理師，偷偷拿了我的八字去請教。

這個命理師的名字很有意思，叫做「高明理」。現在臺北的八德路上，還可以看到有命相館用「高明理門人」當作招牌，可以想見他在這個領域的名望。

高老先生看了我的八字，對媽媽微微一笑，問媽媽想知道什麼。

「這孩子不讀書，每天橫著臉，一個字也不說。他高三了，馬上要聯考了，我不知道怎麼辦。」

「這個命不用算。他是讀書的命，一輩子都會讀書。你不用擔心，這種讀書命，你不叫他讀他也讀，讀一輩子。」

「國中以前他是很愛讀書，高中以後他就不太讀書了。現在高三了，我從來沒有看過他讀書，每天都在生氣，他怎麼可能會讀書？」

高老先生笑了：「這個不用問，以後你就知道了。回去吧！」

媽媽不肯相信他，卻也無法可施。

她總是傷心又煩惱，我總是憤怒又孤獨，母子總是緊張對立，冷戰不休。她和三個哥哥有說有笑，而和我總找不到話說。

當時家計繁重，她每天就像紡車輪一樣忙得團團轉，一早就做好便當，放到我房門口。把我叫起後，整夜不能成眠的我正在睏意最濃的時候，眼睛完全睜不開，她必須用最嚴厲的口吻把我吼醒，然後聲色俱厲地將我催逼出門。

我不讀書，她無法可施，但她能逼我上學，至少我沒有待在家裡曠課，她覺得這還勉強說得過去。

但我出了門，她又開始擔心。我每天練空手道，每天踢腿兩百下，最喜歡練對打，硬打硬架，回來時整個手臂都是瘀青。我洋洋自得，而她心驚膽顫，憂心忡忡。煩惱來時，她只能找娘家的親人訴苦，生怕我進了黑道，在外邊打死了人。

或許那些日子太貧窮、太忙碌、太悲苦、太折磨人，媽媽的溫柔都磨碎了，磨成了粉末汁液，灌注到每天日常的管教裡，像鞭子一樣地抽打著我，控制著事情不要變得更壞，但也無法變好。

母子倆總是無話可說，我成了憤怒青年，每日裡怨天仇地，而她總是傷心失望，愁雲慘霧。哥哥後來跟我說，我高三那一年，他從來沒有看我笑過。

歲月的巨大滾輪，伊伊軋軋地不斷輾過，那些片段，就這樣一片一片疊上去。父母深切的愛，不論是感覺或心境，似乎都模糊了，變得不記得，或者不懂得了。

生活裡的瑣碎不斷堆積，而終於把那許多深切的記憶都覆蓋過去，只能善忘、疲乏，許多的記憶逐漸被推進深淵，不可查考。

大一那一年，我的痛苦「進化」了，從自我放逐的憤世青年，變成了自食苦果的後段大學生。我苦悶更劇，衝撞無路，每日鎖起門來抽煙酗酒。

我似乎不記得媽媽還是愛我的，但我卻記得，她有一天發現我渾身菸酒味，一氣之下，病倒在床，淚流不止。她一言不發，什麼也不說，只是一直哭。

我嚇壞了，慌了手腳。沒奈何，跪在媽媽床前，允諾她，我一定改。我就跪在那兒，一直說到她不哭為止。

我在書院念書，一年一年，漸漸弄明白了一些事情。跟過幾位老師習武，到後來摸出門徑，又漸漸體會了許多東西。我後來終於悟出，母子相處之道大概應該是什麼。我覺得，我應該去抱媽媽。不管她說什麼，我應該去親近她，甚至跟她撒嬌。

媽媽是個嚴肅的人，我剛開始去抱她的時候，她愣在那兒，全身僵立不動，幾乎不知如何反應。後來才漸漸習慣過來，適應我的新改變。

一年一年，每一年我對媽媽的心情都有不同層次的體會，我越來越知道怎麼跟媽媽說話，怎麼跟她相處。媽媽覺得，她又撿回來一個兒子，覺得一定是書院的毓老師教的。於是，每年三節，她都親自給毓老師做滿滿一籃子的素菜，廿六年不斷，直到老師去世。

等我們終於明白過來時，幾十年已經過去，已經不知道還剩多少記憶可以拾掇、品嚐。因為，有太多的記憶早已掉進時光的縫隙，許多重要的生活片段，我們真的都不記得了。於是，我們就這樣，理所當然地成了負心人。直到我們終於為人父母，終於知道愛自己的孩子是什麼心情。

而我們的孩子，懵懵懂懂，也要搖搖擺擺地長大。這樣愛再深再切，他恐怕都不會記得，也不容易懂得。

除非，我們累積了足夠的福德，孩子有了那樣的契機，去明白這些。明白那永遠做不到的孝道，明白父母對自己的愛，是那樣難以回報，明白自己其實那麼容易負心。

題畫

▲ 年少時畫的鯉魚圖

小學三年級時，爸爸看我很愛畫畫兒，請了一位朋友到家裡來教我。

我們家境一向拮据，請老師到家裡來教，已經是破天荒的壯舉，而且不是教英文數學，居然是教國畫，這更令人咋舌。當時年幼單純，腦子裡沒想太多，但現在想來，當時父親為了培養我，下的血本非常驚人。

這位老師姓王，名宗業。那時，我們家裡從沒來過這樣的人，言談舉止都斯文到了極處，總是和藹可親，笑容可掬。每次他來，大家都歡天喜地，連說話的口氣都變得客氣，變得好聽了。

那時我年紀太小，跟大人聊不上天，只知道他師承黃君璧弟子，屬於嶺南畫派，有個別號叫作「醉漁居士」，其他的事情就不清楚了。後來我在網路上逛，才發現他竟然是名人。他一九二六年生於浙江的江山，曾經師從閔羅章，畫作多次在日本、韓國和大陸展出，一直都頗有聲望。如果現在還在，已經九十二歲了。

我回想他說話的腔調，略有一點口音，厚重而親切，原來那就是「江山話」。聽說來臺灣的江山人不少，多半豁達大度，修身養性，身體康健，壽命較高。這和我對他的印象完全相符。

在他的循循善誘下，我練了一年多的畫，學了山水、花鳥、蟲魚，其中最熟練的是山水，但畫得最滿意的一幅，卻是一張「鯉魚圖」。老師說，這畫水準不錯，可以裝裱起來。爸爸說，要裝裱，那得落款，還得題首詩才好。

那一年我小學四年級，書法稚拙無比，勉強在左下角寫上了自己的名字，已經抖足了全身的靈氣，要題畫，我無論如何不敢，也不能。

爸爸於是拿過毛筆，題了詩、蓋了章，印文是「承鉢居士」。

爸爸出生於日據時代，所受漢文教育僅有短短數年，但對於中國文化的世界一直深深歆慕。他一生做的都是粗活，對於詩文書畫卻情有獨鍾。我後來在天德黌舍（後來的奉元書院）念書，曾向毓老師提起此事。老師疑惑地說：「你父親不是工人嗎？他也寫詩？是打油詩嗎？」

「我不知道耶。我剛好記得幾句，背給老師聽？」

「好。」

「有一次他寫海鷗，說：朝飛暮宿水為家，兩兩三三睡暖沙。……」

「咦？……」毓老師非常驚訝：「這詩……居然有點唐詩風味！你父親……，不容易啊！」

學詩論文，確是父親一生鍾情所在，那像是一場美麗的夢想，讓他從做不完的粗工裡釋放出來，偶爾活得更像自己。而「承傳衣缽」則是他的夢想，是他對自己深切的渴望和期勉。我那時年紀太小，並不懂得這些，只覺得「缽」不是裝飯的嗎？爸爸那麼愛裝飯嗎？「承缽」這個別號好怪。至於題畫詩，我絲毫沒放在心上，當時學畫正在興頭上，眼裡只在乎畫作好壞，那首詩的內容，我很快就忘記了。

從本性來說，爸爸是極熱情的人，遇到親戚朋友，一向健談無比，行經街頭巷尾，總有說不完的話，還有寫不盡的詩。但也許是受到古人的影響，「君子之遠其子」，他平常和兒子說話，時常板起了面孔，嚴肅的時候居多。在四個兒子裡面，只有對我例外。

他那些壓抑的熱情，似乎都集中到了我的身上。他跟別人聊天，說來說去，話題總要帶到我。我的每篇作文，他都要改上幾句，讚美一番。我畫的每張圖，他都要過目，都要評論。多數的時候，我都能在他臉上看到驚嘆不置的表情。有一次我寫到家裡的環境，說了一些我心裡的苦楚。他那天正好喝了點酒，看完文章時，酒意上湧，竟然在我的面前哽咽失聲，潸然下淚，把我完全嚇壞了。

我常常覺得，爸爸真是太多情的人，不但話多，有時連眼神裡都有說不完的話。但他在七十六歲那年中風之後，因說話費力，話越說越少，到了這幾年，幾乎什麼也不說了。

他不說話，但眼睛一樣的明亮，一樣地多情，像有說不完的話，只是他不開口。他究竟要說什麼，我們只能用猜的。在這些靜默的時光裡，那些他說過的話，寫過的字，偶爾便一句一句浮上來，若有似無地在心頭飄著。

前天為了找「藝術與人文」課程的教材，偶然翻出一幅舊畫，是我當年畫的「鯉魚圖」。我看到父親在上面題的字，一股酸熱湧上來，眼眶就濕潤了。

上面題的是：「眼似珍珠鱗似金，時時動浪出還沉。有朝得上龍門去，不歎河中歲月深。」

長大的我一看就明白，那幾句，正是他一直想說給我聽的話。他想要給兒子的愛和期許，說之不盡，卻都滿滿地寫在紙上，存在畫裡了。

父親

▲ 年輕時的父親

傍晚時回去看爸爸。

爸爸中風已經七年了，半身軟癱，經過家人和看護的悉心照顧，曾有幾年可以扶著家裡的鐵欄杆行走。那時精神挺好，明明沒有牙，還會每天嚷嚷要吃點心，聽到他嚷嚷，那是我們最放心的時候。

前兩年，有一次爸爸患了重感冒，出院之後，我們發現爸爸失去了扶著行走的能力，也漸漸變得不愛說話，無論怎麼逗他，他充耳不聞，全無反應。

兩週前，爸爸高燒送醫急救。幸好只是尿道炎造成，打了抗生素，但須住院觀察，等待療程結束。偏偏我的兒子正好在這事的前幾天出生，我在兩間醫院之間來回奔波，簡直是焦頭爛額。

第一天趕去急診室去探望時，我心裡五味雜陳地告訴他：「阿爸，我當爸爸了！」

他兩眼無神，全無反應。我看了，心裡說不出的難受。

照大家說的，爸爸最疼愛的是我，我如今老來得子，全世界沒有人比他更高興才是，但他竟漠然地轉過頭去，看著急診室的白牆壁，一片呆滯。

第四次去看爸爸時，他已經轉入單人病房，精神也好多了。我試著拿出手機裡小嬰兒的照片給他看，他居然專注地看起來。我試著問他：「爸，我是誰？」

他很費力但不猶豫地回答：「細漢的。」

我把手機推到他的面前，說：「爸，我生兒子了！這是你的孫子！」

爸爸盯著螢幕，嘴裡吐出一個字：「水！」

聽到這裡，懸宕多日的心終於鬆懈下來，「最疼我的爸爸」回來了。

我眼裡濕潤，鼻腔酸熱，有點想哭，卻又莫名的歡喜。

此後幾天，爸爸的情況時好時壞，多半都是不理人、無反應，狀態並不理想。今天回家時，爸爸躺在那裡，聽到我的腳步聲，把頭仰了仰，看了看我。

我又試著問了一次：「阿爸，我是誰？」

他很輕鬆地回答：「細漢的。」

我指著手機說：「爸，這是我的兒子，你的孫子！」

爸爸很專注地盯著手機，嘴裡又吐出一個字：「水！」

我心裡一樂，忍不住又試探性地問了一句：「這是誰的兒子？」

「你的。」

我看他對答如流，心花怒放，又問：「像誰？」

「你。」

「那像不像你？」

他動了一下脖子，像是思考了一下，微微搖了頭。

此時，我的心裡開滿了花朵，心滿意足。

原來，爸爸頭腦大部分的時候還是清楚的，而且非常清楚，這對我來說，意義非凡。

老來得子，是我生命中的大事，身邊有許多關心、支持的朋友都衷心為我開心，給我祝福，我深深感恩。但回到爸爸身邊，我發現，我內心深處期盼最殷切的，竟還是老父親的那份歡喜。

有些東西，我得了太多，多到不知道它是珍貴的。比如說「父親為我感到衷心歡喜」這件事。

我從小念書名列前茅，各種競賽戰績累累，風光非常。當我大步往前跑的時候，從來不懷疑後面有對讚嘆的眼神，和等著鼓掌的雙手。

不過，對年少輕狂的我而言，老爸的讚嘆似乎已經多到「不太重要」了，我需要的似乎是自己在這個陌生的世界殺出一條血路，證明自己的本事。在外面拿獎狀、拿證書，好像比老爸的讚賞實在多了。

我從來不知道，爸爸那雙讚賞的眼睛，其實給了我無比的自信。我後來的學習路上跌跌撞撞，也吃了不少苦頭，但我的內心深處，從來不缺少那種可以搏造江山、揮送風雲的底氣和信心。

我並未察覺，我這樣的底氣和信心，其實和爸爸深沉的愛密切相關。不管這個世界是如何肯定或否定我，我心底似乎總是知道，我是爸爸的驕傲，即使沒有什麼可驕傲之處。

在我年將五十的此刻，我摟著嗷嗷待哺的小寶，溫柔地注視他時，不知怎地，便想起父親看著我的滿足眼神。我看著小寶伸拳踢腿的模樣讚嘆不已時，便想起父親不管到哪兒都要稱讚我的那副模樣。

妻和我商量著要給小寶買什麼東西時，我首先想起的竟然是臺安醫院斜對面那家小吃攤。因為每當我熬夜讀書時，爸爸幾乎都會到那一攤幫我買零嘴回來，菱角、花生、炸雙胞胎……不一而足。

在我老來得子，百感交集的時刻，我才發現，原來，我生命中的每一個里程碑，在內心深處，都期待著他來品題，來參與，來分享。

因為我的內心裡不用想就能確實地知道，他愛我至深，他看著我的眼神，讓我篤定地知道，他總是等著欣賞我跨出的每一步。

而這樣的愛，此時正溢滿著我這個新手爸爸的胸膛。在我摟著這個盼了多年才來的孩子時，總是愛憐橫溢，小心翼翼，到了常常被妻嘲笑的地步。

就在此時，父親的影子全疊了上來，我在鏡子裡看見的自己，處處都是父親當年的模樣。我才終於明白，那麼多年來，自己一直擁有的是什麼，而且，那樣珍貴。

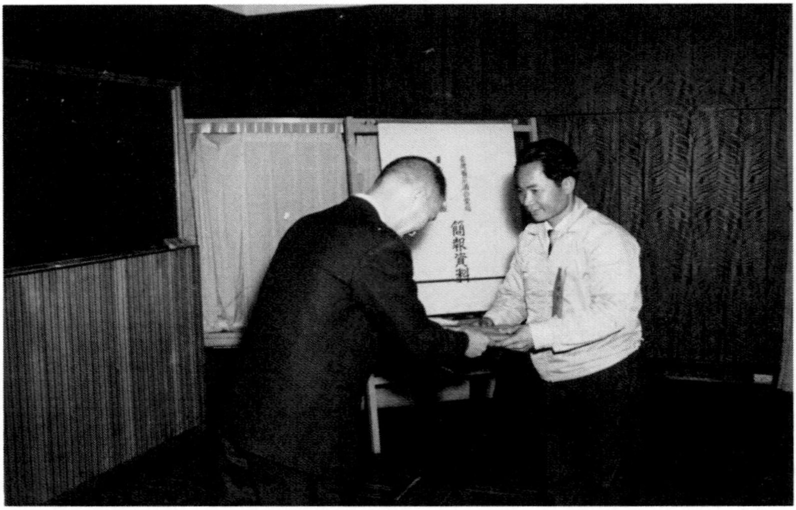
▲ 擔任常務理事的父親

貴人沈先生

母親是很會說故事的人，她並沒有受過什麼語文的訓練，卻天生地有文學的稟賦，能將發生過的事情唯妙唯肖地複述出來，沁人心脾，傳神之至。我從小就在她的膝前聽故事，一聽就聽了大半輩子，我想，後來我對中文的興趣和能力，也許就是這樣不知不覺中產生的。

在她講的那些故事裡，有一個故事特別溫暖，就是關於貴人沈先生。

父母親年輕時，都沒有機會受多少中文的教育。父親在小學升五年級時，才碰上臺灣光復，開始學習國語。家中貧困，他又是長子，不可能讓他念初中，所以他對中文的學習，算起來只有兩年的時間。當時臺灣剛剛光復，國語師資不足，課本也是暫行的，老師們都是晚上學，白天教，現學現賣，連發音都不標準。那樣的學習，自然難有多大成效。學生若不勉強要求自己，那兩年學的東西很快也就忘了，所以爸爸的同儕裡，很多人都還是文盲。

但爸爸是自尊心很強的人，一直覺得「不識字」是極大的恥辱。當時洲尾最有名的「漢文仙」，是人稱「阿茹仙」的莊根茹，於是每晚都跑到他傳授漢文的「書房」裡求學，從《幼學故事瓊林》到《四書》，他的每一本書裡都密密麻麻，寫滿了筆記。他求學刻苦，每晚下課回家時，均已夜深，家人早已上好門閂就寢。他想要進門，必須隔著門板叫醒父母，請他們開門。

祖父不知他讀這些有什麼用處，又因驚擾睡眠，極其不耐，每晚開門時必「奅姦摒撟」（閩南語的粗口）地罵個狗血噴頭。父親並不吭氣，總覺得「寒窗無人問」是理所當然，只是一味堅持苦讀。

後來他果然讀書有成，不但識字程度遠過儕輩，而且在工廠裡很快成為風雲人物，每天午休時間，甚至有許多工人都圍在一起，聽他講《四書》（母親當時也是聽眾之一）。不久工廠裡的產業工會選舉理事，他毫無懸念地，被公推為常務理事。

當上了常務理事，他視為莫大榮耀和責任，每有工人向他反映工廠內的情況，他必在產業工會裡仗義直言，施逞才辯，滔滔不絕地發表言論，為他們爭取權益。他並不知道，那是災難的開始。

這種「犯上」的行為表現，當然不為長官所喜。他很快就被盯上，沒多久，就被調到偏遠的「樹林酒廠」去。

到樹林酒廠，就等於是把他「下放」了。酒廠離洲尾的家非常遙遠，下了班還要搭火車，回到家都已經超過十一點。而且，在那裡工作，或因管理不良，同仁每天都在酒鄉裡度日，沒有一個不是醉醺醺地下班。父親因被「貶」失意，鬱悶難宣，耽酒尤甚，不但天天晚歸，歸家後酒氣沖天，更要發洩足夠，才肯就寢。一家人為此苦不堪言，不知何時才能脫離這種苦海。這個家的幸福，就這樣開始消失。

母親的性格和父親完全不同。她不像父親那麼浪漫，也不會像他瞻前不顧後地猛闖，完全是個務實的人。她有一個堅持的原則，就是不管日子過得快樂與否，一定要瘋狂地工作攢錢。所以她所有的精力都拿來辛苦工作，一個月上五十四天班（白天加上小夜，便可上兩天班），加上副業、標會、投資，終於把錢攢到一定額度，可以規劃買房子了。他們的生活，此時開始有了轉機。

工廠有一位警衛丁伯伯，因為性格老實，同仁欺他憨厚，都叫他「悾丁仔」。悾，就是憨傻的意思。我小時候見過他，看起來就是北方人的樣子，身材胖大，為人魯直，其實是個老好人。他知道媽媽想買房子，就積極地幫媽媽尋找機會，終於找到了松山菸廠的技佐，沈文端先生。

技佐的身分特殊，爸媽只是廠裡的小工，要認識他可不容易，多虧了「悾丁仔」的引介，他無疑是我們家的貴人。我們四十年沒見了，但他那忠厚的模樣，我到現在都還記得。

沈先生正準備賣房子，他的房子就在松山菸廠附近，上班走路只要五分鐘，地點絕佳。為了談買賣房子的事情，沈先生邀了父母親一起到他的家裡去做客。

雖然是談賣房子的事，茲事體大，但那時的人很誠厚，三言兩語，很簡單就談完了，事情並不複雜。沒有想到的是，話題很快來到父親的工作情況。他聽了爸爸因為直言而被「下放」的事，只簡單地問了一句：「那，你要不要回來？」父母親又驚又喜，不敢置信，甚至不敢搭腔。

沈先生又問：「你想回松山菸廠？還是要到包裝材料廠？或者南港的瓶蓋工廠？」

這些工廠都是公賣局的不同單位，連這也能挑選？爸媽面面相覷，如在夢中，都覺得這簡直不可置信，難道這個人有這麼大的力量嗎？但對方的態度很和藹，口氣很堅定，在工廠裡當技佐，也算是他們的頂頭上司，不可能欺誑他們，父親恍神了好一會兒，開始相信眼前的事情是真的了。他想，既然在松山菸廠受了排擠，就不要再回到松山菸廠了，他說：「那，那就包裝材料廠吧！」

沈先生一言不發，當場拿起電話，撥了出去。講完電話，就對父母說：「好了，明天就改在包裝材料廠上班了。」

那是完全戲劇化的轉折，爸媽愣在那兒，久久無法回神。他賣了一幢好房子給父母，臨走前，還送了父母親一份大禮，讓爸爸從酒廠裡的夜夜荒唐，回到正常的生活節奏。這位先生，無疑是父母的恩人。

我對他非常好奇，問媽媽：「技佐到底有多大？」

媽媽說：「主任下來就是他了，比課長還要大一些。」

「嗯，比課長大也不小了，但主任好像也沒這麼大權力。他學歷很高吧？大學畢業？」

「不只，比大學還要更高，但我們橫直不懂，不知道究竟是什麼學歷。」

父母親都是小學畢業，而且分別只學了兩年、四年的中文，在那個年代，臺灣人生活不易，初中畢業就是罕見的知識分子了。而這位不知是什麼學歷的沈先生，簡直就是神人，讓大家望塵莫及。

媽媽說，沈先生時常背著手在工廠裡踱步，意甚閒適。工人們不懂機器，也沒有人知道「技佐」在工廠裡究竟要忙些什麼。看他在工廠裡走來走去，只知道他並不忙碌，但對他這個人的背景、專業，完全莫測高深。直到他那一通電話，當場把爸爸和家人救出苦海，才見識了他在工廠裡不可思議的分量。

「後來呢，他去哪兒了？」

「後來就到美國生活了。離開臺灣之前，把房子賣給我們，還幫了我們家一個大忙。」

這樣一個身影模糊的傳奇人物，在爸媽那麼困難的時候，飄然出現，救了爸爸媽媽一把，然後翩然而去。我想像著他的模樣，想像他傳奇的身影，充滿驚嘆。

這是我們家那一年遇上的大貴人。我從來沒有見過他，但他是父母的恩人，也就是我的恩人，對這位貴人，我一輩子衷心感激。

聽話

陪媽媽，聽起來好像是什麼孝順的行為似的，但講到這個，總覺得慚愧。她總說不用陪，她自己很好，總說我們的工作事業要緊，人際應酬要緊，好像我們什麼都很要緊，就只有陪她不要緊。

她確實也比一般人強些，走路很快、動作靈活、意志堅定，而且極其寡欲，沒有什麼非怎樣不可的嗜好，生活都能自理。但她畢竟八十二歲了。經過兩次嚴重的車禍，還有一次嚴重的摔傷，對老人家的身體傷害太大，現已大非昔比。所以她坐公車、走樓梯，我始終不放心，苦勸。任我怎麼勸，媽媽總有理由回應，讓我別擔心。

老人家過去身體好，現在很難接受「行動變得遲緩」的事實。她還是總要自由行動，總要自己搭公車，然後遇到粗心的司機，還是出了事。

只能接受，然後陪伴。但心裡很苦，似乎可以避免的許多事情，還是都一再地發生了。忍不住叨念，卻不敢也不能責備。

「阿母為啥米攏不要聽我的話。」

「阮乖乖又沒做啥，是那個司機不看……」

「知道危險就不要去呀，我不是說不要搭公車嗎？你還說妳以後一定走前門，說什麼這樣就不會有事情。為啥米攏不要聽我的話？」

「我怎麼知道那個司機……」

「司機百百種，所以不要冒險呀。喔，我知道妳為啥米攏不要聽我的話了。」

「哪有？」

「因為妳嫌我小時候很愛哭，所以就不聽我的話。」

她開始笑。

「因為我卡大漢以後，就很歹死（閩南語，意為兇惡），所以就不用聽我的話。」

「不是啦。」她一邊笑一邊打我。

「我知道了，反正你不要聽我的話，那『你要繼續搭公車』『天天去搭』。這樣要聽我的話嗎？」

「……」

「而且要在下雨天去買菜，這樣比較刺激，比較驚險。要不要聽我的？」

她又開始笑。

「最好買多一點，多到提不動，再上公車，下雨天的公車，這樣更刺激。要不要聽我的話？」

「買太多不好，菜太多會爛掉。買剛好就好。」她一邊笑一邊「回嘴」。

「你看，又不聽我的話。我知道了，妳只疼前面幾個大漢的，不疼細漢的。查甫生太多了，細漢的是狗屎，不值錢。」

「哪有。」她笑得眼睛都瞇起來。她總是這樣，無論說什麼都不聽，一逗她就開始笑，一邊笑就一邊繼續「回嘴」。

早上要幫媽媽辦出院。她性子急，七點多吃完早餐，一下子就把東西全收拾好了。醫師巡房要八點多，護理師來通知出院要十點到十一點。於是，從七點一直到十點多，媽媽反覆問個不停：「怎麼還不能出院？」。

「好好好，我再去問。」我轉頭往外看，剛好房門口有個義工，正要來通知辦理出院。知道媽媽急，我二話不說立刻衝向護理站，辦完手續，衝到一樓，把錢繳了，正要衝去領藥，媽媽卻站在眼前。

「你創啥（閩南語，做什麼）？你是病人耶，跑到一樓來創啥？」

「我來納錢。」

「納什麼錢，這些事情跟你有什麼關係？」

「是我住院，什麼跟我沒有關係……」又開始笑。

「你乖一點好不，躺在那裡通通不用動，我會全部辦好。」

「可是我有信用卡。」

「喔，只有你有信用卡喔？我的卡不是卡喔？我知道了，這個老么都沒有錢，很窮，沒用，賺不到錢，繳不起老母的住院費。」我講完順便再補一句：「所以也不用聽他的話。」

「不是這樣啦。」她又繼續傻笑，眼睛瞇成一條線。於是我牽著她的手去領藥。

媽媽喜歡我牽著她。有一次因她行動不便，醫師攙扶了她一下，她事後提起這件事，居然跟我說：「醫生是好意，可是我不大習慣。」

「那兒子牽咧？會不習慣嗎？」

「兒子是兒子呀，怎麼會一樣，兒子牽很好。」

她年紀大了，其實需要牽著，以防萬一。但哥哥們都沒有牽她的習慣，我發現了以後，每次跟她走在一起，一定緊緊牽著。她果然很開心。

我走路向來快，牽著她，依平常習慣邁了幾步，才突然想到不對，媽媽是病人，「歹勢，我走太快，我們慢下來。」

「不要緊，我跟得上。」

「什麼跟得上，你看，又不聽我的話。那我們用跑的好不好？」

她還是傻笑。我拉著她的手，上樓拿了行李，出院。

「你的機車在哪？」

「醫院門口。」

「那你騎回去，我搭公車。你無閒（閩南語，忙）你的。」

「是誰皮在癢，又要搭公車！我用計程車送你回去！」

「可是很貴。」

「不管。」所有的行李都在我身上，我緊緊抓著她的手，她反正不能逃脫。

出了院門，她避開門口的計程車，偷空就往外走。但她的手被我緊緊抓著，無法「逃脫」，只好乖乖被我押上計程車。下了車，她聽見司機跟我說的數額，就在路邊掏錢，要給我車資。

我一把搶過，全塞進她的袋裡。她又開始笑。

媽媽從來都不聽我的話。可是沒有辦法，她是媽媽，她不用聽我的話。我除了把她拉上計程車，也不能強迫她做什麼，只能逗她開心，不能責備她。只能智取，不能力敵。

我們其實陪得太少，但只要陪一段，就只好逗她一段。人生有什麼能較真、非較真不可的呢？好吧，至少，她在我身邊時，我手一定緊緊握著，不讓她跌倒，不讓她亂跑。小寶也不大聽話，總是忘情地往車水馬龍的馬路衝去，我也只能緊緊抓著。

大概，這就是最好的對待了。

急性子

妻說我對小孩很有耐性，最近還說了好幾次，多半都是給小寶餵飯的時候。

這實在是很難想像的事情。我的急性子，簡直生在骨頭、血液裡，從來不能等待，尤其是不能在不確定的狀況下持續等待。這個部分，我和媽媽幾乎一模一樣，頂多略遜一籌。

媽媽的急性子，除了急，還會表現在一些奇怪的方面。譬如對於「浪費時間」這種事情的厭惡，簡直深惡痛絕，到了窮凶極惡的地步。我好像也是。

平常，要是持續一整天虛耗過去，沒幹任何一件正經事，我整個人似乎會變得歇斯底里，暴躁易怒，失去正常的樣子。媽媽則終日勤奮已極，完全不可能容許這種事發生。像看電視追劇、跟朋友用電話聊八卦這些事情，我還極罕見地偶一為之，對媽媽來說，絕無可能。

那種什麼「今天很無聊」、「來幹點什麼打發時間」之類的行為，在我們身上從不發生。因為，我們永遠能找到正事來做。

不知是遺傳還是身教，我和媽媽的急性子如此相像。我因為急過頭，年輕時甚至連說話都含糊又口吃，用了好多年的時間，才慢慢調整過來。

後來我想，遺傳的力量可能多一點，因為從外公、媽媽，到我，急性子一脈相傳，幾乎一模一樣。這性子一路遺傳下去，居然連我的孩子也完全一個樣。

小寶的性子急，從出生就很明顯。在醫院一出生，只要不能立刻吸到母奶，便即激烈爆哭，哭得驚天動地。出生三天後進了月子中心，裡面的護士阿姨每個都聽說了他的威名，把他推進產婦房時，每一個都是一放下推車，便轉身慌忙逃走，不敢多待一刻。

我們因此壓力倍增，餵母奶時挫折連連，失敗多次之後，終於放棄了親餵，改用配方奶。泡奶也需要時間，在等待的過程裡，他絕不等待，每一秒都在激烈地爆哭，一直到奶水送入嘴裡才停止。

妻總說，這都怪我，跟急性子的把拔一模一樣。

我於是回去怪媽媽，說：「阿母，都怪你，這孫子跟你一模一樣，一點點時間也等不得。」

媽媽總是笑，還笑得很開心，合不攏嘴。

像我們這種急驚風的性格，居然被認為「有耐性」，實在不可思議。可是，我對小孩子似乎真的有一點耐性，尤其是餵飯的時候。

乾女兒小莉子來家，我們受託照顧，有時一頓飯吃了一個小時，一下要這個，一下要那個，主意變來變去，我從來不著急，也不生氣。

乾女兒如此，兒子也是。給小寶餵飯，是艱鉅的工程，一頓飯在他不斷搗蛋中總是變成一場大戰，而且是持久戰、消耗戰，往往弄得我們人困馬疲，而他精神奕奕，越戰越勇。妻每天負責他好幾餐，常常被他弄得心頭火起。尤其是花了許多心血，精心調製的各種「嬰兒八寶粥」，被他一口口吐出來抹在桌上、地上、衣服上，看了實在受不了，無法久戰，有時只能氣急敗壞地餵奶了事。

餵飯雖然辛苦，我卻似乎不怎麼排斥。

如果小寶一匙一匙，順利地吃下去，那是上上大吉，感激不盡。但他若邊吃邊玩，東挖西抹，我似乎也不著急，只要肯吃，咱們就一匙一匙慢慢餵，有吃就行。

我後來想想，其實不是我有耐性。在生活的各種方面，我一直是個急性子的人，不耐煩虛耗時間，過去如此，現在也是。

可是餵飯這件事，不是虛耗時間。它是艱難的任務，嚴酷的挑戰，但它不是虛耗。只要看他多吃一口飯，就覺得十分歡喜，好像看見他又生長了多少細胞似的，心裡又踏實了一分。

不知何故，照看著小寶時，我時常會想起小時候媽媽照顧我的往事。

我晚上睡覺時，和小寶一模一樣，喜歡三百六十度大翻滾。因動得太激烈，睡著時在床上，醒來時常在床下。媽媽抱我睡時，若遇上我激烈翻滾，她不耐煩慢慢哄，便用兩腿一夾，讓我動彈不得。

她是農村出身，用她自己的話說，兩腿「就跟牛腿一樣」，充滿力量。我年幼力弱，掙扎不動，等掙扎累了，最後只好屈服，乖乖睡覺。

哄睡如此，餵藥也是。有一天，正好是晚餐時間，那天生了病，應該要吃藥。我吃了飯，但我正在跟媽媽吵架，賭氣不吃藥。媽媽冷冷地沒有理我。她很快地三兩下把飯菜扒進肚子裡，碗筷一放，就把我一把抓過去，用兩腿夾住，接著打開藥包。

我正在生氣，所以堅決不肯張嘴，打定了主意寧死不從、絕不吃藥。媽媽一聲不吭，一手拿著藥包，一手捏住我的鼻子往後一拉。我呼吸不得，自然張開嘴巴，幾顆藥就滾了進去。接著是灌水，如法炮製。灌藥完成，她把滿嘴黃蓮、七竅生煙的我一把推開，繼續忙她的事情去了。該辦的事情，天打雷劈也得辦。沒要緊的事情，完全不浪費時間。這大概就是媽媽的急性子表現。

後來讀到孟子說的「當務之謂急」，突然覺得，原來媽媽的急性子好像有聖人可以撐腰，有點道理。我的境界和速度，都無法和媽媽相比，但是多少有點這種傾向。吃是頭等大事，該吃就得吃，到了飯點，無論如何要餵小寶吃東西。至於吃多久，無法控制，可以慢慢來，就是不能不吃。

我還是急性子，但大概算是壓抑過的急性子，因為「吃」太重要，為了看見他把飯吞進去，只好把耐性拉長一下，再拉長一下。

不拉長一下不行。就在寫這短文的當口，我才剛剛被不斷搗亂、抓危險物品，又不肯換尿布、不斷大哭的小寶氣得面目錯位。火氣上來，還得趕緊把它放掉，一次又一次。拉著拉著，看起來像是有耐性了，其實還是個急性子。

人大概多半這樣，生來的性子很難改，但為了要緊的事情，只能勉強自己控制著。毓老師上課的時候，總喜歡引用孟子說的話勉勵我們：「久假而不歸，惡知其非有也？」久假而不歸，久假而不歸，於是，漸漸地，看起來也只好成了有耐性的人了。

寵孫

有許多人看到小嬰兒的第一個反應，是伸手去觸碰臉頰、抓他的手、捏他的鼻子，因為嬰兒很軟很嫩，抓起來舒服，這樣逗起來又直接，很過癮。

但是那樣其實很粗魯，小嬰兒不做反應，是因為他來不及、不知道如何反應，並不是他喜歡這樣。在他的身上戳戳捏捏，滿足的是大人自己，未必是那個孩子。尤其是小嬰兒未滿一歲的時候，抵抗力比較弱，那些沒有洗手的大人，隨便就在他身上戳戳抓抓，不只是不禮貌，而且不衛生。

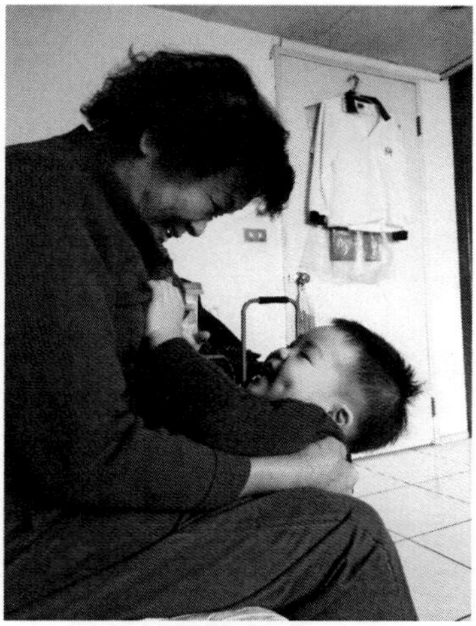
▲ 母親和小寶相視而笑

我帶小寶出門，時不時地總會遇到這樣的大人。剛開始顧及大家的面子，總覺得不好意思說什麼，但後來漸漸就失去耐性。有時看到他們伸過來的手，我會用手擋住、撥開，有時我會把娃娃車推開，躲過他們的手，有時乾脆怒喝一聲：「不要碰！」

只有一個人例外：媽媽。媽媽是小寶至親的阿嬤，她如果要碰小寶，我不會做任何干涉。

可是，媽媽從來不會伸手戳他、捏他。只要看到小寶，媽媽總是立刻彎腰蹲下來，滿臉堆歡地逗他、看他，伸著手等他，直到小寶不陌生了，她才抱起他，溫柔的放在懷裡。

也許，真正的疼愛，即使對方是個小嬰兒，態度也完全是尊重的。

昨天帶小寶回去看媽媽。小寶對她已經完全不陌生了，很快就把身體靠在阿嬤身上磨蹭，很自在地玩耍。

每一次回去，幾乎沒有例外的，媽媽總是一直生出各種食物，想辦法塞進小寶的嘴裡。有些食物，我說了不行，媽媽便即停手，譬如巧克力、太硬的餅乾、糖果。有些食物，我說他吃飽了不用了，媽媽聽我語氣並不那麼決絕，便偷偷塞進他的嘴裡，譬如水蜜桃。

昨天，小寶剛吃飽，正在阿嬤的房間玩耍。

三哥拿了一串芭蕉進房，要給媽媽。小寶看到有點陌生的阿伯，愣愣地看著，全身不動。

媽媽連想都沒想，立刻就從桌上摘了一根。我心念一轉，便搶著說：「不用餵他，他吃飽了……」話還沒說完，她已經把芭蕉剝好了皮，一口一口餵進小寶的嘴裡。

「阿嬤為啥米都寵孫？！欸，不對，妳為啥米都不寵我？」

媽媽彷彿沒聽到我問的第二句，只是笑瞇瞇地回答：

「阿嬤寵孫，那是天生自然。阮阿嬤也寵我，小時候上學，家裡重男輕女，你外公不肯出學費，阮阿嬤就大聲喝罵，『還不趕緊予伊，是要予伊在那一直哭嗎？』」

這是媽媽最常講的故事之一。那時家境太苦，男女之別太重，如果沒有阿嬤寵著，她念不到小學畢業。這件事，媽媽念叨了一輩子。

媽媽的頭髮很軟很細，髮絲不好整理，時常披散飛揚，她的阿嬤便叫她「散菊仔」。有一段時間，老人家病了，躺在病床上，老念叨著她最疼愛的大孫女：「阮的散菊仔呢？怎麼沒有來我的身軀邊？」

阿祖大病過後，眼睛的樣子看起來不太一樣，眼白處變多了，看起來有點嚇人。媽媽其實就在房裡，但因為年紀小，從沒見過阿嬤那種模樣，心裡害怕，嚇得緊緊抱住外公的大腿，躲在病床後面，不敢靠過去。

她的阿嬤忽然明白了，說：「喔，我這個老大人的樣子怪怪的，不要緊，那不要驚著她了。」

她對這個大孫女，又是那麼想念，又是那樣寬容。

媽媽生性勤奮，小學畢業沒有多久，就到處接縫縫補補的活，打零工賺錢。她領到第一份薪水的當天，就被外婆叫過去訓誡：「妳阿嬤那麼疼你，妳賺了錢，還不趕緊去買點什麼給她？」

媽媽那時賺到的錢其實極其微薄，但她立刻買了一把麵線，熱騰騰地煮好了，給她的阿嬤端過去。阿嬤歡喜得連話也不會說了，翻來覆去只是念叨：「啊！我疼這個散菊仔，真值！伊會買麵線給我吃……伊會買麵線給我吃呀……」

這個故事我們聽了無數遍，可每次媽媽說起，我們還是聽得津津有味。這裡面的滋味，太溫潤，太醇厚了。

我們在媽媽房裡聊天，三哥在外面忙東忙西，發出許多聲響，媽媽便問：「欸，你在創啥？」

「弄點蜂蜜喝。」

「幫我泡一杯。」

「太燙。」

「那就弄涼了拿進來。」

我滿心狐疑。媽媽是個極其刻苦自律的人，除了三餐，不吃別的零食。除了白開水，不喝任何飲料。我們但凡要她吃喝，都得把東西湊到她口邊，逼著喊著，她才在我們的威嚇下勉強就範。她怎麼會主動開口要蜂蜜喝？太不可思議了。

果不其然，蜂蜜一送進來，媽媽一口也沒喝，馬上就拿來湊到小寶的口邊。小寶喝了一口，滿心歡喜，又要湊上去喝。

「不要給他喝啦！他那麼小……」

「你看他還要……」說著又把杯子湊近小寶的嘴邊。

「欸，不是，不是你要喝嗎？」我抗議著。

「喔，我不喜歡喝甜的。」

「我就知道！熟識你五十年，就沒看過你跟我們要一杯什麼東西來喝，一聽我就覺得不對，一定是要給小寶的，你看！我就知道你這個……！」

媽媽訕訕的一笑：「吼，都被你看到心肝裡面去了，我想什麼你都知道……」

「又不是第一天認識你，還弄一杯來喝咧，八輩子沒看過你討一杯飲料喝，一聽就知道你又寵孫……」

「好啦，喝完這一口就好了……」媽媽兀自看著小寶，笑瞇瞇地問：「好喝嗎？」

妻又是驚奇，又是好笑。所有大家拿來給媽媽吃的喝的，她連想都不想，都立刻拿來給小寶。

大概我實在讓媽媽等太久太久了，她都已經八十一歲了，才抱到小寶。距離她上一次抱到孫子，已經足足等了廿八年。

年紀這樣大才得來這個小孫子，媽媽對小寶的疼愛，似乎又顯得更慈藹了。小寶走到哪，媽媽的眼睛就跟到哪，眼裡全是笑瞇瞇的溫柔。

從家裡出來，我對妻說：「我想，我們真的要多帶小寶回媽媽家。媽媽好疼他，那是他的福份，我們要讓他多享受一點，也讓媽媽開心。媽媽都八十幾了，他們多一次相處，就多一份美好的記憶。那種記憶，是小寶一輩子的資產。」

「嗯，他也真的好愛阿嬤。他都靠在阿嬤的身上，把頭仰起來，對著阿嬤笑。」

小寶躺在阿嬤的膝蓋上，仰頭看阿嬤笑的時候，臉上便露出兩個深深的酒窩。阿嬤低頭含笑看著他，歡喜得眼睛都瞇成了一條線。那畫面，很觸動人心。

我想到我那從未謀面的阿祖，大約也是這麼慈祥地看著她心愛的孫女兒「散菊仔」。七八十年過去了，那份溫暖還停留在媽媽的心上。讓她反覆回味，永遠想念。

那麼，我們還是多帶他回來，小寶長大以後，也會記得那種感覺、那份美好吧？

帶媽媽出門

一直覺得自己是個很乏味的人。平常若是讀書、練拳，還覺得有點意思，一想到出門旅遊什麼的，就覺得渾身發懶，寧願成天在家裡「宅」著。

幸好妻會提醒我，要帶媽出門兒，還把行程都規劃好了。她這一提，我就突然醒悟過來，趕緊著手落實。

其實，我們真的很幸運。老人家硬硬朗朗兒的，不讓我們擔心。最可貴的，是老人家凡事貼心，總為我們著想，跟她在一起，沒有負擔，只有福份。

她嫁到林家，在洲尾住了十四年，那是煉獄一般的生活。離開洲尾那麼多年，今年她已八十三歲了，但我們現在開車載她經過洲尾，她的心還是糾成一團，一陣酸楚。可見她受的苦難有多深。

年輕時受盡了公婆叔姑的虐待，她不願意媳婦再受到一樣的遭遇，所以她從來不要求媳婦什麼事兒。我結婚七八年沒有小孩，妻從沒有聽過媽媽說過什麼，她從來不知道媽媽急著想要孫子，更不知道媽媽渴望我們生個男孩。

媽媽這樁心事，我其實都明白。等到有了小寶，我才告訴妻這件事。妻很驚訝：「媽要男生？真的？我從來沒聽媽說過。」

「她不會說的，她最不願意給媳婦壓力。最多是跟我抱怨兩句。」

以前的人說「不癡不聾，不做阿家翁。」毓老師上課曾經說過，他的義媳婦是浙江人，天天煮魚。其實，他是北方人，他不吃魚，而且最討厭魚的味道，但他從來沒當著媳婦說過。

毓老師說，這是處事的智慧和修養。我後來才明白，老人家不開口，就少了很多是非。從不要求什麼，又為下一代減輕了很多壓力。理是這麼說，但其實非常困難。

妻在學校上班，許多同事聚在一起，大家輪流抱怨婆婆，一個比一個精采，她都不吱聲兒。她回來告訴我，這個婆婆這樣，那個婆婆那樣，每個人都有話說，只有她不敢吭氣。因為她的婆婆從不要求什麼，沒有那些事兒。

妻很心疼媽媽，我要是忘了什麼，妻會幫忙提醒，帶頭帶尾。媽媽眼睛動手術的時候，還是她陪著回來的。還沒有小寶時，我們帶媽媽去吃飯，路途半近不遠，妻讓我用機車載著媽媽，她自己回來。媽媽卻忸怩不安，說怎麼可以這樣。

我性子粗疏，讓媽媽照料慣了，凡事因循，忘東忘西。幸好妻總會提醒，該帶媽去走走了。三大一小，一陣忙亂，總算出了門。媽媽坐在身邊，好像福星照著，覺得心裡很踏實。車子裡坐著媽媽，覺得整部車的溫度、氣味，都變得不一樣了。

阿嬤看著小寶，總是充滿笑意，嘴巴幾乎沒闔過。平時要是暫停路邊，妻下車去買東西，旁邊座位空了，小寶通常很快就會哇哇大叫。但有了阿嬤在前座，小寶便一反常態，不斷轉過頭來，擠眉弄眼、咿咿呀呀地逗阿嬤。阿嬤在身邊，小寶似乎隨時都很開心。

媽媽腳步快，性子急，老走在前頭，年輕時沒人走得比她更快，現在年紀大了，腳步還是比一般老年人快很多。但因為受過幾次重傷，脊椎有損，我總是緊緊牽著，不喜歡讓她一個人走在前面。

我最擔心的是樓梯。哥哥們沒有牽媽媽的習慣，有一次三哥帶她出去，下樓梯時，媽媽一個腳步踩空，她從樓梯高處摔落，受了重傷。那是我心頭的大疙瘩。她走平路時，我也習慣牽著，要是遇到樓梯，更不准她自己走。

那天去住民宿，妻正收拾行李，拿著背包，我抱著小寶，卻看到媽媽走到樓梯邊，一抬腳就爬了上去。我忙不迭地奔過去牽住她。

「妳創啥（閩南語，做什麼）？」

「我爬樓梯。」

「我沒有牽妳怎麼可以爬？」

「這裡有欄杆……」

「有欄杆也不行！」

「沒要緊啦！」

「不行，牽著！」

小寶現在快十三公斤了，一手抱他，一手牽媽媽爬樓梯，其實有點吃力。可是覺得這樣安心多了。

老人家凡事儘量不讓我們受累，凡事都要自己來，連花錢也是。到名產店買東西時，媽媽拿了幾盒餅，拿出錢包就要拿去櫃檯，我連忙把小寶交給妻，衝過去攔阻：「阿母，你創啥？」

「我買餅。」

「買餅為什麼予你拿錢？」

「我買餅當然是我……」

「你在講啥，囝帶老母出門，予老母拿錢，你是在講啥……」

「可是你開好多錢……」

「哪有，沒有，不知道多少，通通免錢，你不要管，好乖……去後面等我。」

「不是這樣的……」媽媽一邊笑，一邊站在櫃檯前，聽到小姐報出金額，立刻拿出鈔票，又被我好說歹說架了出去。櫃檯的小姐一邊笑一邊收錢、包裝。

「不是，住外面那麼貴，你已經付了那麼多，這個餅……」媽媽又鑽到櫃檯前，繼續念叨。

「好好好，你買，這都是你買的，我付，阿母好乖。」

每一次帶媽媽出門吃個飯、走一走，都覺得是很珍貴的福氣，那是求都求不來的。謝謝媽媽陪著我們，陪著小寶，東奔西跑，帶給我們那麼多的快樂。

文學家

▲ 年輕時的母親

妻嫁過來以後，跟我說，她發現媽媽很會說故事，每個故事都很好聽。每次媽媽一講話，她就豎起了耳朵，聽得專注異常，津津有味。

媽媽的故事本身確實很精采，處處出人意表，往往聞所未聞，但也跟她的表達能力有關。她似乎有高度的文學天賦，講述時空間感、速度感兼具，狀聲、擬態，活靈活現，如臨其境。

她只有小學畢業，其中還有兩年是在學日文，兩年是在密集地「走空襲」，躲避盟軍的轟炸，真正說起來，中文的學習其實僅有兩年。而臺灣光復初期，連課本都是臨時印製，老師都是教課前幾天倉促備課，自己的中文都不太行，所以她所學到的中文語彙非常有限。

但在她身上我才發現，文學的天賦和字詞語彙的數量似乎沒有太直接的關係。那似乎是一種感覺力、表現力、敘事力，只要使用她熟悉的母語——閩南語，就已經應用裕如，可以把故事說得情景交融、沁人心脾。

我時常打趣媽媽，說她是天生的文學家，怎麼那麼能說故事。她總是唉聲嘆氣地搖頭：「什麼碗糕家，連字都認不了幾個，還文學家。」

她小學畢業後，到外頭的街上散步，發現看板上的字她有一大半不認識，她大驚失色，才知自己原來所學這麼淺。於是她拿了校長送她的畢業禮物——一本字典，天天抱著硬記硬背，只要看到生字，雖不知筆畫順序，也硬生生記下來，回家翻查字典，反覆記誦，直到能辨認這個生字為止。

她苦學有成，以當時的環境來說，她認字的程度確實遠過儕輩。當時一般的小學畢業生走到街上，絕大多數的字都不認識。像大姑只大她一歲，但每次去銀行辦事，都得帶一個媳婦跟著，因為認得的字實在太少了，連生活應用都不夠。

媽媽下了一點苦功，認得的字就多了，大家不認得的字都來問她，後來同儕都給她取了個外號，叫做「識字的」。她聽到這個外號，竟然深感羞愧，因為她覺得自己所認的字仍然非常有限。

我們常想，媽媽的學習環境實在太艱困了。她的意志力、聰明敏慧，都遠遠超過我們四個小孩，如果得到適當的栽培，不知會有多大的成就。

我長大以後才明白，我身上僅有的幾許優點，都是來自父母。很多人都說，爸爸老愛作詩，拿過好幾次全國詩人大會第一名。爸爸確實有作詩的捷才，鑲嵌對聯，既工整又快速，寫成嚴整合律的近體詩，速度之快，幾乎沒有什麼對手。親族裡大家都覺得，我在語文上的天賦，無疑來自父親。

但長大以後漸漸覺得，我似乎受到媽媽更多的影響。媽媽對語文的使用，既素樸又細膩，完全是民歌式的，充滿了國風的情味。在她身上，我往往可以看見自己生命裡的什麼，如見本源。

我終究遠不如我的母親，她是天生的文學家，我可以追慕一二，但她那種剛毅堅定、專注上進的力量，我們一直都遠遠不及。

我只能竭其所能，勉力記下媽媽講的故事，細細咀嚼。那是我生命的沃土，永遠豐饒。

外公

▲珍貴的四人合照，立者左起母親、外公、父親。蹲在畫面中下方的是三舅。

媽媽出生在石碇鄉的九寮坡，算是極偏僻的深山裡。後來家族逐漸往外遷移，先是遷到汐止，到她七歲的時候再遷到與雅莊，從此在這裡定居。

外公的名字是詹南山，人如其名，莊嚴如山。他個性鮮明，是個威嚴極重的男人。他幹的是體力活兒，當時受僱做了「田佃」，也就是佃農。

農閒時，他帶領一幫弟兄，在稻埕裡耍槍弄棒，揮拳習武，地方上有「獅陣」，節慶時都有活動，外公正是獅陣的「陣頭」，武功高強，威重令行，鄉里聞名，無不畏敬。

外公排行第二，他的大哥死得早，所謂「二囝做大囝行」，一家子三四十個人，家裡所有的事情都是他說了算。

他性格嚴肅，不苟言笑，為了讓家中斷絕是非閒話，治家鐵面無私，親嚴於疏。農田的收成，金錢的調度，一向由他主持分配，大小歡悅，從來都沒有人有任何猜嫌質疑。

當媽媽要上「國民學校」念書的時候，她並沒有拿到學費，外公沒批准。

當時重男輕女的情況極度嚴重，女孩子被視為「別人家神仔」，意思是早晚要嫁到別人家去，最後也是別人家的神，只受別人祭拜。所以家裡若不富裕，便不肯挹注太多金錢去栽培。

這其實是非常荒誕的事情。國民學校就是現在的小學，是最基礎的識字階段，這都不讓學，其實就斬斷了她的前途。

但外公力求無私，家裡資源有限，必須統一標準，徹底執行。別人的女兒不能上學，他的女兒也不能上學，這是古人所謂的「齊家」，不分親疏，待遇平均無私。媽媽是長女，這就開了一個頭：女孩子不上學，無分親疏，舉家皆然。

大舅是長子，他一下就領到了學費，歡天喜地而去，拿著錢袋子滿屋亂轉，在天井裡洋洋自得地炫耀。這倒不是他喜歡上學，而是因為擁有男性的特權，這讓他非常得意。

媽媽見景自傷，倍覺難堪，無法自持，在屋裡哀哀痛哭，抽噎不止。

全家最疼她的，就是她的阿嬤（我的外曾祖母），也只有她能說得上話。她目睹此景，便走到外公面前，拿出了當母親的派頭，拉高了嗓門吼起來：

「南仔！那個學校費還不趕緊予伊，你欲予伊在那裡一直哭是不是？」

外公天性至孝，無可奈何，只好如數給了。

媽媽歡喜非常，把錢放進書包，按照平常的習慣，把書包高高掛在家裡的走道牆上，準備第二天拿去學校繳納。

第二天上學，媽媽打開書包，全身如墮冰窖，包裡的學費不翼而飛。所有的同學都繳了學費，只有她拿不出錢來。她心慌意亂，學也上不成了，一路踉蹌趕回家。沒等進到屋裡，在庭前迎上了從田裡回來的外公，她就站在那裡，慌慌張張向外公報告了這個消息。

外公臉如寒霜，不由分說，手起掌落，「啪」的一掌就打在媽媽臉頰耳根上。那是咬斷了牙根拿出來的血汗錢，還是出動阿嬤說情，頂著一家子的壓力才擠出來的學費，竟然一下子就沒了，不由得他怒發如狂。

但媽媽的耳朵無法承受如此重擊，耳裡「嘰——」地一下鳴聲大作，幾乎什麼也聽不見了。後來外公雖然勉力又擠出了一筆學費，讓媽媽去上學，但她的耳朵已經嚴重受損。連著好幾天，學校的老師說什麼，她一句也聽不見。自此之後，她的耳鳴、流膿成為常態，一直要到她後來賺了錢，才有能力找醫生治病，多年後幸而終於治好。

每次聽到這裡，我都覺得憤怒異常，又覺得不可思議。

「錢怎麼會放在走道上呢？」

「那是多單純的年代，才念小學的查某囡仔，哪裡會知道家裡會有人偷這個錢？」

「到底誰偷的？」

「後來看那個情勢，應該是土仔偷的。我們家裡單純，除了他，沒有人敢做這種事。」

土仔是媽媽的大堂哥，很早就失去了父親，無人管教。加上身為長孫，得到過度的溺愛，越發不肯學好，成日遊手好閒，不幹好事。

他膽大包天，家裡種的成堆白米，他會趁外公不在，把家裡的米挑出去偷偷賣了，拿了錢去胡花。

他幹這種事情，不會沒人看見，其實大家都曉得。但大家待在一個屋裡，總覺得家和萬事興，又懼怕外公威嚴，多一事不如少一事，沒有人敢向外公檢舉此事。外公因此一直蒙在鼓裡。

但家裡的老四（外公的弟弟）娶親未久，新來的媳婦對環境不甚熟悉，不知顧忌。土仔從家裡挑了一石米出去時，卻被她當場撞見。

她心下大奇，這米明明是家裡公有的財產，為什麼他可以挑出去私賣？她不知輕重，便將此事揭發了。

外公得知此事，不動聲色。有一天，依著平日語氣，叫喚：「土仔。」

土仔依言來到庭前。

外公無聲地手起一掌，「磅」地一下擊在他耳根子上。

「蹚」地一聲，土仔直溜溜地摔倒在地，他想要掙扎著扭動，卻只在地上抽搐，爬不起來。

土仔雖不學好，卻是一百七十幾公分的好身量，他已經長成，站在那兒像鐵塔一樣，比外公還要高。他轟然倒下的時候，竟久久不能動彈，全家三四十個人鴉雀無聲，睜大了眼睛注視著庭院，沒有人敢伸手去拉他，也沒有人敢勸解。

事實上也無須勸解。外公只動手打了一掌，什麼都沒有再說，容顏如鐵，冷冷看了地上的姪兒一眼，然後一言不發地走進屋裡。

我問媽媽：「外公不講點什麼？」

「沒有，他什麼也沒講，大家都知道發生了什麼事。」

「所以外公也知道學費是他偷的？」

「嗯。」

「那他打你多冤枉。」

「欸，他打我怎麼會一樣？他是最疼我的……」

「最疼你還把你打到耳鳴好幾年？那不疼你還得了？」

「他是急的呀！那麼多錢，一下子弄不見了，他怎麼能不急？我知道他疼我。」

「從哪裡看出來他疼你？」

「嗯……他是一家之主，分錢分肉都是他經手。我們路頭拜了一尊『有應公』，就是以前被打死的佃戶，沒有後代，死後在當地顯靈作亂。後來百姓就幫他蓋了一間小廟。廟裡都是你外公去上供，把豬頭煮好了拿去拜。」

「然後咧？」

「然後拜完『有應公』，供品撤下來，他要分肉啊，就拿把菜刀，把豬頭放在菜砧上切。我那時年紀小，他切肉，我就在旁邊眼饞，覷著眼看。你外公切了幾刀，就把豬耳朵剁了細細長長的一條，掉在砧板上面。然後刀停下來，看也不看。」

「這是暗示嗎？」

「對呀！我一看那個情形，就伸手去摸那一條豬耳朵，仰頭看他的表情。他一句話不說，一直等到我把豬肉條抓下來，然後再兜兜兜地繼續切。」

「嘩！還有這一招！然後呢？」

「他是一家之主，處事要公平，我不能讓他難做人呀！我揣了那一條豬耳朵，趁沒人看見，就往後壁溝鑽去，找個沒人的地方，再掏出來把它吃了。小孩子能吃多少？那一條豬耳朵就飽嘤嘤（閩南語，吃撐了）了。」

因著那一條「豬耳朵」，外公的形象在我心裡開始有了溫度，覺得他不那麼冷酷無情了。

「還有呢？」

「有啊！就是他疼我，所以我不怕他。欸，你大舅多怕他，他要是在廳裡坐著，你大舅怎麼樣也不敢從前面的庭裡經過。從左邊的護龍到右邊，他寧可淋著雨繞三合院走一大圈，像老鼠見貓似的。」

我想到孔鯉「趨而過庭」的故事，忍不住覺得好笑。外公坐在那兒，大舅居然連「趨」也不敢。

「那你呢？」

「我不怕。他每次從田裡回來，累得渾身無力，拉了凳子在廳裡坐著。我『忽』地一下就爬上他的膝蓋，坐在他身上蹭，他也不趕我。」

聽到這裡，外公身上的溫度和味道似乎更濃了。

「這樣好像是有疼你耶！」

「有啊！怎麼沒有？他最疼的就是我！但是有一次他從田裡回來，實在是累壞了，坐在那裡累到蒼蠅蚊子都懶得揮，我又爬上他的膝蓋，他也不趕我，只躺在椅子上說：『唉！寵囝不孝，寵豬舉灶。』」

「他幹嘛罵你？」

「他累的呀！那田裡的工課多累啊，筋疲力盡，才想歇一會兒，我就坐在他身上，讓他不得歇睏。我那時候什麼也不懂，怎麼知道大人要歇睏？但是聽到他這麼一說，我嚇得趕緊爬下來，從此沒有再爬上去過。」

聽到這裡，卻有許多說不出的滋味，在心裡來回鼓盪，一陣一陣。

「我十五歲開始，到松山菸廠上班，他都一路護送，不讓我自己走。那時候下班會經過陸軍倉庫，那裡的中國兵仔看到查某囡仔，有的會去調戲呀！所以他一定天天送。一直到後來，你二舅、三舅長大了，出門就讓他們接著護送，也不讓我自己走。」

我想像外公愛女兒的心情，聽到這裡，居然有點鼻酸。那是一個鋼鐵般的漢子，練了一身的橫練功夫，性格剛烈，但不善辭令，他一輩子不會說一句柔軟的話，連對妻子、對兒子也一樣。

他從來不跟外婆一起出門。那個年代的男人，如果帶個婆娘出門，似乎就顯得有點婆婆媽媽，不像個男子漢。

他出門不是朋友，就是兄弟，在家不是拳腳棍棒，就是鋤頭田犁。能在他身上爬上爬下的，只有媽媽，那確實是他最鍾愛的女兒。大舅是他的長子，但他從不跟兒子閒話家常，父子倆一句話也沒有。

大舅去當兵的時候，外公卻想著他，要去看他。他出門不帶外婆，便找了媽媽：「菊仔，去看你大兄。」

媽媽一聽就明白了，他想兒子，要她陪著去。她立刻著手準備東西，帶著父親出門。

去了營房，父子倆對面而坐，卻無話可說。從頭到尾，都是媽媽在跟大舅說話，父子倆一句也沒有交談。但外公見到兒子，已經心滿意足，他並沒有要說什麼話，這已經夠了。

我從來沒有見過外公，都在媽媽的故事裡想念他。每次聽媽媽講起他，就重新想念一次。

我聽著聽著，漸漸發現，外公在媽媽的心裡，像天神一樣，崇高偉岸無比。即使有著各種各樣的缺點，從媽媽的口裡出來，也全部成了溫暖的想念，濃郁的情味。

愛與智慧

▲ 父親與母親婚紗照

外公是個嚴厲的人，平時沉默寡言，言出必行，在家裡有極大的威權，對於兒女的婚事，自然更不用說，一定是完全作主。媽媽的婚姻，就是由外公一手主導的。

媽媽年輕時，長得清秀明麗，內斂穩重，是許多人心儀的理想對象。有一位陸軍上校，對媽媽非常傾心，展開積極的追求。但很快就被外公輕易地否決了。理由很簡單：「外省人，不考慮。」

外公看中的是爸爸。爸爸那時年輕，用功、勤勞、上進，口才又好，他非常懂得維持形象，在外公面前，永遠把自己打理得乾乾淨淨，整整齊齊。我們從小看著爸爸，當然知道他的衛生習慣隨便，衣著一向邋遢，甚不講究，但年輕的他在外面可不是這樣。

由於阿嬤並不做家事，兒子們想要有乾淨整齊的衣服穿，得各憑本事。爸爸收入不多，但為了維持形象，每天穿的衣服，都定期送到洗衣店洗好燙平，他每次出現在外公面前，永遠都是體面整齊，溫文有禮，讓人印象極佳。他知道關鍵人物在外公，追媽媽時，在外公身上下足了水磨功夫，對他伺候得無微不至，總是讓他滿心歡喜。在外公的心目中，爸爸很快地成了女婿的不二人選。

外公其實從來不知道爸爸家裡的實情，也沒有認真做過任何考察，但他主事已久，威權極大，沒有人敢懷疑他的判斷。他做的決定，家人不但不能反抗、不敢反抗，也絕對不敢懷疑，不敢發表意見。一樁讓媽媽幾度尋短的婚姻，就這樣締結了。

媽媽的嫁妝，是自己備辦的。她十四歲開始賺錢，由於天性勤奮，刻苦耐勞，加上做事務實，效率極高，婚前就存了一筆可觀的數目。外公說，那錢你留著，給自己辦嫁妝，婚後日子可以過好一些。於是，婚禮當天，嫁妝浩浩蕩蕩，擺出了十八個木盛盒，琳瑯滿目，來賓無不欣羨，真是風光到了極處。

但結婚當天晚上，嫁妝盒裡所有的現金首飾，就全部消失了，一毫不剩。

她詫異極了，開口一問，得到的居然是惡狠狠的回答：「跟人家借的錢，不用還嗎？」原來，這場婚禮所有的道具、花費，全是借來的。這些欠款，全算在媽媽頭上，她辛苦賺來的血汗錢，一夕消失，而且沒收得「理直氣壯」。

這個家並不是一開始就這麼窮的。林家的祖上曾經擁有「五甲山、六甲田」，是洲尾的第二鉅富，曾祖父在那樣的環境裡，還曾經負笈南下，學習道術多年，家中十個兄弟，在那樣的家境造就下，藝業均有所成。但曾祖父早逝，祖父十六歲就失去了父親，只靠打零工過活，祖母不善營生，又添了五男五女，生寡食眾，家中經濟很快就陷入社會底層。偏偏祖父母對年幼的五叔又極其寵溺，簡直到了荒誕的地步。每遇祖產分割，便將所得銀錢全數交予五叔，任其揮霍淨盡。於是數十年如一日，家中一直一貧如洗。窮困的程度，遠遠超過媽媽的想像。在那個不可想像的大家庭裡，她伺候兩位公婆，九位叔姑，做盡無數的家務，同時承受著幾乎日日不斷的語言暴力。

她煮了一桌的菜，那些年輕的叔姑們如狼似虎，一下便即搶光，她自己的孩子吃不了幾口，要動筷子夾肉時還會被叔叔喝止：「囡仔人（閩南語，小孩子）食什麼肉？喝湯就好！」

哥哥們手上若得了幾毛錢，一轉身到僻靜處，叔叔便即威嚇交出，若不交出，「以後不用叫阿叔！」過年時，好不容易得了一點壓歲錢，媽媽擔心遺失，要求孩子們交出，她代為保管。阿嬤立刻破口大罵：「騙痟仔（瘋子）是不是？未見笑（閩南語，不要臉），拿囡仔的紅包錢！」

媽媽無奈，只好將壓歲錢全部還給小孩。那些錢通通囤聚一處以後，在某一天不翼而飛。

媽媽在家裡怎麼問，都沒有人承認。她怒到極處，於是站在房裡咬牙切齒地賭咒：「我今天就到大眾爺那裡下願，誰拿了我兒子的錢不承認，若不予伊起痟（閩南語，發瘋），咱再試看覓！」

〔案〕大眾爺，又稱大將爺、千眾爺，主要是奉祀無主的孤魂枯骨，與有應公屬同一性質。民間認為祂是陰間的長官，相當於鬼中的頭目，具有支配其他鬼魂、守護地方的神力，常被喻為「陰間的警察局」，和城隍爺同樣是掌理陰間司法的官員。地方上若有善惡難辨、曲直難分的案件或地方官吏遇到竊盜嫌犯或難辨的案子時，都會帶著犯人到大眾爺面前發誓，以便決定案情的是非曲直，找出真正的犯人。

隔壁房裡的阿嬤聽見，對鬼神之事，畢竟害怕，只好推了推身邊的五叔。五叔於是跑到媽媽的房門口，面無表情地說：「嫂子，錢是我拿的，花光了。」說完，一溜煙跑了。

她因長年受到各種折磨，精神壓力過大，瘦到前所未有的四十公斤，瘦削陰鬱，久無歡容。有一次她覺得實在無法承受下去，往無人所在的竹林深處鑽去，鑽到人跡較少的基隆河岸，橫了心，走下去。

她身後突然一陣急促的腳步聲，一聲雷也似的暴喝：「你欲創啥？」接著後領被一把揪住，有個人把她從河岸硬生生扯了回來。

那個出手的人，是爸爸。

爸爸和媽媽之間的愛情，無庸置疑。

我大學的時候，有一天下午要去找媽媽，推開父母的房門，卻見媽媽一陣手忙腳亂，把一疊紙張收進抽屜。我問媽媽那是什麼，媽媽說：「沒什麼，我去煮飯。」我抬頭看她臉上，居然有一種羞澀無比的神情，前所未見。我大為吃驚，心知其中必有緣故。沒有多久，按捺不住排山倒海的好奇心，我大著膽子拉開了那個抽屜。一看，居然是爸爸寫給媽媽的六封情書。

那些書信裡，有時稱媽媽為「知音」，有時稱「我的心上」，文字恭謹誠懇，又熱切無比，充分說明了他的極度傾心。他自言「粗俗平庸、粗魯冒昧」，能得垂青，「感激雀躍」，「這還是在做夢的」。我初看之時，頗疑爸爸是一廂單戀，再一細看，信中提到媽媽為他織了領巾、腳踏車座，讓他「長銘肺腑，不知何日可報」。我想像那六十年前純潔美好的愛情，覺得心神震盪，久久難以自已。

在我成長的過程裡，雖也見過父母親的許多爭吵，但多數的時候，我進到他們的房間，總能聽見他們在那兒絮絮叨叨的閒話家常，像是有說不完的話。我知道許多夫妻婚後無話可說，但爸媽完全沒有這個問題。

爸爸把媽媽從鬼門關口拉了回來，但面對這樣的情況，他也沒有能力解決。他堅信傳統，父母如天如地，絕不敢有絲毫忤逆。大家庭貧困如洗，成分複雜，他也無力改變。

我童年時期對母親的印象，經常是臉上乾枯暗沉，表情嚴肅愁苦，令人生畏。一直到阿嬤在八十三歲那一年故去，母親臉上的表情模樣，才開始豐富起來，並且身材明顯地胖了。可以想見，這個大家庭對她的壓迫到了什麼地步。

剛結婚的時候，她不敢把實情說給娘家聽，久了以後，外公還是知道了。但知道又能如何？那時的婚姻，一結就是一輩子，再苦也得撐下去。所有的後悔，都只能往肚子裡吞。

我聽媽媽講起這些事情，都要半開玩笑地對媽媽說：「欸，阿母，你受這麼多苦，都是因為最愛你的外公，是他一手毀了你的人生啊！」

媽媽只能苦笑，那是他最敬愛的父親，她能說什麼呢？

外公當然絕不是不疼媽媽，相反地，他最疼的就是媽媽。他平日坐在家裡的廳堂上，威重如山，大舅詹崙對父親畏之如虎，連廳堂前面的空地都不敢過去。但媽媽則不然，她是外公最鍾愛的長女，對他毫不畏懼。外公坐在廳堂休息時，只有她敢一骨碌爬上父親的膝蓋，鑽進他的懷裡玩耍。

這個她畢生最敬愛的父親，一手主導了她的婚姻，他沒有想到，他會把自己最愛的女兒推進了活地獄，讓她嫁入了一文不名的貧戶，受盡公婆無窮的虐待，在死亡邊緣掙扎著活過來。

聽媽媽講起這些故事，我總是會不由自主地想起媽媽「錯過」的那位陸軍上校。在媽媽的敘述裡，他面貌英俊，斯文有禮，身分地位和知識水平都高。我沒有見過他，要想像他的模樣，我總會想到我的岳父。

岳父也是外省人，來自河北三河。他的官階稍微低一點，是上尉退伍。他對妻子體貼包容，呵護無微不至。岳母生平只上了兩天班，覺得太辛苦，他就讓妻子回家休息，從此不再上班。而他自己退伍之後，又拚命工作、加班，以維持家庭的收支平衡，直到七十歲才退休，一輩子都在全心照顧這個家庭。

很多人說，外省人比較疼老婆。這當然不會是百分之百，我也看過許多反例，但見到岳父之後，總覺得這說法多少有跡可循。對於那位陸軍上校的想像，除了媽媽的隻言片語，我只能在岳父身上尋找著類似的痕跡，然後傻里傻氣地想像一樁可能錯過的美好姻緣，為母親抱著莫名其妙的不平。

媽媽和妻聽著我胡說八道，都哈哈大笑，覺得我神經兮兮，簡直荒唐。大哥則罵我：「就是嫁給爸爸，才會生出你啊，不然這個世上怎麼會有你？」

我不以為然，執拗地想著：「沒有我有什麼關係？如果是為了這個世界上有我，我才不要，讓媽媽受這麼多的苦作甚？」

其實，我知道歷史不容假設，生命的因緣千絲萬縷，也絕不是這種事後的簡單想像就能解釋。也許，錯過的東西總是美麗些，河對岸的風景，總覺得比較好看。但無論如何，父親生長的家庭環境，我們都經歷見識了。媽媽如果嫁給那位上校，至少不用承受那大家庭長期的精神虐待，以致瘦如枯骨，承受著那麼長期的陰鬱苦痛。

最弔詭的是，這一樁痛苦的婚姻，來自一個不容置疑的決定，來自一個她生命中最愛的親人，她的父親。他英明強勢，所做的決定，不容置疑。面對這樣的事情，我總是滿心糾結，不知怎麼看待才好。人間的愛恨得失，有時真讓人啼笑皆非，無言以對。

至親的摯愛，讓我們刻骨銘心，終身不忘，這毫無疑問。但除了愛以外，我們也許還需要一點智慧，穿透各種人世的迷障，讓愛都落在實處，透入生活的安頓裡，那份力量才能綿密久長。

角頭

大舅是外公的長子，單名一個「崙」字。雖以父子之親，他和外公的個性，卻似乎是天壤之別。

他不愛念書，喜歡調皮搗蛋、捉弄別人，但聰明活潑，筆下寫得一手好字。照毓老師的說法，不經書法學習而能將字寫得漂亮的，沒有一個不是極聰明的人物。

但聰明需要循循善誘，否則做正事未必有成，做起壞事卻很驚人。由於外婆極度的溺愛，他長大越發任性，最後成了地方的角頭老大。說起「詹仔崙」，地方上的黑道沒有不買帳的。

▲大舅詹崙（右一）與軍中同僚

像外公那樣一個嚴肅剛正已極的人，卻出了一個混黑道的兒子，這彷彿是上天開的玩笑。用媽媽的說法，這叫做「嚴官府出厚賊」，管教越嚴，越得反效果。

大舅當了角頭老大，交遊廣闊，成家以後，屋裡養了一堆打手。但據媽媽的描述，他平日話並不多，從不疾言厲色，外表看起來溫和斯文，和外公完全相反。媽媽說，她一生從來沒見過大舅跟任何人動粗。如果不說，沒人知道他是角頭老大。

直到家裡出現了一場特殊事件，媽媽才意識到角頭老大是怎麼回事。

外公的父親（我得叫外曾祖父）叫作詹福元，也是做田的人，年紀已老，但身體很健康，是極勤懇樸實的鄉下人，每天都挑了菜到街上賣，日日不斷。

有一天他出門賣菜，遇到了幾個輕薄子弟，看他年邁好欺負，在街上攔住了老人家，將他賣的青菜踢得散碎滿地，折磨一番取樂。他被戲耍得滿腹委屈，筋疲力盡而返。

回家時，他往客廳的凳子裡一坐，唉聲嘆氣，一邊呻吟、一邊怨嘆，說我年紀這麼老了，賣一點菜，少年人怎麼這樣欺負我。

大舅在餐桌上吃飯，一聲不吭，表情木然，充耳不聞，只是一個勁兒地扒飯。

原來，大舅做事一向是鴨子划水，不見形跡。他手下的情報網效率驚人，沒有多久，就查出了事情的原委，下手的是住在「沈厝」的年輕人。

從當天晚上開始，沈厝每到夜晚，屋頂就站滿了人，揭瓦飛磚，又踹又砸，鬧得天搖地動。全屋的人都嚇得心膽俱裂，沒有人敢就寢，經過一夜折騰，天亮後才紛紛散去。

到了夜晚，又是飛磚砸瓦，地動天搖，折騰一整夜。全家人又嚇得徹夜無眠，連續多日，家人都已無法承受，瀕臨精神崩潰。

沈厝的媳婦，是松山菸廠裡的捲菸工，和媽媽是同事，甚至曾經同在一台機器共事，頗有交情。她每夜被折騰得心力交瘁，知道媽媽的大哥「詹仔崙」是地方角頭，便來央求媽媽。她其實拿不準是誰下的手，但地方上有任何衝突火拼，都是找角頭老大出面排解，大舅正是當地最大尾的角頭，不論是誰下的手，求他都不會有錯。媽媽是角頭的親妹妹，自然要走她的門路。沈家媳婦動之以情，向媽媽委婉央求，希望她說動大舅，出面「排解」。

媽媽和大舅雖有兄妹之親，但媽媽安分守己，性格內斂乖巧，和大舅完全是兩個極端，實在聊不來。她從不過問大舅做些什麼，也壓根兒不知道發生了什麼事，但同事既來央求，便也勉強一試。

晚飯桌上，媽媽把事情說了：「沈厝這事不知是誰做的，菸廠同事在問，不知你能不能幫忙排解。」

大舅只淡淡地回了一句：「凌遲（閩南語，意為戲耍、欺負）阿公什麼意思？」

媽媽一聽，心下雪亮。前後幾件事兜起來，洞若觀火，這事必是大舅的首尾。媽媽心高氣傲，素來不求別人什麼事，包括大舅在內。於是她不再說話，便低頭繼續吃飯。

但當天晚上，沈厝就恢復了安寧。沈家的人千恩萬謝，擺了十桌酒，要答謝「恩人」大舅。

我說：「阿母，怎麼沒請你去，你是黑道的『仲介』耶！你的功勞最大。」

「我才不去，什麼功勞，我才不要跟那些流氓有什麼交插（閩南語，意為關涉、關連），共我沒有關係。」我聽了哈哈大笑。

媽媽不願和黑道有任何接觸，大舅的世界對她來說是一個遙遠的、不可理解的黑洞，她也毫無興趣。

事實上，詹氏家族數代以來，一直積德行善，家族成員從來都是老實單純到了極處。除了大房的土仔遊手好閒，其他全都是勤懇善良的農民。大舅在詹家簡直是個異數、突變，像是老天爺開的玩笑。這讓外公恨得牙癢癢，卻又無可奈何。

媽媽嫁到林家以後，受盡身體和精神的雙重虐待，宛如煉獄，但從來沒想過要找大舅出面。她的心裡根深柢固，古人說：「屈死不告官，窮死不做賊。」所有的痛苦她都忍下來，像是要成為外公心目中最完美的孩子，最善良的好人，長輩再怎麼虐待，只能逆來順受，流氓黑道再厲害，都跟她無關。

事實上，桃李不言，下自成蹊，這個大家庭對待媽媽雖然不善，只要想到大舅和媽媽的關係，多少還是有點顧忌。

像二嬸家裡沒有背景，嫁進來的時候，所受的遠遠不只言語暴力，她經常被動手霸凌。她站在門口，五叔覷個冷不防，會突然奮力出手，把她推到門外去，讓她跌成仰八叉，滿頭滿臉全是土。

二嬸跑去找阿嬤評理，阿嬤卻回答她：「你敢講我的囝？天公伯仔讓恁囝（閩南語，你的兒子）將來比伊還要慘！」聽了這樣的「詛咒」，二嬸怒到極處，卻無可奈何。

五叔沒有事的時候，時常拿了亮晃晃的刀在家裡到處亂轉，轉到媽媽的房門口，便道：「嫂子，這把刀配你們家五個。」等我出生，又說：「這把刀配你們家六個。」

但他除了無聊的恐嚇，從來不敢碰媽媽一根手指頭。媽媽在屋裡做事，向來充耳不聞，不予理會。

大哥在那樣惡劣的環境中長大，自然長出了一種天生的機靈。有一次不知發生了什麼事，他在大家庭裡受足了委屈，怎麼都說不清，他一溜煙下了凳子，大喊：「我來去共阮大舅講！」說完轉身就跑。

阿嬤當場嚇得魂飛魄散，瘋了似地追出去，說了一車子的好話，才把大哥留下來。

而媽媽只是坐在那裡，一言不發。

我聽著媽媽的故事，時常有許多感觸和啟發，一年一年，在心裡反覆咀嚼，咀嚼著媽媽的生命故事，理解著自己生命的源頭。

高一那一年，有一次和爸媽一起去外婆家玩。爸媽走在我的後頭，爸爸驚奇地拉著媽媽，指著我走路的背影說：「你看，是不是跟阿丈仔一模一樣？」「阿丈仔」就是外公詹南山，在媽媽家裡，都是這樣稱呼父親。我沒有見過外公，不知自己和他究竟有多少相似之處。也許我性格裡嚴剛暴烈的部分，除了林家的血脈以外，多少也有來自外公的遺傳。

但生命是極其複雜的，無法純粹地複製，媽媽的守分刻苦，理應來自外公的教養，但大舅的大膽剽悍，或許也來自外公的血液。或許他展開了外公的另一個潛在的面向，只是裡面有些部分，正是媽媽深惡痛絕，避之唯恐不及的。

她看到我性格衝動，老在外頭與人衝突、把人打傷時，既擔心憂慮，又厭斥已極。很多年裡，她一直害怕我進了黑道，我成了她最大的心病。幸好我終於找到方法，去安頓自己的生命，讓生命裡所有左衝右突、奔流鼓盪的原始力量，找到方式去安放調節，才長成今天的樣子。

她漸漸老了，似乎不記得這些故事她已經說了無數遍。每次開車旅行，在路上聊天，她總是把那些古老的故事一遍又一遍地講給我聽。我一邊開車，一邊附和，同時追問著各種故事的細節。

我決定把媽媽的故事慢慢都記下來，不只是因為它精采，不只是因為她很會說故事，更重要的是，那是媽媽的故事。媽媽的故事，就是我的故事。我血液裡的故事。

▲ 小學時的運動會，母親招手要我過去

母子

買了幾顆好吃的洋香瓜回去，給媽媽吃。順便帶小寶回去，跟媽媽一起玩。媽媽始終笑瞇瞇地，溫柔的眼神投在小寶身上，像一片暖融融的陽光，愛憐橫溢。

小寶的好動和調皮，破壞力十足，總是讓大人費足了勁照顧，絲毫不敢輕忽。可這些在媽媽的眼裡，無一不是優點，每一項都能包容。

「他實在太好動了。」我總是皺著眉說。

「好動才好。」她的眼睛裡都是溫柔

慈藹的光采，一直沒離開小寶。

「他的個性實在太急了。」我抱怨。

「呵呵呵，像我。」她笑瞇瞇地，非常開心。

「脾氣很壞。」我語氣篤定，這肯定是缺點了。

「個性是天生自然的啦！」她完全無所謂的樣子。

「可是，他實在太調皮了，被他嚇出心臟病來。」我嘆了一口氣。

「調皮才好啊！不然你要他戇戇的（閩南語，傻傻的）喔？」媽媽理所當然地說。

妻說，像媽媽這樣嚴肅認真、一絲不苟的人，會說「調皮才好」這樣的話，實在很難想像。

媽媽確實是個極較真的人，不管做什麼事情，都是高要求、高標準，一輩子規行矩步，總是謹守分寸、嚴格自持，她的慾望很少，但做事的表現總是做到最優。

我的隨興起伏，狂放倨傲，和媽媽的性格顯然有很大的不同，但我的性情急切積極，做事態度一意求好，則和她如出一轍，生命裡處處都有她的影子。

家庭教養對人們的影響很大，媽媽的性格和外公、外婆的教養關係密切。

外公是個不苟言笑的人，嚴肅剛正，言不輕發，活得像個鋼鐵人，即使媽媽是他最疼愛的女兒，也從來不跟她輕鬆說笑。

外婆則是極嚴厲的母親，對女兒凡事要求，近乎苛刻。她教媽媽縫紉時，只要針腳略疏，女紅略有一丁點不合標準，便立即翻過手掌，將手指關節重重敲在媽媽腦門上，讓媽媽劇痛入骨。

所以媽媽從小養成習慣，做事情向來全力以赴，從不掉以輕心。她手底完成的事情，從來不需擔心品質。也許因為如此，媽媽總是嚴格要求自己，面對所有生活的挑戰，一直逆來順受，拼了命地做到最好。嫁到婆家，受盡了公婆的虐待，她從來沒有一句惡言相向，永遠都咬著牙拼了命把事情做好，希望掙來更好的日子。

我有時候覺得，媽媽的嚴肅較真後面，也有一塊地方是很浪漫的，只是不容易看見。

她還沒出嫁之前，家裡農忙時得跟著下地幫忙，把那些收割後殘留的稻穀頭全都踩進土裡。忙活完了，她就躲在田邊的角落裡，拿著歌唱本兒不斷地唱，一唱就是幾個小時。

那些美好的浪漫情懷，長大後在現實的折磨中消失殆盡。但偶爾還會在不經意間，從生活的空隙裡冒出來。譬如，她還是總愛唱歌，和我這個愛唱歌的么兒一起唱。

我學齡前唱的歌，每一首都是坐在她懷裡學的。進學校以前，我就學了好幾首，我學的第一首日文歌，是「骨まで愛して」（中譯是「愛你入骨」），然後才是「ももたろうさん」（中譯是「桃太郎」）。第一首中文歌，則是尤雅的「往事只能回味」，至今記憶猶新。上學以後，除了學校教的歌，我也和媽媽一起唱黃梅調，從「江山美人」到「梁山伯與祝英台」，唱到每一首都倒背如流。

這些快樂的時光，其實很短暫，在我進入青春期以後就全部消失了。

媽媽雖脫離了洲尾大家庭的公婆虐待，卻迎來了四個男孩的經濟負擔和升學壓力。我的性格天生敏銳易感，又十分鮮明強烈，在長大的過程中自主意識越來越強，和三個哥哥的衝突也越來越大。在媽媽的觀念裡，「長幼有序」乃是天經地義，我和哥哥有衝突，一定是我不對，所以她從來不為我「做主」。哥哥們和我不大投緣，對我這個么弟向來不喜，我們的矛盾日趨激化，衝突日積月累，得不到化解和安頓，累積出許多怨恨。

在媽媽的心目中，這當然是這個叛逆幼子的錯。我的心裡則覺得媽媽總是偏心，反正她不疼我，說什麼也沒用。母子之間逐漸拉出無可跨越的鴻溝，時常數月不說一句話。

我一直要到年紀很大之後，才逐漸明白媽媽的心境。

我和三個哥哥，分屬兩種不同的世界。哥哥們都在洲尾成長，我四歲半就離開洲尾，遷入臺北市的東區，我們的際遇天差地別，對媽媽來說，我已經得到了過多的福分，實在無需特別照顧。

洲尾是一個極特別的地方，常人難以想像。先祖盛極一時的威風已經消褪，曾祖早逝，到了祖父這一代，家道中落，近乎貧無立錐，那裡沒有什麼兄友弟恭，只有生存的肉搏。叔叔們打起架來，拿著喝過的酒瓶互摔，那些裂片四射，宛如戰場，卻視為常事。

大哥在這個大家庭裡第一個出生，首當其衝。他生在極困苦的環境裡，貧病交迫，時常病到奄奄一息，白眼頻翻，數度瀕於死亡。長輩見狀，也向來並不憐惜。哥哥們在這樣極不友善的環境裡生長，媽媽對他們時常懷著一份難以言喻的虧欠。

洲尾的舊厝結構簡陋，毫無採光可言，只有客廳照到陽光，越到屋裡越黑暗，到了最後面的廁所，則近乎鬼屋，恐怖非常。大哥鼓起勇氣如廁時，往往忐忑不安，叔叔則在此時扮鬼潛入，突然作聲恫嚇，讓大哥光著屁股、屁滾尿流、嚎啕大哭地逃出廁所，衝到屋外。而叔叔引為笑樂。

這些細節瑣事，往往是叔叔們生活中最大的樂趣，卻是媽媽心頭最深沉最幽微的苦痛。

二哥小時候沒有抽到托兒所的名額，阿嬤為了「保母費」，爭取了照顧他的機會。但她向來不著家，為了省事和安全，每天總是剝光了二哥的褲子，綁在屋裡，任他爬出一身屎尿，臭不可聞。

等二哥再大一點，不用綁了，便只是把他放在屋裡，照常出門。二哥不像大哥機靈，玩耍的花樣不多，每天總是鑽進垃圾堆裡到處翻檢，找尋寶物。等媽媽下班時，隔壁的葉仔嬸遠遠瞧見媽媽的身影，總會轉過來衝著屋裡大喊：「詔仔，你老母回來了！」二哥一聽見，便瘋狂地拔腿急奔，一路衝進媽媽的懷裡，同時把一身的污泥穢物滾進媽媽的衣衫。

媽媽心痛衣服弄髒了，卻捨不得把他推開，因為她更心痛自己的孩子沒有人照顧。

三哥出生時，大哥二哥年歲漸長，家裡的境況稍好一些，但三哥卻有個要命的罩門，就是學習成績低落。三哥從入學起，成績就不見起色，尤其是堂哥偉賢和三哥同年，成績卻十分優異，三哥低落的學習成績被充分襯托出來，讓爸爸完全抬不起頭。對於向來重視成績，深信「萬般皆下品，唯有讀書高」的爸爸來說，簡直是奇恥大辱。

小學生的成績，一般的孩子都能拿到八九十分，但三哥的成績與其他人落差很大。有一次，見了成績單上許多紅字，父親憤怒已極，那天他喝得爛醉，酒意上湧，控制不住，竟用繩子捆起了三哥，將他扛在背上，準備丟下基隆河。他們將到河邊時，被隔壁的葉仔嬸看見，急忙追上來攔住，此事方才作罷。經此事後，媽媽對三哥心疼更甚，對他的憐惜因此無微不至。

我和三個哥哥完全不同，完全是活在兩個世界。

在我上幼稚園之前，一家六口就搬到了臺北市的東區，脫離了洲尾的大家庭，擺脫了媽媽此生最大的夢魘。從我懂事開始，其實就遠離了叔叔們的糾纏和欺辱，對媽媽來說，我是唯一沒有受過苦的孩子，已經過得太幸福，不需特別照顧。

我的學習環境不同，學習成果當然也不同，從小就名列前茅，得獎不斷。爸爸性好文藝，喜歡吟詩題辭，我的作文一直都是老師誦讀的範文，參加語文競賽總是拿下全臺北市前幾名，完全是爸爸最想要的樣子。他深深以我為榮，在親朋好友間提起，簡直是他唯一滿意的兒子。

我長大以後，在洲尾遇到九房的堂叔欽祺，聊起許多舊事。他說，他爸爸宗添有一次和我爸爸聊天，因見大哥天生膽大剽悍，頗為欣賞，極力誇讚：「你那個阿坤不錯，生得很『將才』！」

爸爸卻不以為然地搖搖頭：「他不行。阮那個細漢的（閩南語，老么），才是真正的人才，你看他多清秀！」

爸爸這些毫不諱飾的表現，對媽媽來說，完全無法認同，在她眼裡，那是絕無疑義的偏袒。她覺得這個么兒已經得到太多，從小就在東區這種高級地段長大，和一群明星學校的孩子生活在一起，既不曾遭遇洲尾叔叔們的折磨，加上爸爸又明顯特別鍾愛，近乎偏私。因此，媽媽像是要補償什麼似的，特別疼愛前面的幾個哥哥。對於我這個已經享受太多福份的孩子，自然而然地少了關注。

而我偏偏又非常難帶，讓她嚐盡了苦頭。

我天生的極度敏感，從出生起，入夜便不斷啼哭，一哭好幾個小時。媽媽下班後疲累已極，往往沒有力氣抱起來哄，在我徹夜的啼哭中倦極入眠，又在極度睏倦的清晨中起來工作忙活。

她回憶起我的童年時，翻來覆去只記得一件事：「你就是愛哭，不知道怎麼回事，動不動就哭，就是愛哭。」我像是來增添她苦難的小惡魔，總是哭泣不止，給她增添了無盡的煩惱。

等我稍微懂事以後，和哥哥們的氣質、性格全不相類，明顯的格格不入，不斷地發生衝突。爸爸媽媽在家都是排行老大，對於「長幼有序」視為天經地義，我和哥哥們的衝突只能證明做弟弟的極度叛逆和頑劣。爸爸對我感到頭疼，媽媽則覺得這是一個「逆子」，讓她傷心透頂。

我們兄弟的衝突，常在爸媽不在場時發生，譬如「浴室」。我天生喜歡唱歌，在洗澡的時候總是引吭高歌，渾然忘我。有一次，我正唱得興起的時候，浴室的門被打開，哥哥衝進來，搧了我兩個大耳光，怒吼：「我叫你閉嘴，你沒聽見嗎？」

我確實沒有聽見，但無法抗辯。我撫著熱辣辣的臉頰去告狀時，父母下班已極度疲累，無力處理，只叫我以後要聽哥哥的話，不要惹事。

除了浴室，我最恐懼的地方，是家裡的餐桌。因為所有能「教訓」我的人，都會集中到這裡來。餐桌上說話有不投機處，我時常會遭受一些不曾自覺的言語暴力，譬如「笨蛋」「混蛋」之類。我天生傲骨，不能受辱，自然反唇相譏，結果總是一頓暴打。

我在成績上的優異表現，其實沒有辦法解決任何家庭問題，一直要到考入建中，我加入了空手道社，情況才得以改變。當哥哥們用過去的習慣對我時，打鬥的結果已經完全相反。

我覺得自己終於用拳頭掙來了遲到的自尊，但媽媽的看法完全相反。在她看來，這個逆子已經學壞了，每天練拳想著打架，早晚進入黑道。既不孝也不悌，和其他孝順兒子天差地別，簡直是個冤孽。我成了她心底最擔憂的疙瘩。

在高中階段的那幾年，我和媽媽說過的話寥寥可數，母子之間冷淡已極，確實無話可說，近乎陌路。大一那一年，有一次我到同學家玩，玩得非常開心，我決定住下來繼續玩。同學問我：「那你要不要跟家裡說一聲？」我嗤之以鼻，回答他：「不用，沒人在乎，我死在外頭，也不會有人知道的。」同學不敢再多說，於是我留下來過夜，直到第二天早晨才回家。

那天早晨進家門時，看到媽媽腫著眼睛坐在客廳裡，看起來是在等我。

「去哪裡了？」

「同學家。」

「不回來為什麼不說？」

「……。」我沒有回答。

我很想說：「說了要幹嘛？有人在乎嗎？」但還是忍住了。

出乎意料地，媽媽沒有激烈的責備。我走進房間時，心裡充滿著疑惑：「她整夜在等我嗎？為什麼要等我？她又不理我，等我幹嘛？」

但從那一天起，我隱隱有點感覺，媽媽似乎還是愛我的，儘管我心裡還是不大確定。

大學畢業那一年，家裡發生了巨變，我終於在那一場巨變的餘波裡離家。那一年的冬天，媽媽想到我一個人孤身在外，身上沒有錢，肯定買不起棉被，打了電話，要我回去拿棉被。

我猶豫了很久，最後答應了。去拿棉被的那一天，她陪著我抱著棉被下樓，看著我把棉被綁在機車上，默默地一言不發。我綁好棉被抬起頭來，才發現她的臉上全是淚水，沒有停。

那是我第二次意識到，媽媽似乎是愛我的，而且比我想像的要更愛一些。在那之後，我和媽媽的關係就徹底改變了。我不斷想辦法重新建構我們的關係，直到完全改善。

我長到很大很大以後，時常抱著媽媽問：「阿母，你為什麼都不疼我？」

媽媽總是笑著說：「要怎樣疼？拿根竹叉子來打你，就疼了。」

我經常反覆問一樣的問題：「欸，阿母，我是妳的囝！是阿奇耶，你為什麼都不疼我？」

「要怎樣疼？你好好的又沒怎樣，要怎樣疼？你那些哥哥才可憐……」

於是她一如既往地，又開始重述當年哥哥們被「虐待」的往事，每次說，每次心疼，像是對他們虧欠無已。

我急忙抗辯：「我比較可憐耶！我長年一個人看家，一整天都沒有人跟我玩，只有隔壁李媽媽恐嚇我『再哭就叫警察』。我整天都在哭……是我比較可憐耶！」

「那是你愛哭！有什麼可憐？又沒有叔叔虐待，好好地在家裡待著有什麼可憐……你看你大哥……還有你二哥三哥……」

這些年來，這樣的話題總是重複，母子似乎不厭其煩，簡直樂在其中。漸漸地，我才終於明白，那些年的那些事、那些心情，是怎麼形成的。要經過很多年以後，我把讀過的那些書都慢慢消化了，我才漸漸悟出來，媽媽已經盡了她全部的力量，毫無保留地在疼愛她的每個孩子。只是我這個孩子，實在太難照顧了，在那樣的時間點投生到這個苦難深重的家裡，給了媽媽一場又一場艱難的挑戰，讓她折磨得死去活來，心力交瘁。

有一次我又一如往常，抱著她問：「欸，阿母，你為什麼要把我生出來？」

她照慣例，一向都是笑瞇瞇地說：「把你生出來有孝（孝順）啊！」

但有一天她卻換了答案，長歎了一口氣：「把你生出來……把你生出來……我無閒熾熾，你還來隨我出世……」

我那天隱隱然若有所悟。我在她無閒熾熾的苦難年代隨她而來，在憂患深重的時候，給她添加了無窮的煩惱和痛苦。面對我這樣的孩子，她沒辦法從容，就有再多的愛，也表現不出來。

她今年八十三歲了，我抱著她老邁的身軀時，能感覺到她全身的肌肉都已完全鬆弛，已經明顯有了衰老的樣態，和過去我心裡強悍鮮明的形象天差地遠。歲月將媽媽折磨得脫了形，一層又一層。她一輩子刻苦已極，其實從來沒有為自己圖點什麼，拼了命地活著，活出來的好東西全給了兒子。

然而，不管她需要什麼，幾乎都不跟兒子開口，總是怕給兒子添麻煩、增加負擔。我們從她那裡得到的太多，而能夠給她的微乎其微。她拼了命地想要讓兒子覺得公平，卻似乎怎麼做也公平不了。她只好繼續給出，不斷地付出更多。

她那些年輕時終日歌唱的浪漫情懷，已經隨著日漸喑啞的歌聲悄悄埋藏，像是一場褪色的夢境，已經悄無蹤跡。每天待在家裡，她從來不看電視不追劇，不是打理東、整理西，就是去添購家裡的用品，除了每日佛堂的早晚課，就是等著幫兒子收信、接電話、處理雜務……。

只有在兒子們抽空來看時，享受那片刻的溫馨和親密，絮絮叨叨地回憶一下她那顛簸動盪的半生苦難，然後一陣微笑，一陣嘆息。只有小寶陽氣十足的模樣，帶給她無限的喜樂。

我忍不住問她：「阿母，你都看著他一直笑。生這個孫子，你很滿意嗎？」

「滿意啊，當然滿意。」她的眼睛，一直沒離開小寶的身上。小寶正認真地把她屋裡所有的東西搬來搬去，弄成一團亂七八糟。她的眼睛笑得瞇成了一條線，一派歡喜無盡的模樣。

我發現我們提回去的東西，無論多少，都輕飄飄的，抵不過她那些付出的重量。倒是帶著小寶回去，在她身邊好好地坐著躺著，聽她說話，感覺她的氣息，時不時地插著話回應她，還能給她帶來一波一波的喜樂，在屋裡瀰漫。

就這點歡喜，還像是做了什麼天大的事情似的，還能寫成文章，好像很孝順似的。原來，當兒子，比當媽媽簡單得太多了。真的，太容易了。

擇偶

▲ 父母的蜜月旅行於臺南赤崁樓合影

我年輕時在書院讀書，生命起了很大的變化。母親為了感念書院裡毓老師的教導，又聽說老師吃素，於是決定，每年三節按時做素菜，要我們送到老師家。

這一送就是二十幾年。老師說：「素菜館做的，沒有和尚廟做的好吃；和尚廟做的，沒有你母親做的好吃。我吃了你母親幾十年的菜，我得報這個恩。」

聽到「恩」字，我嚇壞了，連忙說：「這是我們報老師的恩，老師說哪裡話來。」老師擺了擺手，示意不討論這個問題，只說：「老人家晚年，要過上好日子，就得有個像樣的媳婦。你娶什麼樣的媳婦兒，很重要。」於是他介入這件事，最後主持這件事，把整件事定了。

老師並非對我獨厚，但凡跟他關係較親近的學生，他對「擇偶」這件事都會千叮萬囑。有一個學長叫作白培霖，和他非常親近，每一次找到對象，老師必要看過，但沒有一次「合格」。後來學長去了美國，終於找到對象，把婚結了。他開玩笑說：「還好後來去了美國，結了婚。要是老師幫我繼續把關，我可要一輩子打光棍了。」

玩笑歸玩笑，老人家對此事的慎重，使我大為開眼。事實上，一般人選擇對象，都是情感趨向為主，很少有人想這麼遠，這麼深沉。也許，老師的種種言行，都在我心裡埋下了根苗，我後來修家譜，每一段故事裡，處處看到的都是「擇偶」的重要性。家族的發展，興衰之機，無適於此。

民國四十六年，母親嫁入林家。那時她看見了父親過人的才華、勤奮和上進心，但並不知道這場婚姻會是何等嚴酷的考驗。結婚第一個月，為了表示對老人家的尊重，母親把薪水袋原封不動地呈給祖母發落。她天真地以為，祖母拿走大部分以後，一定會留一點意思還給自己。但祖母理所當然地拿走整個薪水袋，一毛不留。

為了攢下一點錢，第二個月開始，她決定先留一點生活費，其他的再奉呈給祖母。祖母心下恚怒，從此變本加厲地虐待她。她除了任勞任怨，咬牙苦撐，別無他法。但她同時也在累積能量，等待時機。

每天凌晨，她必須第一個起床，準備早飯，同時抽空叫醒家裡的九個弟妹。接下來，除了工廠裡驚人的工作量，在家就是不斷地煮飯、洗衣，處理全家的雜務，直到深夜，然後在極度的飢餓困倦和深沉委屈中入眠。

她在娘家時，家中米飯從不限量，蹲下來的時候，腿上的肉又厚又實，大家都說：「你看菊仔那個腿，共牛腿同款！」出嫁之後，她的體重一下子剩下四十三公斤，瘦削見骨。阿公看著她被折磨得枯瘦尖削的臉型，時常指指點點，告訴後輩：「頭尖尾橐（閩南語。橐音lok，中空、凹陷，指屁股扁平。即臉型較小而屁股不翹，福分較薄），這就是歹命神啦！這款的只能一世人歹命到死。」

一般人不明面相風鑑之學，只能人云亦云，事後諸葛。大家都說天庭飽滿、地閣圓潤，才是好相貌，媽媽臉頰枯瘦，下巴尖削，想當然耳，自然是「歹命神」了。但阿公從未想過，媽媽嫁過來時，臉一點也不尖。那張尖臉，其實是被虐待出來的。

有一位叔叔看到母親瘦骨嶙峋的模樣，大約也得到這種「事後相面術」的啟發，當著母親的面前說：「哼！我才不要共別人同款，清彩（隨便）娶娶咧！」

母親深感羞辱，但她性格端嚴穩重，不逞口舌之能，從不回應。公婆叔姑的語言霸凌，不忍盡載，總之，她全都忍了下來。那是她每天的日常。

沒有幾年，這個「才不要清彩娶娶」的叔叔，終於也結婚了。嬸嬸的鼻樑很高，大概是叔叔認定的美女。她嫁進門，叔叔覺得非常風光，意氣昂揚極了。

等到嬸嬸要去上班時，祖母一樣要求，薪水袋必須原封不動上呈。嬸嬸大怒：「按呢我上班創啥？」為了不受剝削，她從此拒絕上班，寧可待在家裡不動。因為她不願工作，沒有收入，無從上繳薪水，這使祖母暴跳如雷，咬牙切齒。

嬸嬸更不接受的是語言霸凌，一刀來，必要一槍還，婆媳之間，開始激烈地戰鬥。從那時起，她的生活幾乎都在驚天動地的口角中度過，再無餘裕思考幸福。

婆媳問題在那個年代，比現在更殘酷得多，也普遍得多。嬸嬸的反應其實無可厚非，面對這無法迴避的問題，嬸嬸用的是直覺反應，理所當然。但母親則完全相反，她用驚人的意志力全部忍了下來，用盡全部力量，減少消耗，拚命地儲備自己。沒有人會想到，兩人後來的命運因此天差地別。

嬸嬸生完大女兒之後，又生了一個大胖兒子。叔叔對兒子備極寵愛，總是把他舉得高高的，在母親的房門口來回讚嘆，說：「我們這個是緣投仔桑啊！緣投仔桑！」

叔叔對我們並不壞，但在他直率無隱的語言裡，有時不免令人忍俊不禁。那些話出口無心，卻「威力」無窮，而在歲月的沉澱中，漸漸成了我們的自我提醒，讓我們學著多一點理解和謹慎。

在這些場景裡，母親自然還是一言不發。數十年來，她不曾與祖母，也不曾與叔叔、嬸嬸有過任何口角。她所有的精力，都拿來加班、織毛線、兼副業、標會，想方設法地賺錢。

等到她攢下了一定的數額時，母親開始放貸。那時的利潤非常高，而且人們都還比較單純，沒有什麼捲款潛逃的事，母親的財富因此漸漸累積。不論是工廠還是村裡，在那個年代幾乎沒有祕密可言，母親攢錢有成的事情，很快傳遍了洲尾地區，終於傳到最小的五叔耳裡。

五叔憤怒地奔回家中，告訴祖父母：「還不趕緊共伊抔抔（閩南語，把東西掃成堆）出去死，還囥在厝內予伊囤錢（閩南語，放在家裡讓她存錢）？」祖父母一聽有理，怎麼能讓母親如此佔盡了「便宜」？立刻下令，讓父母帶四個兒子搬出去住，過年前就得搬，不准再住家裡。

母親聞言，喜從天降，幾乎不敢置信。那種地獄般的生活，在毫無預期的情況下忽然告終，這連做夢都不敢想的事，竟然就發生了。她是天生冷靜的性子，將所有的歡喜嚥進肚裡，什麼也不說，立刻找房子。幾天之內，她就在光復南路找到了房子，帶上了現金廿四萬，一次全額付清，在過年前舉家遷入。

那是民國六十一年，全家開始了新的生活。母親遷出，大家庭裡少了勞動的主力，祖母和嬸嬸（接下來娶的每一房媳婦也都是）之間毫無緩衝，開始了白熱化的惡鬥。

阿嬤在日復一日的激戰之中，無論是語言或行動，都顯現了驚人的創造力，那些罵人的粗鄙言語，信手拈來，如裂彈橫飛，掃過便是一片血腥，光是耳聞，就覺得心顫腿麻，毫無抵禦之力。嬸嬸心下不忿，自然要全力迎敵，在無數的戰鬥中，卻逐漸耗去她所有的能量。

嬸嬸其實是個善良的人，處事的反應單純得可愛。有一次她留二哥吃飯，問二哥：「你們吃素，不能吃肉，那能吃什麼？」二哥不知如何回答，遲疑著說：「可以吃……雞蛋。」於是那天的餐桌上，嬸嬸煎了九個荷包蛋，一樣菜蔬也沒有。

吃素本來可以炒青菜，但她擔心青菜太過寒磣，滿滿的熱情化成了堆疊如山的雞蛋。我們事後回想，都忍不住莞爾。

面對不平，單純的嬸嬸知道不能「吞忍」，但她的腦子裡沒有那些關於生活的，生命的，未來的思考，只有本能地對事情作出反應。她知道嫁的是英俊挺拔的叔叔，但並不知道她嫁入這樣的家庭，應該要怎樣自處和應對。為了不讓婆婆拿走薪水，她只能直覺地拒不工作，於是全無積蓄。她並不在乎，覺得自己「賺到了一口氣」。她對未來的規劃不免受限，對於子女的教育，也不免因此分神。

長得和父親同樣英挺的「緣投仔桑」，在生命的旅途中碰上許多岔路，不免給母親帶來許多煩惱。嬸嬸因不上班，失去了許多學習技能的機會，勞動能力也因此減退，每日睡到過午，她的體能急遽退化，病痛接連上身。加上兒子給她的精神折磨，苦到極處時，只能打電話給母親訴苦，一說就是一兩個小時。母親了解苦處，但沒有辦法幫她解決，也不可能對她說教，唯一能做的，是陪著傾聽哭訴，稍加勸解，略盡人事。

我看著嬸嬸，想起她的一生，想起叔叔年輕時的炫耀和驕傲，常常覺得心驚膽顫，頭皮發麻。從生物本能出發，悅其容貌體膚，是一般人擇偶的常態，男女皆然，也理所當然。但除此之外，若別無所見，習焉而不察，最後只能任命運擺布，不斷複製出許多慘不忍睹的故事。人們的價值判斷和反應方式，不知不覺地就決定了自己的一生。在這些故事裡，處處都是驚心動魄的警惕。

有許多人覺得，命運之神決定一切，命苦，也是沒辦法的事情。要不然就是怪罪配偶，千錯萬錯，都是萬惡的配偶。但是絕大多數的人，都可能忘了一件事：這個配偶是自己選的，這個選擇，意味著自己應該承擔。為了幸福，人別無選擇，必須積德養智，必須學會看人、擇人。

在這個年代裡，我們對於語言、文字、訊息、計算……都充滿了關注，唯獨對於人的判斷，由於未知數太多，最後都丟給了運氣，丟給了未知。如果是這樣，那麼，我們還能說自己讀過書嗎？

我時常想，「文化」真正的意義是什麼？除了生活方式，更重要的是人們對「幸福」這件事的態度和智慧。「凡夫畏果，菩薩畏因。」若不能戒慎恐懼地面對它，再多的書，都只是未曾讀。

有後

小寶出生後，雖然沒有和阿嬤住在一起，但是他和阿嬤的緣分很深，幾次接觸後很快就變得非常熟悉，而且非常親密。

除了我們夫妻倆，他第一個主動去親吻的對象就是阿嬤。去到在陌生又人多的地方時，他通常只給爸爸媽媽抱，但阿嬤抱他也完全沒有問題。

這兩個月來，他甚至會主動跟阿嬤撒嬌，在地上玩一陣子，便衝向阿嬤的懷抱，讓阿嬤把他緊緊摟在懷裡。阿嬤摟著他，樂得眼睛瞇成了一條線，呵呵笑個不停。

林氏宗祠緣由
我林氏先祖訓公，自乾隆年間來臺，披荊斬棘，於
內湖洲尾地區開拓有成，經二代協鎮公、三代全祿
公弘宣祖業，乃至富甲一方，並傳下十房子孫。二
百年來，子孫逾千，繁茂昌盛，惟親族分爨後，祖
塋零散，宗支漸遠，多不相識。約二十年前，二房
群英、鐘隸挽鄉兄弟提議於七堵建塔，將先祖靈骨集
中奉祀，惟因緣未就，遲而未次，乃建塔於汐止。
該塔地勢險阻，祭掃不便，遷塋遂成共識，去年家
譜撰成，宗族更見凝聚，鐘隸子文伯兄弟重提舊議
，於七堵新建祖塔，於是各房共募資金，同心並力
以成。乙未清明，海內外族親歸根共祭，既懷追遠
之情，亦篤敦睦之義，自此家族氣象一新，同昭穆
者，百世猶為兄弟，永誌不忘，是為記。
九房七代裔孫世奇 恭撰

▲ 林氏祖塔旁的墓誌銘

今天家裡的看護阿姨逗他玩，他一邊哈哈大笑，一邊又衝進阿嬤的懷裡，又跳又蹭，親熱極

了。阿嬤緊緊摟著他，歡喜都滿滿地洋溢在臉上，一句話也說不出來。

這是她盼了好多年才來的孫子，那種歡喜，不言可喻。中國人重視傳宗接代，對老人家來講，有個孫子才是真的，其他的事情似乎都不足介懷，過眼雲煙。

校慶那天遇到校長，問起小寶，得知我近五十歲才得子，媽媽已八十多歲了，她幾乎是口無遮攔地喊道：「啊？你這樣很不孝耶！」她說話直截，並沒有惡意，我也不介意。在某種意義上來說，她說的其實是對的。我覺得自己真談不上孝道，過去一直不能真的明白父母的心。

以前毓老師引古人的話說：「不孝有三，無後為大。」他在課堂上聲色俱厲，問大家：「從那麼久以前就一直傳下來，傳到現在，到你身上，斷了？」

這些話在耳邊熟極而流，也曾反覆想像推求，卻終究沒有產生真切的感受。祖先已逝，無法想像他們的情懷，高堂尚在，卻也不曾體認他們真正的心緒。

媽媽生了四個兒子，再下一代都是孫女，只有大哥生了一個男孩。她自己深受重男輕女之苦，對孫子孫女一樣疼愛，絕無偏袒，但她時常摟著姪兒，溫柔慈藹地對他說：「我的乖孫，我的米斗仔孫。」

傳統社會極重視長孫，擬如幼子，在祖父母故去時，由長孫親捧米斗行禮送別。我知道她有了「米斗仔孫」，自是歡喜，但不知她仍然那麼渴望著下一個孫子的到來。

每次和母親聊天，說到哪個老人故去時，母親總會問一句：「那他走了以後，誰把他請去拜呢？」

我心裡納悶，人走了就走了，雖未必「人死如燈滅」，但總是懷疑：「有人拜」有那麼重要嗎？

我看《倚天屠龍記》，當張三丰發現去世多年的張翠山原來有一個兒子張無忌，他喜從天降，呵呵笑著：「翠山可有後了！」我讀的時候也總是難以理解：武當危難時，武功高強的張無忌突然出現，蓋世武功，出手斃敵，那才是過癮之處，「翠山可有後了」有這麼高興嗎？

不過，這麼多年過來，儘管未能充分體認，至少在理智上開始理解，媽媽對於身後祭祀，確實一向看重，這無庸置疑。她一直期待著孫子的到來，但這麼多年來，她沒給我們壓力，只是自己默默等待著，等待著天命的眷顧。

我完成家譜那一年，和叔叔一起設計出精美的表格，將來臺以後的全族系統表全部列出，九百多人，洋洋大觀，男女並列，顏色分明，兩百四十多年的歷史，一覽無遺。

正在得意洋洋之際，我看到世系表上自己的名字，下面是一片空白。於是，得意的感覺瞬間消失，我突然沒來由地一陣忸怩不安。

家族的祖塔建成，塔內可安數百靈骨，大家請我寫一篇文章，刻在石碑上做紀錄。我將事情首尾濃縮在數百字之內，文末引了一句古語：「同昭穆者，百世猶為兄弟。」想到那許多不曾謀面的族兄弟如今共聚一堂，齊心祭祖，不覺心頭發熱，振奮異常。但看到「百世」二字，卻又隱約有些若有似無的失落。

全力寫家譜那兩三年，我整理了無數先人的故事，有時隱隱然能夠想像他們在時光長流裡的心境。不知是不是年紀漸漸到了，我突然覺得，自己好像能開始夠理解老人的心情了。

小寶在我逐漸明白過來時，適時地降臨。他帶給我們對生命的全新感受，我們每一天都在重新學習如何做人，重新理解父母。特別是當我意識到自己年歲漸老，體力漸衰的時候，看到一個生猛奔放的小生命出現在眼前，他流著自己身上的血，長著和我神似的樣貌，閃現著我的內在性格，滿地上到處奔跑時，我感覺到了一種強烈的震撼。

我清楚意識到：眼前這個孩子，即將帶著我的血脈和魂魄，在這片大地上揚鞭馳馬，綿延下去。而這個我從未體認的想像，老人家們不知盼了多少年。

我只知道家族聚會時，宗親們人人說我像父親，天賦文采，氣質行徑，都是父親的進化版。我知道自己是父親的盼望，但從沒有再往前想過一層，特別是那種微妙的使命和承擔，那種深切的期盼和依託，我一直懵懵懂懂。

直到小寶來臨時，看到母親慈祥滿溢、無盡愛憐的神態，我才恍然明白過來。父母疼愛子女，出於天性，這不難理解。但那愛不是止於一代，鍾於一人，生命深處有一種深切的盼望，盼望血脈在天地間奔流，在歷史的長河中綿延。

她對小寶的疼愛與憐惜，到了無微不至的地步。任何時刻，她都在找食物，準備塞進小寶的嘴裡。知道小寶要來，她會特意為他做一份蒸蛋，用蓋子蓋緊，唯恐涼了不好吃。小寶開始奔跑時，若帶去她身邊，她時時跟著護持，唯恐有失。無論小寶做什麼，她臉上的笑容沒有停過。

只有親見了那樣的畫面，接受了那種溫度的洗禮，才能完全明白，新生命的到來，為老人帶來了多大的慰藉。

我讀了大半輩子的書，自以為博學。而我其實與古人隔膜，也與老人隔膜。我根本不能體會父母心情，也根本不可能讀懂書上說的是什麼。

幸好菩薩把小寶帶來了，讓我不至於那麼「不孝」，讓我有機會更懂一點我的父母，更懂一點我自以為爛熟於胸的書究竟說了什麼。

虎盛

我是家裡的老么，來得最晚，堪稱是家裡的「遲到者」。

因為「遲到」，我回去洲尾的時候，很少人認識我。我在介紹自己的時候，必須提起「虎盛」，說我是「虎盛」的兒子，讓族人們便於識別。因為，這裡沒有人不知道「虎盛」的威名。

▲爸爸力氣很大，人稱虎盛，年輕時舉啞鈴的照片

爸爸剽悍如虎的形象，是他們認識我的第一個符號。「虎盛」像是一個通關密語，於是，我不由自主地開始尋索這個符號的可能義涵。「虎盛」的稱號，究竟是怎麼來的？洲尾只有爸爸像老虎一樣霸悍兇猛嗎？為什麼？像「老

虎」一樣，又怎麼樣呢？

我漸漸懷疑，剽悍如虎，並不是爸爸的專利。這裡的人，簡直多數都有這樣的傾向，只是隱顯不一，他們身上都帶著一種濃烈的「血液」的味道：或血腥鬥毆，或血性過人，或血勇如虎。它似乎是一種難以言傳，卻非常真切的符碼。每當我想起「洲尾」兩個字的時候，幾乎就能聞到那種濃烈的血氣和土腥味。我的父親，因為那樣濃烈的強悍特質，而得到「虎盛」的稱號，同時贏得了族人的敬重，那種氣息，又似乎是這裡的人共有的特徵。

「洲尾人」到底是什麼樣子？我寫家譜的時候，那些族人們身上的行為表現、各種特徵，時常啟迪、觸發著我的種種反思，讓我沉吟許久，味之無已。

譬如我的阿嬤，她身高只有一百四十公分，個頭遠比一般人矮小許多，但她菸酒不忌，勇悍已極，殺雞殺鴨、空手抓死蟑螂，都還是小事，吵架時她能一拳擊碎玻璃，滿手鮮血地當廳飆罵，那個勢頭和一般傳統女性的形象之間，完全是天壤之隔，總能讓我們驚嘆得張目結舌，覺得不可思議。

在阿嬤面前，阿公的形象相對地黯淡失色許多。

他對阿嬤千依百順，奉命唯謹，每晚都去買一碗冰給阿嬤吃，自己從來不敢嚐一口。看起來，他似乎性格軟弱，但他的「平凡無奇」裡仍然充滿著強韌的生命力，絕非常人所能。

他的生活極其規律，每天早上三點多起床，除了固定的菜園、竹林等農務，還有臨時接的各種

「散工」，此外，他每天至少步行十數公里，從內湖南端的洲尾到臺北市東區的光復南路，每天來回步行，渾若無事。因為大量勞動，他的身體素質一直強健過人，直到八十六歲高齡去世，身體幾乎都沒有什麼病痛。他的強韌沒有表現在外，卻是刻在骨子裡的。

我年輕時學拳，也許帶著這樣的血性，又帶著許多自己的憧憬和幻想，學武就像一段浪漫的築夢之旅。但我們的生活已被許多文明產物所瓜分肢解，時常不能持恆專注、痛下苦功。相對於先人的悍勇，覺得自己就像莫言在《紅高粱家族》裡說的：「孱弱、膽小，宛如家兔」。

為了補點功夫，把自己提起來，我和師弟們一起訂做了長達一丈二的原木長杆，就是臺灣人早年說的「丈二棰」，每天固定「拉杆」，逼自己增長功力。

這杆子頗重，我們生活裡的耗損太多，體力與職業拳師無法相比，若能一口氣拉到六十下，已經覺得筋酸骨軟，若再多拉，筋骨必定拉傷。我們每天的定課是一百下，考慮到筋骨承受的極限，得分成好幾次完成，練練停停，停了再練。

有一次，爸爸對家裡這把「丈二棰」發生了興趣。他說他看過「丈二棰」，老一輩的人練拳，都會練這個，七伯祖會，外公也會。他興致一起，問我怎麼練，每天要練幾下。

我完全不覺得這適合一個六七十歲的老人來練習，只簡單說了一下練法，敷衍幾句。

爸爸也不多說，雙手拉起長杆，依樣畫葫蘆就開始練。他一口氣拉了一百下，從頭到尾沒有停。練完，他全身大汗，也氣喘吁吁，但看起來精神奕奕，並不是特別累。

看到他一口氣做完了我一天的定課，還居然是個年近七十的老人，我愣在那兒張大了嘴，完全說不出話來。

驚詫之餘，我不由得喟然長嘆：我們這一代人的志氣隳惰，剛勇不足，只能靠一時的興致「沾醬油」式地練練，說起來，肌耐力還不如鄉野間的一個尋常工人。

當然，爸爸也不太尋常，他是傳說中的「虎盛」，悍勇如虎，倒也不能尋常一例相看。父親一生力大，一直到他後來中風、偏癱，失去了站立的能力，生活已經不能自理，但身上仍然表現著那種悍勇的生命力。他中風至今，已經十年，平時不言不語，但食量驚人，身體的恢復能力也比我們來得強。旺盛的食慾，是強韌的生命力最好的證明。

我無意歌頌那種原始的慾望、暴力和生存本能，但我不敢不願也不能忽視這個部分，它留存在身體血液裡的訊息，時常成為一種深切的提醒。

所謂原始，站在文明的對立面，基本上就保留了對文明的衝撞、反思和填補的可能。我們在文明化的過程裡，學習著如何切割、分析、區劃，以認識這個世界的一個個局部的面向，同時也在各種充滿限制的符號規定裡，不斷斲喪和耗損，逐漸失去我們渾然天成的創造力。

我念研究所的時候，讀到馬克思創造的一個詞彙，叫做「異化」（德文：Entfremdung，英文：alienation），指的是人類和自己的本質、潛能之間的自然聯繫已經開始分離、崩解，只能成為一種工具性的存在。看到這個詞彙，讓正在攀附文明的我忍不住心驚肉跳。

面對著人們無可迴避的「工具異化」，那片瀰漫著河流氣息和血腥味的土地，卻成了自我歸返的神祕荒原。當我回到那片荒原時，那種原始力量便撲天蓋地而來，召喚著我血液裡的共鳴，讓我昂頭嘶鳴，蠢蠢欲動。即使它幾乎帶著一種毀滅性的力量，也同時引發著各種生生不息的想像。

天問

我很喜歡跟媽媽聊天。聊天的內容五花八門，新舊都有，無所不包。媽媽時常覺得時代日新月異，什麼電腦、科技，這個那個，都神奇得難以了解。跟兒子在一起的時候，總是不斷發問。我開車載她出門，她一路問，我便一路給她解釋。

我很喜歡用閩南語跟她解釋，尤其是用最淺近的閩南語解釋新事物，那是最有趣的挑戰。我總覺得，讀了再多的書，如果找不到方法跟老人家說話，那些書都白讀了，只是妝點自己而已。

我說的時候，媽媽雖然似懂非懂，但會很認真的點頭，臉上都是滿足的笑容。那種時候我的胸膛裡便裝滿了脹鼓鼓的歡喜，覺得自己的語文能力是鮮活的，真能派上用場。

但我們也時常聊舊事，或者純粹抒感，甚至是無意義的胡謅一通。那種時候，我的語言能力又會自動歸零，回到了小時候和媽媽在一起的模式，變成是我不斷地發問。

我一向無厘頭，很喜歡問她許多沒有答案的，生命的問題。就像屈原的〈天問〉一般，問天問地，也像這本書一樣，老是在問關於生命根源的問題。

媽媽當然沒有辦法回答，但我就是喜歡問，只是問，便也覺得幸福。覺得只要是在問媽媽，就像回到了童年，回到了被媽媽保護照顧的童年。不像是用文字在問，只是唏噓嗟嘆，問個地老天荒。

「人為什麼要活著？奮鬥是為了什麼？你為什麼把我生出來？最早的人類是怎麼來的？……」她答不出來，我便故意抱怨：「可是妳把我生出來了耶？生出來要負責！還不趕快回答？」媽媽又是無奈，又是笑：「生出來……就生出來了呀！」但她偶爾會想起一些名言，用來搪塞，譬如：「欸，你沒聽人家說，『生得了囝身，生不了囝心』呀！」

「哪有？身心都是你生的，你不生就沒有我，生了要負責，全部都要回答，通通回答！」我天生無厘頭，對媽媽尤其糾纏不清，媽媽時常被我弄得無可奈何，明知我胡言亂語，無法招架，只能不斷傻笑，一直笑個不停。

最近我發現，她找到了一個新答案，叫作「天生自然」。

「阿母。」

「嗯。」

「為什麼我們都會被戲弄？」

「誰戲弄你？怎麼戲弄？」

「你看，本來我們自己一個人好好的，小孩子來了，就把我的全部注意力都轉移到他身上。等我們為他精力都耗盡，感情都放他身上了，他長大了有自己的世界了，卻要離開我們了，跟我們說掰掰了，叫我們自己過了。你說，這是不是戲弄我們？」

媽媽笑容滿臉：「哎！這是天生自然的呀！」

「阿母。」

「嗯。」

「你看，他小時候把屎把尿，什麼都是我們，讓我們那麼愛他。然後突然長大了，就飛走了。將來是什麼樣子，過什麼樣的生活，我們都看不到，也幫不上了。哪有這樣的？這不是哄我們嗎？」

我說的是小寶，當然也說的是天下的孩子，包括我自己。

媽媽還是笑容滿臉：「哎！這是天生自然的呀！」

我知道她答不出來，可就是想問。我是她生的，好像就是想讓她回答。我偶爾也換換新話題，卻是老調子：「阿母，你看後面，我買了這張安全座椅，很貴。」

「多少錢？」

「一萬兩千五。」

「啥物？這麼貴！啥物金仔粉做的（閩南語，黃金打造，意為昂貴），怎麼這麼貴？」

「我也不知道什麼材質，但是很透氣。歐洲人這種東西做得很好，安全，而且包覆性很好。小寶昨天第一次坐進去，大概很舒服，很快就睡著了。」

「嗯嗯，父母疼囝就是按呢（閩南語，這樣）啦！」

「阿母。」

「嗯？」

「為什麼我那麼小氣的人，錢花在兒子身上都不會痛，花在自己身上都還痛得要命？」

媽媽笑容滿臉：「那是天生自然的呀！你沒聽人家說『天下父母心』。」

「咦，那你為什麼都不疼我？」我話鋒一轉，忍不住又開始賴皮。其實，和媽媽聊天，所有的話題到最後都是為了賴皮。

「怎麼說我不疼你？好啦好啦不疼你，那把你打一頓好了，這樣就『疼』了。」面對我的胡鬧，她已經慢慢練出本事，總有辦法回答。

「啊，因為我是垃圾堆撿的，所以就不用疼了……」

媽媽又是笑，又是忙著反駁：「什麼撿的，每次都說是撿的……」

這有典故。小時候我就很愛問媽媽問題。我時常問她：「我是誰生的？生的時候是怎樣？怎麼生出來的？那你是誰生的？你是阿嬤生的，那阿嬤是誰生的？那第一個人是誰？」

我後來才發現，我問的問題，屈原也都問過。

遂古之初，誰傳道之？上下未形，何由考之？冥昭瞢闇，誰能極之？馮翼惟像，何以識之？
明明闇闇，惟時何為？陰陽三合，何本何化？圜則九重，孰營度之？惟茲何功，孰初作之？

但媽媽並不認識屈原，也不知道這些問題有什麼偉大之處，只覺得她那麼多兒子，為什麼只有這個老么這麼麻煩。有一次媽媽被我問煩了，非常不耐地說：「你是垃圾堆撿的！」

我大驚：「那我親生的父母在哪裡？在哪裡？到底在哪裡？快點告訴我！」

媽媽憋著一股氣，咬牙不答。

我當場嚎啕大哭：「那，那我親生的父母在哪裡？妳跟我說啊！為什麼不讓我們見面？」

媽媽被我氣得說不出話來，轉身走開，再也不想理我了。留下我一個人，哭得心碎腸斷。

從此我們家多了一個典故，就是「阿奇是垃圾堆撿的」。每次提起，媽媽都要嘲笑我一番：「我生了四個兒子，從來也沒有人問這麼多，說是垃圾堆撿的，還氣哭了……」

媽媽漸漸老了，已經不再拿這事笑我了。如今倒過來，倒是我時常拿這事跟她開玩笑。

剛開始媽媽笑容滿臉，笑得滿臉都是皺紋，笑到差點岔氣。

但最近我發現，媽媽每次被我「抱怨」的時候，雖然還是笑個不停，卻多了一點兒認真。她開始著急忙慌地拍我的手臂：「哎！不是，怎麼常常說我不疼你，一直說垃圾堆撿的，那以後代代相傳，你兒子以為是真的怎麼辦……」

我忍不住哈哈大笑。

老人家有一種素樸的直覺反應，說話越來越是溫存。我胡說八道，她卻認真接招。和她說話，既是說話，也不像說話，更像是在回味著孩提時的記憶，回味那種凡事不懂、凡事問媽媽的古老記憶，還有孩童特有的歸屬焦慮和分離焦慮。所有的焦慮，都是因為眷戀那樣的溫暖。

在那個渾沌不明，凡事仰望父母、依賴父母的年歲，既是一無所知的迷惘蒙昧，又是什麼都可以不懂的天真幸福。天問，就成了母子永恆的話題。

媽媽在身邊，我時常回想起孩提時那樣遙遠的昏黃記憶，貪婪地躲進她蒼老的聲音裡，問東問西，胡言亂語，品嚐著作為一個孩子的各種幸福的滋味。

後記

▲ 我撰寫的家譜封面

《春秋》有「三世」之說。

一般的理解是「據亂世」、「昇平世」、「太平世」，這是最常見的。但還有另一個理解的方式，是「所見世」、「所聞世」，和「所傳聞世」。就《春秋》撥亂反正之義來說，前者是理想世界建構的進階，由亂世、小康而大同。但就歷史的記錄和觀察來說，卻是一路推回去，首先是「所見世」，然後是「所聞世」，最後才是「所傳聞世」。

在那個「所聞」和「所傳聞」的時代裡，我們一直都是一個「遲到者」。

我們的「所見世」，只能及於自己曉事以後的經歷、父母的後半生、祖父母的晚年，至於自己的出生、父母的前半生、祖父母的一生經歷、祖先親族的發展來歷……等這些事情，一直都是「所聞」和「所傳聞」。那些祖先對土地的親密與恐懼、依戀與敵視，那些親族與市井間的愛恨情仇、千絲萬縷，甚至是自己初到這個世界時那些蹣跚的步履和歷程，都只能是「所聞」和「所傳聞」，我們從來不曾親見，即使親見，也從不記得。

「遲到」，是每一個人的宿命。在這個世界裡，每一個人都是「遲到者」，因為他不可能記得自己是如何來到這個世界的，也不可能生來就曉得自己的父母和祖先是怎麼活著的，特別是在自己降生之前，如何在土地上又歡笑又哭泣地活過來。我們既不知道先人的過去、也不可能記得自己初履人世的足跡，那麼，想要知道「遲到」之前的事情，唯一的辦法，就是通過「所聞」和「所傳聞」，一點一滴地拼湊合想像，逐漸認識那一段他遲到而未能親見的時光，特別是那段自己從來都不記得的自己。

我們當然也可以對那些過去遺忘和丟棄，努力建構一個全新的自己。但有一方因為「遲到」而未能親見和理解的世界，將會成為一段永遠的空白。我們所認識的自己，只能是新環境中為了適應和生存而建構的自己，只能是迎合這個世界的生存需求而扮演的自己。這就像「全球化」的浪潮裡，為了適應這個新世界而把「在地化」特色抹除的自己，當然可以繼續存活下去，但不會是也不再是完整的自己。這樣的自己，沒有來處，沒有過去，對於自己血脈深處裡躍動的光影、塵封的記憶，只能永遠地缺席。

「遲到者」免不了有些焦慮，他沒有機會看見和經歷那些，也就沒有什麼資格發言，這是每個人無可迴避的基本處境。人類總是如此，經歷過什麼事情的人，免不了憮然嘆息、不勝唏噓地說些什麼只有他才經歷、才知道的事情。就像葉啟田的《故鄉》那首歌裡唱的：「叔公講日本時代伊尚介勇！」一樣，我們這些聽眾只能帶著「遲到者」的焦慮，一任前人擺譜、說嘴，說著我們永遠沒有機會親身經歷的過往。

但事實上，那些親歷者的證詞，也時常混亂交錯重疊失真。敘述者所見的角度，不免各因處境、心態，而有各自的障蔽和限制。歷史，從來沒有現成的完整版，想知道的人，只能自己努力去拼湊還原理解判斷。

孔子說：「夏禮，吾能言之，杞不足徵也；殷禮，吾能言之，宋不足徵也。文獻不足故也，足則吾能徵之矣。」（《論語．八佾》）「文獻不足」是沒有辦法的既成事實，但是「吾能言之」說明他已經穿過了那樣的歷程，對於存在的歷程、存在的本身，取得了觀看、理解、詮釋乃至創造性言說的能力，所謂「春秋義法」，就從這裡開始。

從我有記憶的時候起，和所有的人類一樣，當然也是一個「遲到者」，對於自己和先人的過去理所當然地未知。更糟的是，我又是老么，有了雙重的「遲到」身分，成了「遲到者」中的「遲到者」。新來的「遲到者」對於過去完全盲昧，理所當然地，也就沒有對家族事務進行任何詮釋和發言的權利。

但在追溯歷史的過程裡，我們總會得到一場豐富的報償：首先是「遲到者」的焦慮，將會同步消解。在觀察、檢視和反思歷史的過程裡，我們會獲得認識和歸返自己的更大可能。如果再往前走一步，我們甚至可能有機會對它加以梳理、詮釋、評論，建構起家族史的「春秋義法」。

我在家族血脈的洪流裡，見識了「洲尾」人的血性、血勇和創造力，也同時感受到那種驚人的破壞力、毀滅力。我有時讚嘆，有時又驚疑不定。作為旁觀者，我其實又是當事人，自己的血液裡也交錯重疊著那樣的奔流和脈動，一呼一吸之間，幾乎也能聞到那樣濃烈的氣息。

我心裡狐疑：先人來臺兩百四十多年，繁衍後代九百餘人，怎麼可能都是一個模樣？每一代的傳承，都要先擇偶娶媳，形成基因的調整和改造，在這來臺七代之間，娶進來的媳婦紛繁多樣，又衍生了多少變化的樣貌？這裡面有哪些得失、有多少隱顯的變化，那些和我流著相同血液的族人們，又分別活出了哪些樣貌？

修撰家譜時，這些問題總在腦海裡沉浮，修譜於是成了一場浩蕩的生命血脈之旅，如山陰道上，令人應接不暇，如大河滔滔，舉目江山如畫，那些風景咀嚼再三，讓我反覆琢磨，喟嘆無已。

其中最有趣的主題，就是：每個生命主體都同出一家，格局卻千差萬別。

我們血液裡奔流的原始力量，有時成了一時的血勇之逞，迅即帶來毀滅；但有時卻形成了格局全新的創造力，整個改變了家族的命運。

高祖父百福公是在港邊被買來的養子，其實是我們血脈上真正的渡臺祖。他天賦聰穎，勤奮過人，拼出了「五甲山、六甲田」的財富，十個兒子都栽培有成。曾祖父通流公（諱灌溉）排行第九，是九房之祖，學養深厚，又能畫符驅妖，在家族裡可說是最傳奇的人物，照理說，九房應該文星高照、文運亨通，栽培出許多讀書人來。但他不幸在五十四歲時便即過世，我們想像中的士子家風並未塑造成形，一閃而滅，只留下了一點讀書或文采的靈光，在後人身上隱隱閃現。

毓老師剛到洲尾時，租在南塘柯厝旁的三合院左側，幾年後才遷入二層樓房的柯厝。這間三合院是家族的遠親「黑肉」所建，那時，誰也沒想過這裡會住進一個「皇族大儒」。欽祺叔說，當時和老師同住的還有另一個年輕男子，孩子們在庭院裡玩的時候，就能聽見那個男孩在二樓陽臺拿著書大聲朗讀英文。那景象在洲尾簡直成了傳奇般的畫面，如夢似幻，卻歷久彌新。

因當地國語尚未普及，族中少數能用國語溝通的孩子幸而登門受教，甚至親見老師屋裡的紫袍和皇宮照片。九房的堂叔欽讓在童年時就接觸了毓老師，經老師的啟蒙，從建中的初中部、師大附中，到後來政大畢業，以優異成績考入公務系統。當時的公務員考試以省籍分配錄取，臺灣人名額極少，他竟成為當時臺北市籍唯一錄取的考生，可說是族人在現代教育中首先嶄露頭角的代表。欽讓叔身在公門，又頗具影響力，族裡遇有無法處理的事情，都會找他商量，他也都很熱心協助處理。父親在松山菸廠服務時，為證明本省人也能說好國語，曾報名參加廠裡的「國語演講比賽」，事前請欽讓叔幫他潤稿、糾正口音、速度與姿態，經過反覆練習，最後竟拿到第一名。

可惜欽讓叔走得太早，四十幾歲就去世了。他離世之前，林家人才輩出，隔壁屋裡的兩個侄兒陸續考上建中，成了他的學弟，彷彿想努力接續一點什麼。而二房裡的文伯哥，不但上了建中、交大，還開闢出半導體的封測產業，雄視當代，成為科技界的龍頭。祖先的血脈在天地間奔流，從來不會只有一種模樣，只有通觀家史，才能見出全貌。

欽讓叔在的時候曾說，如果他退休有了空，他一定要好好編寫一本家譜。

但他的夢想未及完成，一直懸在那裡，他去世三十幾年後，我寫的家譜才姍姍問世。

我動筆修譜時，沒想太多，只想把自己的來處刨根問底，弄個清楚。但寫到後來，才發現那些追索來處的文字裡，同時承載了許多人的夢想。

族裡想寫家譜的人相當不少，只是條件不足，一直無法如願。我的家譜寫成後，住在青島的燕姐告訴我，她每次去看爸爸（鏗生公的長子家棟），他的手裡都拿著那本家譜，翻來覆去地研讀，彷彿在尋找些什麼。

那些卷帙頁面裡，也許藏著她父親的來處，祖先的故園，有些土地和河流的氣味，在夜來的幽夢裡悄悄散溢，讓遊子歸返的精魂，流連繾綣。

我掩卷沉思，漸漸覺得：文采真正的力量，不在考試成績，更不在學校的頭銜，而在一種深沉的文化反思力量。家族裡的多數人，到現在仍然和一般人一樣，有著強烈的學歷迷思，以為學歷學位本身有什麼值得沾戀之處。但它除了給個人謀求更多更大的資源，其實沒有多少價值。

曾祖父所留下來的文采，也許讓後人多了幾張學位證書，還多了一本家譜、幾句宗祠上的題辭墓誌，但它真正的力量和價值，不在這裡。

什麼是「文」？毓老師總說，「經緯天地」才是「文」。我後來又進一步反思，「經緯天地」是什麼？當然不是讀幾本書、寫幾句話，也不是考上什麼學校、拿到什麼學位，而是對人們的生活方式進行有效的建構和創造，當這場創造煥發出精采的力量時，「文」就真正展現了。

《易經》上說：「觀乎人文，以化成天下。」人文之可貴，不在功名富貴，而在學問人格；不在自逞自炫，而在化成之功。要說人文化成，我們還有很長的路要走，很多的事要做。

我在洲尾宗族其他各房的發展軌跡裡，同時受到了許多啟發。

族人目前最大的成就，主要是科技和商業的發展。二房文伯哥的半導體封測，規模做到世界第三，但是他們兄弟低調謙抑，從來沒想過要在宗族裡張揚自己。他們為了凝聚宗族，拿出數千萬的資金，但從來不肯具名。他們成全別人的同時，只想回報祖先，別無所求。這種生活態度本身，也許就是一場「人文化成」的具現。

五房是宗族裡唯一留在大陸的一支，鏗生伯公從商有成，既富且貴，又在「臺灣民主同盟」裡躍居要角，後來歷經大難，仍在青島、合肥、上海各地開枝散業，迄今宗族凝聚，向心力不衰。超生伯公的後人則在海運界叱吒風雲，舉足輕重，美珠姊的風範為我們留下了無盡的懷想。要說「人文化成」，那樣的流風遺跡，未必不是「人文化成」的體現。

寫完了家譜，我終於又寫完了這本書，把我靈魂深處那片渾沌的光影做了一次整體的記錄和整理。洲尾，這塊祖先所開闢和依存的土地，是我的靈魂永遠的原鄉，有說不盡的眷戀和想像，但我在這個觀照和省思的過程裡，卻有一種覺悟：越是戀家，也許我們越該走出去。

真正眷戀土地的人，應該要學習離開它。

只有在外面伸拳踢腿，活出了人樣來，回到故園時，我們才能找到適當的方式，重新理解那個原點。活出最大的可能，我們才能找到適當的言說，適當的詮釋，適當的姿勢，去把自己和祖先都放好。那些窩在家園裡，始終不敢出去的人，或許能揀拾一點祖先土地上的贏餘，但也僅只如此了。

中國近代有幾次規模很大的人口遷徙：闖關東、走西口、下南洋（或者加上蹚古道、赴金山）。這些大規模的遷徙，一方面呈現了生存和生活的艱難，一方面也同時呈現了物種求生存、抗淘汰的意志與能力。就像「闖關東」的，十之八九可能都是山東人的後代，但那些歷經萬難活下來的東北人，身上總會長出原來山東人沒有或不明顯的東西，活出一種自己的勁道，活得精采照人。毓老師對東北人常有一種近乎讚嘆的評價，或許正因為如此。

兩百多年前，我們的祖先度過「黑水溝」，歷經萬難，開拓了洲尾的新家園。到第二代就遇到了傳嗣的困難，被船家劫擄而來的百福公，卻在統和公收養後徹底改寫了林家的歷史，開闢出十幾甲的土地，財丁兩旺，傳下十房子孫，繁衍至今暢茂。可是各房子孫良莠不齊，勇於出外闖蕩、承擔險難的，往往開出家族新局；而那些怯於嘗試挑戰、只想爭奪、仰賴祖產度日的，家道不免迅速衰落。換句話說，挑戰一旦停止或消失，家族的生命力就開始退化。

眷戀血脈，就要放棄對它的依賴。祖先所留下的血勇和血氣，當然是我們的財富。但它不可仗恃，暴亂之習永遠不會是雄武之氣，市井的鬥毆永遠只能更早步入死亡，當血氣消退的時候，酒精和毒品無法為我們召喚真正的生命力，只能使生命力的消蝕更加迅速。

如果洲尾的那片土地喚起的是血液的記憶，那麼，那股「血腥味」最大的價值，應該在於避免對既有的文明一味崇拜和追附，保留住反抗權威、衝撞主流和反思人存的可能。

那是一扇窗口，讓我們可以在理所當然的文明界域裡探出頭去，神遊蒼茫的土地和荒原，鑽入草味幽莽的叢林裡貪婪地汲飲和呼吸。

尋根文學、鄉土文學，這些種種言說的真正意義，也許是讓我們重新認識自己渾沌不明的原始模樣，在追返自我的過程裡，滋補文明所帶來的割裂，還原工具理性所帶來的異化，回到那片天寬地闊的羊水裡，歡快地哭泣和吼叫，徜徉或奔跑。這，大概就是土地文學最迷人的地方了。

釀文學233　PC0811

洲尾紀事

作　　者　林世奇
責任編輯　石書豪
圖文排版　林宛榆
封面設計　劉悦音
封面完稿　楊廣榕

出版策劃　釀出版
製作發行　秀威資訊科技股份有限公司
114 台北市內湖區瑞光路76巷65號1樓
電話：+886-2-2796-3638　傳真：+886-2-2796-1377
服務信箱：service@showwe.com.tw
http://www.showwe.com.tw
郵政劃撥　19563868　戶名：秀威資訊科技股份有限公司
展售門市　國家書店【松江門市】
104 台北市中山區松江路209號1樓
電話：+886-2-2518-0207　傳真：+886-2-2518-0778
網路訂購　秀威網路書店：https://store.showwe.tw
國家網路書店：https://www.govbooks.com.tw
法律顧問　毛國樑　律師
總 經 銷　聯合發行股份有限公司
231新北市新店區寶橋路235巷6弄6號4F
電話：+886-2-2917-8022　傳真：+886-2-2915-6275

出版日期　2019年5月　BOD二版
定　　價　360元

國家圖書館出版品預行編目

洲尾紀事 / 林世奇著. -- 一版. -- 臺北市 : 釀出版, 2019.05
面； 公分. -- (釀文學 ; 233)
BOD版
ISBN 978-986-445-327-6(平裝)

863.55 108005915

讀者回函卡

感謝您購買本書，為提升服務品質，請填妥以下資料，將讀者回函卡直接寄回或傳真本公司，收到您的寶貴意見後，我們會收藏記錄及檢討，謝謝！如您需要了解本公司最新出版書目、購書優惠或企劃活動，歡迎您上網查詢或下載相關資料：http:// www.showwe.com.tw

您購買的書名：________________________________

出生日期：________年________月________日

學歷：□高中（含）以下　□大專　□研究所（含）以上

職業：□製造業　□金融業　□資訊業　□軍警　□傳播業　□自由業

□服務業　□公務員　□教職　□學生　□家管　□其它____

購書地點：□網路書店　□實體書店　□書展　□郵購　□贈閱　□其他

您從何得知本書的消息？

□網路書店　□實體書店　□網路搜尋　□電子報　□書訊　□雜誌

□傳播媒體　□親友推薦　□網站推薦　□部落格　□其他________

您對本書的評價：（請填代號　1.非常滿意　2.滿意　3.尚可　4.再改進）

封面設計____　版面編排____　內容____　文／譯筆____　價格____

讀完書後您覺得：

□很有收穫　□有收穫　□收穫不多　□沒收穫

對我們的建議：________________________________

____

____

____

請貼
郵票

11466
台北市內湖區瑞光路 76 巷 65 號 1 樓

秀威資訊科技股份有限公司 收

BOD 數位出版事業部

（請沿線對折寄回，謝謝！）

姓　　名：____________ 年齡：________ 性別：□女 □男

郵遞區號：□□□□□

地　　址：____________________________

聯絡電話：(日) ______________ (夜) ______________

E-mail：____________________________